Non Love Can Not Be

非爱
不可

李樯 著

北京联合出版公司
Beijing United Publishing Co.,Ltd.

图书在版编目（ＣＩＰ）数据

非爱不可 / 李樯著. -- 北京：北京联合出版公司，
2017.1

ISBN 978-7-5502-9638-1

Ⅰ．①非… Ⅱ．①李… Ⅲ．①长篇小说－中国－当代

Ⅳ．① I247.5

中国版本图书馆CIP数据核字 (2017) 第 016863 号

非爱不可

作　者：李　樯　　　　　选题策划：盛世肯特
出品人：唐学雷　　　　　出版统筹：柯利明　林苑中
特约监制：杨　静　　　　责任编辑：徐秀琴
特约编辑：杨　静　聂福荣　文字统筹：颉亚珍
装帧设计：尚书堂　　　　营销推广：姜　涛
责任印制：张军伟　付媛媛

北京联合出版公司出版
（北京市西城区德外大街 83 号楼 9 层　100088）
北京彩虹伟业印刷有限公司　　新华书店经销
字数 210 千字　　880 毫米×1230 毫米　　1/32　　9 印张
2017 年 5 月第 1 版　　2017 年 5 月第 1 次印刷
ISBN 978-7-5502-9638-1
定价：39.80 元

目录
CONTENTS

第一章　领　证

01

王小迅和沈鱼水一前一后，走出深都市民政大楼。

纯色 T 恤、牛仔裙，一头长长的直发，王小迅还像是毕业不久的大学女生，和身穿名牌西服、一副社会精英装扮的沈鱼水走在一起多少有些不搭。唯一与沈鱼水的装扮相配的，是她挎着的 LV 小包。这小包是去年沈鱼水去法国时为她买的生日礼物，说是为纪念二人恋爱七周年。当时王小迅就问过沈鱼水：你这是礼品，还是纪念品？沈鱼水不无尴尬地笑着说：一样，一样，都是我对你的一片深情！

这会儿，沈鱼水跟着王小迅走下民政大楼的台阶，他手里捧着崭新的结婚证，翻开、合上，合上、翻开，脸上的表情变化反复，有点儿像是睡梦刚醒，还没回过神来。

两人顺着林荫道向前走着，沈鱼水仍在翻看着结婚证。王小迅扯了扯他的衣袖，"你赶紧收起来好不好，别人看你那样子，还以为要饭的捡到金元宝了呢。"

"人逢喜事精神爽啊，"沈鱼水并不在乎王小迅的奚落，大着嗓门笑道，"这可比金元宝值钱！我要让全世界人民都知道，沈鱼水我今天领证了！哈哈哈……"

王小迅朝四下里张望了一下，低声对沈鱼水说："有病啊，大街上这么大喊大叫的。"

沈鱼水"哦"了一声，松了松领带，贼兮兮地说："小迅，哦不，老婆，今后我得改口……"

王小迅停下脚步，转身指着沈鱼水，"不许改口，以前怎么叫，今后还怎么叫。跟你说了多少遍了，怎么就不长记性呢你！"

沈鱼水讪笑道："老婆，哦不，小迅、小迅。我、我这不太兴奋、太幸福了嘛！你也是的，这前两年吧，鱼水哭着喊着求你把证领了，你就是不答应。今儿个把我拖出来，也不打个预防针，说领就领了，你说这……这洪水猛兽般的幸福，谁扛得住啊！"

"切，不就领个证嘛。领证是领证，结婚是结婚，早就告诉过你。再说一遍，我的计划是……"

"得得得，又是你的三五规划。"沈鱼水蔫了，丧气地耷拉下脑袋。

王小迅的三五规划就像一根粗大的鱼骨，始终鲠在沈鱼水的喉咙里，甚至已经扎进他的胃里、他的心里。他想不明白，为什么王小迅就那么死板。大学毕业后用五年时间，到二十八岁领结婚证；二十八岁到三十三岁用五年时间争取事业有成；三十三岁以后正式结婚生孩子。这特么什么破规划？想是这么想的，可沈鱼水还是没敢说出来。

王小迅看沈鱼水不爽，安慰道："鱼水，到我三十三岁，我们就举办一场轰轰烈烈的婚礼，然后我便退隐江湖，相夫教子。"

"小迅，这、这战线拉得是不是太长了点？这让我等到猴年马月啊？"沈鱼水苦着脸。

"有什么问题吗？有问题你去找个愿意跟你短线作战的，我没意见。"

"别介，鱼水这颗深深爱着你的小心灵，哪经得起这冰火两重天的折腾。"

"算你识相。我再强调一遍哈，证虽领了，但咱俩的婚姻关系不公开，这叫隐婚！你不准告诉任何人，包括你那个狗腿子哥们儿马丰，我也不告诉于静。"

沈鱼水瞪大了眼睛，"小迅，这就是你的不对了。马丰和我什么关系？十几年的铁杆儿，生死兄弟啊，这么大的事怎么可以不告诉他？还有于静，和你更是二十多年的闺蜜。别人不知道可以，他俩总得告知一声吧？不行不行，我受不了了，我这就给他们打电话。"

沈鱼水掏出手机，王小迅冷冷地看着他，也不吱声。沈鱼水气馁了，慢慢放下手机。

两人继续向前走了几步，沈鱼水摇了摇头，"我还是觉得不得劲儿。老婆，哦不，小迅，你能不能满足一下我这颗幸福又兴奋的小心脏，我想请马丰、于静一起聚聚，让于静把超超也带来，大家一起 Happy Happy！你放心，鱼水绝口不提结婚证的事。"

王小迅白了一眼沈鱼水，"我看你是没事找抽。要请可以，但是得马丰、于静分开请。他们离了婚，于静一个人带超超，本来就一肚子怨气，把他俩弄一块儿，真难为你想得出来。"

02

沈鱼水约了马丰在夜南国酒楼吃饭。他和王小迅提前来到酒店包间，马丰还没到，沈鱼水嘀嘀咕咕地念叨："这小子，请他吃饭还端个架子，也不早点过来。"

正说着，马丰到了。沈鱼水站起身，咋咋呼呼地嚷着："来来来，深都卫视的一哥，大主持人，大知识分子，快坐快坐！"

这马丰何许人也？他当然不是沈鱼水嘴里的深都卫视一哥，在深都卫视，他主持着一档半死不活的读书节目。这年头读书本来就是非主流的事儿，市面上那些热门的时尚类、鸡汤类书籍又入不了马丰的眼。这哥们儿是好读书，经史子集、天文地理、文学艺术、民间传说，甚至神魔鬼怪、八卦娱乐也不放过。读归读，但他心里是有杆秤的，再加上天生一张大贫嘴，无论是谁的书，只要他觉得说得不上路子，冷不丁就会嬉皮笑脸地来上几句不酸不甜的点评。他读书多，可你要说他是知识分子，他还真跟你急。用他自己的话说，他就一屌丝，没那能耐充什么知识分子？

这不，沈鱼水一张口喊他知识分子，他就不乐意了，头一拧，"你这是抬举我还是骂我呢？哥们儿顶多也就一知识虫子。哪像你老沈啊，大儒商，生意做得风生水起，小日子过得是如鱼得水。"一句话把沈鱼水噎得死死的。

马丰将目光转向王小迅，"小迅，好久不见，今天格外漂亮嘛。"

王小迅一撇嘴，"行了吧你们！一个天上飞的，一个水里游的，就互相吹吧。来，快坐吧。"

沈鱼水哈哈一笑，"哥们儿，你就是我心目中的一哥嘛，也是我们家小迅心目中……啊，我们家小迅在光灿传媒，一直没担当过像样的节目，不定哪天得寻求你的帮助，到时你可不准推三阻四。小迅，你去招呼服务员上菜。"

王小迅起身往外走，到了门边又回转身，冲沈鱼水说："鱼水，你说话把点门儿，别什么事都瞎掰。"反手关门走了出去。

马丰看了看沈鱼水，"你们搞什么名堂？神神秘秘的。"

"也没什么事，就是叫上你聚聚，本来我想把于静、超超都喊来的，可小迅不让，说你们……唉，我到现在还没整明白，你们当初好好的，大胖儿子都上幼儿园了，怎么说离就离了呢？你看我跟小迅多好，从大学毕业到现在，一直相安无事，今儿个不就悄无声息地……"

王小迅推门而入，"悄无声息地过了五年了，不也挺好的嘛，老沈你说是不是？"见王小迅进来了，沈鱼水赶忙改口，"是是是，一晃毕业五年，一晃还需要五年。"

王小迅瞪了沈鱼水一眼，沈鱼水装作没看见，却也不敢再说。

三人开吃，沈鱼水和马丰推杯换盏，很快桌上杯盘狼藉，两人面前都摆了好几个空啤酒瓶，都有了些酒意。

沈鱼水端起杯子，对马丰道："来，我再敬你一杯，我要感谢兄弟大学期间的不杀之恩。"

马丰放下酒杯，盯着沈鱼水，"这话从何说起？搞得咱俩有深仇大恨似的。"

"要说没有，那的确是没有，但要说有，你马丰对鱼水，的确可以有深仇大恨啊。明人面前不说暗话，大学时你也喜欢小迅是不是？就冲这一点，你就完全可以往鱼水的茶杯里投点啥的嘛，所以我得谢你，谢兄弟的不杀之恩。"

马丰哈哈大笑起来，"姓沈的，看来你对我一直都耿耿于怀，还是放心不下哇！那你小子当初干脆把我结果了不就得了？"说着，马丰放下酒杯，"老沈啊，你小子快跟小迅把婚结了吧，好彻底让我断了这个念想。"马丰把酒杯往沈鱼水的酒杯上重重一碰，仰头喝干了杯中酒。沈鱼水看了看马丰，也端起酒杯一饮而尽。

马丰拎起酒瓶要给沈鱼水倒酒，被王小迅一把夺过，"别瞎掰了，我看你们哥儿俩喝得也差不多了，行了行了，该散了。"

"嗨……"马丰从王小迅手里抢回酒瓶，"我、我没事，反正回去也是独守空房……"

沈鱼水笑了，"别扯淡了，你会独守空房？谁信。不过告你一好消息，从今往后，哥们儿我终于不用独守空房了，咱、咱今天跟小迅……"

王小迅从马丰手里夺过酒瓶，往桌上一顿，盯着沈鱼水，大声地说："沈鱼水，你喝多了吧？你跟我怎么了？咱俩怎么了？"

沈鱼水咽了口唾沫，"没、没怎么呀，我、我这不就是想告诉马丰咱们俩……"

"咱们俩还有很长的路要走，你就好好想想接下来该怎么走吧。"说完，王小迅挎起坤包，从座位上拖起沈鱼水往外走。

03

两人回到王小迅住处，沈鱼水仍然醉意未消，摇摇晃晃地在客厅里边走边说："你太过分了，说走就走，一点面子不给我留。你今天必须跟我道歉。"

"你只想着在自己哥们儿面前显摆，你尊重我的意愿了吗？"王小迅坐在沙发上，气呼呼地说道。

"你的意愿？你什么意愿？我们结婚，有什么见不得人的！哦，我明白了，你是怕毁了自己在马丰心目中的玉女形象，是不是？"

"你说什么呢？"王小迅腾地从沙发上站起身来。

"你不要不承认。这么多年了，我也压抑够了，一直不敢说，也不愿意说，可种种迹象表明，当初你的确是喜欢过马丰的，难不成你现在……"沈鱼水仍在摇头晃脑地说着。

"沈鱼水，你是不是男人？要不是考虑到你小心眼，成天疑神疑鬼的，我今天就不该跟你去领证。"王小迅脸胀得通红，眼泪不禁在眼眶里打转。

"我疑神疑鬼？是你心里有神有鬼吧。你说，你是不是喜欢过马丰？是不是一领了证，你就后悔了？"沈鱼水越说越起劲，止不住手舞足蹈起来。

王小迅眼泪终于掉下来，上前用力把沈鱼水往门外推搡，"你滚，你给我滚！"

"不走，你今天必须跟我说清楚。"

"你不走是吧，好，有种你就别走。"王小迅说着抓起手机，拨了几下号码，对着手机说，"是 110 吗？我家闯进来一个喝醉酒的男人……"

沈鱼水一把抢过王小迅的手机，"你疯了你……"说着举起手机，"喂，你好，没事没事，小两口吵架拌嘴，对不起，对不起……喂！喂！"

沈鱼水看了眼手机，不禁瞪了一眼王小迅说："原来你没拨，酒都让你吓醒了。"

第二天早上醒来，沈鱼水在床上晃晃脑袋，想起了昨晚的事，赶紧抓起手机打给王小迅。

"小迅，对不起对不起，我昨天喝醉了，你别生气啊！"

"姓沈的，为这种事，你已经不止一次地道歉了吧？有意思吗？"

"都是我不好，我浑蛋，我犯贱。亲爱的，你不会真生气了吧，咱们结婚证都领了啊！"

"不就一张纸吗，撕起来也不费什么力气。"

沈鱼水支起身子坐了起来，咧着嘴笑道："瞧你说的，我还不了解你吗？我们家小迅，对鱼水从来都是刀子嘴豆腐心。亲爱的你等着，我这就去接你，送你上班去。"

"不劳你大驾，今天单位没事，我想待家里。"

"那我过去陪你，正好规划规划我们今后的生活。"沈鱼水理了理头发。

"今后啊，今后你还住你的豪宅，我还住我的小房子，我还没单够呢。"

"小迅啊，这成何体统？鱼水现在已经升级成为人夫，将来还要升级为人父，我得对你负责、对家庭负责不是？"沈鱼水边说边起身下床。

电话里王小迅的声音有些不耐烦，"你少烦我，就是对我最大的负责了。算了，不跟你啰嗦，我先挂了。"

王小迅挂断电话，电话里传来"嘟嘟……"的声音。沈鱼水对着手机"喂……喂……"了几声，又看了看手机显示屏，没好气地把手机往床上一扔，转身去了卫生间。

04

湖滨马路上人影稀疏，夕阳映照着水波，充满诗情画意。马丰开着一辆哈雷摩托，后座上坐着一位未戴头盔的长发女郎，手搂着马丰的腰。马丰的车开得飞快，女郎的长发飘了起来。

马丰略微转过头，问女郎："飘起来了没有？"

"什么？我听不见。"

马丰大声说道："我问你，头发飘起来了没有？"

"哦，飘起来了。"

马丰坏笑了一下，"正点！抓紧了！"说着，马丰再次提速，长发女的头发向后飘成了一条直线。

"慢一点，马哥你慢一点！"

马丰大声道："慢了就没有效果啦！"

女孩紧紧地搂着马丰的腰，大声说："求你啦！慢点，飘得太厉害啦！"

马丰没再说话，摩托车风驰电掣地开了出去……

湖边的一家西餐厅里，缠绵悱恻的爵士乐若有若无地传来，马丰和长发女郎相对而坐，桌上摆放着牛排、沙拉和饮料。

长发女郎把一块牛排放进抹得鲜红的嘴里，娇声娇气地问："你真是深都卫视的主持人？"

　　马丰边吃边翻看着手机说："你不信？当然当然，警惕性高对美女来说是好事，"伸手一指女郎，"你肯定被网友骗过。"

　　"我老喜欢看电视了，怎么没有见过你？"

　　"没见过就对了，见过倒奇怪了。我主持的那节目不时尚，也不够娱乐，读书节目。"

　　"你是说我不读书？告诉你马哥，我可喜欢读书了。"长发女郎嘟起鲜红的小嘴，拧身说道。

　　马丰微微一笑，"呵呵，你都读些什么书？"

　　"嗯……像《瑞丽》、VOGUE、《米娜》，还有《知音》什么的啊，每个月我都买，要花掉我不少钱呢。"女郎边说边掰着手指。

　　"哈哈哈哈，那不是书，是杂志。"

　　"书我也读呀，像徐心怡的《X星球的爱情笔记》，我可喜欢可喜欢读了。"

　　马丰晃了晃手中的叉子，说道："这个……这个……我还真没读过。"

　　两人漫无边际、有一搭没一搭地聊着。只见一个身材匀称、面容姣好的少妇，领着一个四五岁的小男孩走进西餐厅。少妇四处张望了一会儿，牵着小男孩径直走向马丰的座位。小男孩看见马丰，开心地扑了过来。

　　"爸爸！爸爸！"

　　马丰回头看见小男孩，开心地抱起他来，"啊，宇宙无敌小超人，你怎么来了？"说着在小男孩脸上连亲几下。

　　少妇走到桌边，表情冰冷地看着马丰道："就知道你在这儿！今天什么日子，有你这么当爹的吗？儿子差点没让人贩子拐跑！"

马丰一拍脑门，"啊呀，怪我怪我，今天是国庆长假调休，我把日子记错了，对不起对不起。你也是的，怎么不打个电话提醒我？"

"你倒有理了？"少妇说着，看了看长发女郎和桌上的阵势，"这就是你忙活的事儿？"

长发女郎站起来，拿起椅背上的外套，"马哥，我就不打搅你们一家了。"

少妇看了长发女孩一眼，没吱声。女孩挎起坤包，一扭一扭地出了西餐厅。

小男孩抓起桌上的东西，大口吃起来，一边吃一边赞叹好吃。少妇也坐了下来，大口吃起来，边吃边对小男孩说："超超，你放开了吃，这都是咱自个儿的钱，可不能浪费，更不能让那些个狐狸精给白吃白喝了。"

马丰没言语，不时地往马超的盘子里递放食物。吃了一会儿，马超跑离座位，去观赏鱼缸里的游鱼。

少妇用手里的刀叉轻轻地敲打着餐盘道："口味变了啊！"接着便学起长发女郎嗲嗲的声音，"我可喜欢读《知音》了。"

马丰一拧脖子，"那又怎么了，天涯何处觅知音，说明人家简单、透明。"

"真没想到，你的品位堕落成现在这个样子。"

"你这可是典型的羡慕嫉妒恨啊。我这叫广种薄收，广撒网，才能捞到美人鱼！"

少妇噎住了，顿了顿，一甩头发说道："是不是没滚成床单，满肚子火呀？奉劝一句，她不是你的菜。"

"不用你点我，是不是我的菜只有亲自尝了才知道，没你什么事，你还真当自个儿是女主了。我告你于静，咱们现在是离婚状态，你不可以干涉我的私生活，也没理由对我交往的对象品头论足。"马丰声音也高了起来。

于静立起柳眉，指着马丰说道："马丰你别忘了，你是马超的爸，我是马超他妈，你的一切，都关乎咱们儿子的健康成长，我作为他妈，当然有权干涉所有可能影响儿子成长的不良因素。"

"你别老拿儿子做挡箭牌。非要在所有跟我交往的女孩子面前把我搞臭不可吗？你是何居心？"

于静忍着眼泪，但眼睛里已经明显湿润了，声音有些哽咽地说："我是何居心你不明白吗？"

"不明白！"马丰答得也干脆。

于静拿起餐巾纸擦了擦眼泪，说道："离婚这两年，我算是看清楚了，女人就得狠一点、强势一点，否则就会让人钻空子，让别人花你的钱、住你的房子、打你的小孩、睡你的老公，凭什么啊！"

马丰皱了皱眉，"每次都是这几句，你能不能来点新鲜的？"

05

"叮咚……叮咚……"王小迅刚刚醒来，正穿着睡衣躺在床上翻看手机，便听见门铃声。

"谁呀？"王小迅一面问，一面走进客厅，从猫眼里往外看，只见沈鱼水正站在门口，手里还捧着一束鲜花。

王小迅打开防盗门，沈鱼水奉承地笑着说："小迅你起来了。"

王小迅看见沈鱼水身后跟着几个民工模样的人，便指了指他们问沈鱼水："你这是要干什么？"

"搬家呀！"

"搬家？谁要搬家？搬哪儿去？"

"把你的东西搬咱自个儿家去呀。小迅，我那边都收拾利落了，我还找了保洁公司里里外外收拾了一通，就等你这个女主人入住了！嘿嘿，我没通知你，就是想给你个惊喜。"说着，沈鱼水递上鲜花，"乔迁礼物，喜欢吗？"

王小迅一把夺过鲜花扔出门外，"出去，你们都给我出去。"

王小迅往外推搡着沈鱼水，几个民工不知道怎么回事，一起退了出去。王小迅试图关上防盗门，被沈鱼水用力挡住。

"王小迅我告诉你，今天你是搬也得搬，不搬也得搬，这次我得做回主。"沈鱼水态度强硬起来。

王小迅返回客厅，抓起自己的包，翻出钱包，拿出一叠钞票，走到门口递给一位民工说："大哥实在对不住，让你们白跑一趟。你们也看到了，我这什么都没收拾呢，今天搬不了，不过钱我照付，您拿着。"

民工接过钱，有点摸不着头脑，犹豫了一下，几个人还是返身走了。沈鱼水对着已经走开的民工背影叫着："哎，哎，别走呀！"

两人都拉着脸回到客厅，沈鱼水气恼地抓着头发说："这算什么事嘛！俩人明明结婚了，你不让我说，好，我忍了，咱不说。可搬到一起住是起码的吧，人未婚的都纷纷同居了，咱这倒好，自个儿把自个儿打成了牛郎织女。"

"领证是领证，同居是同居，不是一码事。"

"怎么就不是一码事了，咱们领的可是结婚证，住在一起那是天经地义的事儿，分开住才不正常。王小迅，你、你到底想怎样？"

"我不跟你吵，总之你不可以打乱我的人生计划。"

沈鱼水生气地走了。王小迅回到卧室，打开笔记本电脑心烦意乱地浏览着网页，无意中点开了一个旅游网站，专注地看了起来。看了一会儿，王小迅眼睛一亮，打开订票网站，订了一张飞往敦煌的机票。

正在这时，手机响了，王小迅一看，是沈鱼水来的电话，撇了撇嘴，接起电话。

"鱼水，你不要总那么心急火燎的好不好！咱们可能都还不适应领证这件事，干脆各自冷静几天，好不好？"

"嗯，小迅，我是想跟你商量件事。你看，这国庆长假马上到了，我带你回趟浙江老家吧，一来见见我父母，二来咱们顺道旅旅游、散散心。"

"不行，我已经订了去敦煌的机票和旅店了，我想去敦煌东边的红柳峡走一走，看一看。"

"红柳峡？没听说过啊，那是个什么地方？"

"一片还没开发的丹霞景观。"

"没开发？那不就是一片荒山野岭吗，有什么好看的。"

"跟你说不明白，我打小就喜欢丹霞，想去看看不行啊。"

"那、那也很好啊。小迅还是你想得周到，红柳峡的确是比咱老家诗意太多了，咱就当是旅行结婚，不但去敦煌、新疆、青海，咱们干脆走它一圈。早就听说西部的秋天可美了，万山锦绣，层峦叠翠，到处都是一幅幅的油画，一定很迷人。"

王小迅略一沉吟，"我、我只订了一个人的机票。"

"什么？你说什么？"沈鱼水的声音高了起来。

王小迅吸了口气，努力让自己的声音平静，"鱼水，我不是说了吗，我们都需要冷静冷静，我就想一个人待几天，你也别老打我电话，好不好？我告你啊，你再这么烦我，我就把手机关掉，让你再也找不到我。"

"王小迅，你、你这是唱的哪一出？这新婚燕尔的，我咋感觉自己就像王宝钏独守寒窑似的呢！你、你也太过分了你。"沈鱼水愤怒地挂断了电话。

静静地坐了一会儿，王小迅似乎觉察到自己做得有些欠妥，于是打开电脑，准备再订一张机票，可登录网站，发现同一航班的机票竟然已经卖光了。

王小迅拿起手机拨打民航预订处的电话。"什么？头等舱的票也没有了？这个航班的票一张都没有了……哦，请帮我看看有没有退票……也没有……好好好，谢谢啊。"王小迅关上手机，自言自语道："命该如此，沈鱼水，这可不能怪我了。"

此时，沈鱼水在自己宽大的办公室里也打着电话。他手里拿着笔，一面通话，一面记录着。

"哥们儿，规矩我知道，但你也是知道我跟小迅的关系的，所以才找你帮忙查询的嘛……找到了？太好了太好了！"沈鱼水嘴里重复着对方的话，手里不停地记录着，"深航ZH9244，十三点四十五起飞……嗨，我这不是要给她一惊喜嘛，女人嘛，就喜欢这些假惺惺的小惊喜……什么，机票没有了？

你确定？……那、那往后一点的航班是什么时候……好好好，就订这个，没错，我一个人……"

06

王小迅坐上前往机场的出租车。夏末秋初，机场高速公路两旁的田野正是一片葱绿，王小迅戴着墨镜，若有所思地看着窗外。

手机响了，是马丰打来的，王小迅打开手机接听，"马丰，你找我什么事？……我正在赶往机场的路上呢……什么？掉头？那不可能……你能有什么重要的事儿呀，一切等我从敦煌回来再说……得了吧你，对我特重要？哦……我知道了，肯定是鱼水让你打给我的，这个沈鱼水，还没完没了了。"王小迅挂断电话，看了看手机，想了一下，干脆关了手机。

马丰正在办公室里，见王小迅突然挂了电话，马丰只好再次拨打，手机里传来的提示音说手机已关机。"真操蛋！"马丰一拍脑门，起身一溜小跑下到楼下停车场，骑上自己的哈雷摩托，一加油门，摩托车"轰"的一声冲了出去。

上了机场高速连接线，摩托车一路向前飞奔着，只见前方一个交通指示牌，提示摩托车不能上高速。马丰一拧把手，摩托车拐下高速连接线，上了另一条公路。

这是一条和机场高速几乎平行的一级公路，机场高速未建之前，从深都市区前往机场的汽车走的都是这条路，机场高速建成后，这条公路成了市政道路。与机场高速不同的是，机场高速几乎全程高架，而这条公路则在地面上穿行，公路两边的绿化比机场高速好很多。马丰的摩托车快速行驶在公路上，两边葱茏的树木和田野从眼前急速地退去……

正在此时，机场高速上，一辆崭新的奔驰 S300 也向着机场方向急驰。驾驶这辆奔驰车的是也要赶往敦煌的沈鱼水。就在两条公路交叉的瞬间，沈鱼水无意中瞥到了下面那条公路上开着的哈雷摩托。沈鱼水一愣，自言自语道："咦，那不是马丰吗？看着挺像。"

沈鱼水提速超过公路上行驶的摩托车，又放慢车速，按下车窗，对着马路上的摩托车大喊："马丰！……马丰！……"然而马丰根本听不见，一溜烟冲得更远了……

沈鱼水一拍方向盘，自言自语道："这小子，火急火燎的又是去哪泡妞啊……"

王小迅走进机场大厅，找到航班的窗口排队办理登机手续。机场大厅里人来人往，队伍也排得很长，眼看快要排到了，王小迅突然感到行李箱被人拉了一下，抬头一看，马丰一手抱着头盔，一手在拉她的行李箱。只见马丰不容分说，把手里的头盔往行李箱上一搁，一手拉着行李箱，一手拉起王小迅的手，扭头就走。

王小迅被马丰拖着走了几步，这才缓过神来，叫道："马丰你干吗呀！这光天化日的，你是要劫财还是要劫色？"

"既不劫财，也不劫色，我劫人。"

"那还不是劫色。人家的飞机快要起飞了，你别闹了好不好。"

马丰站定，正色说道："这事特急，我还没来得及跟鱼水通气，先打电话给你，没想到你要去敦煌。没想别的，先把你截下来，回头我再跟鱼水说。"

"什么事啊？于静出事了？还是超超怎么了？"

"我们深都卫视已经正式委托你们光灿传媒做一档相亲节目，这次是双方合作，投入很大，对你绝对是个机会。天黑之前，你肯定会接到公司通知你们一帮制片人、编导开会的电话，所以你不能飞，飞机一起飞，这次机会肯定也飞了。"马丰连说带比画。

"啊！有这事？你怎么不早说呀，早说我就不订机票了。"王小迅笑了起来。

"我这不也才知道嘛，你现在赶紧把机票给退了，还来得及。你跟我回去，我先帮你策划策划，开会的时候你就心里有底了。"

王小迅美美地一笑，跟着马丰走向退票窗口。

办完了退票手续，马丰拉着王小迅的行李箱，两人一前一后走出候机大厅。也就在这时，沈鱼水拉着行李箱正从大厅的另一道门走进候机大厅，双方隔着人流，交错走过。

07

王小迅打车回到城里，直奔半坡酒吧，马丰已经在等她了。

两人聊了半天，时间到了傍晚，光线也有些暗淡。王小迅看了看笔记本电脑，抿了口茶，瞟了马丰一眼。

马丰伸了个懒腰说："哎呦，这半天折腾的，好久没这么紧张过了。"

王小迅眉飞色舞地说："明天开会，我把咱这策划一亮，保准艳惊四座。"

"你先别高兴得太早，光灿传媒还是有些个能人的，保不齐别人的想法更胜一筹呢！"

"那不可能，对别人没信心，我对你马丰还是很有信心的。总之吧……"王小迅盯着马丰，悠悠地说，"马丰，谢谢你！"

马丰避开王小迅的目光，"嗨，谢我干吗，要谢谢你们家老沈去。哎呀，坏了坏了，光顾着讨论，我都忘了告诉老沈这事儿了，回头你跟他说一声，免得哥们儿误会。"

"关他什么事儿？我的一举一动，甚至连工作的事儿，也要向他汇报啊，神经！"王小迅没好气地说。

"好好好，我神经，我神经，不过咱这不是防微杜渐嘛。老沈什么都好，就是在你的问题上，太容易过敏……"

"别说他了好不好，烦都烦死了。"

马丰放下茶杯，"怎么，吵架？对了，我还没来得及问你呢，你咋一个人去敦煌啊？难道你们真的吵架了？那这事更要告诉他。"

"你放心，我回头会告诉他的。瞧你紧张成那样儿，难不成你还担心我欺负你哥们儿？"王小迅撇了一下嘴。

"保不齐，老沈最在乎你，捧在手里怕掉了，含在嘴里怕化了，还不得什么都依着你。"马丰笑了起来。

"切，我跟他，一切正常吧！"王小迅"啪"地合上手提电脑。

夜色降临，沈鱼水已身处敦煌。他来到预订酒店的前台，向前台小姐打听王小迅入住的信息。小姐查询了一番，对沈鱼水说："先生，您打听的客人是预订了房间，但是还没入住。"

沈鱼水挠了挠头皮，"奇怪，她应该比我先到的呀。不管了，你先把我预订房间的手续办了。"

趁着服务员办手续的工夫，沈鱼水拨打王小迅的电话，听筒里传来"对不起，您拨打的电话已关机"的提示，沈鱼水皱起眉头，自言自语道："难道航班延误了？"

沈鱼水接过服务员办好的房卡，拉起行李箱走向电梯，再次拨打王小迅的手机。

一路拨打到酒店房间，手机里传来的仍然是关机提示。沈鱼水不死心，焦虑地在房间里来回踱步，不停地拨打，但始终只有关机提示。沈鱼水无奈，忿忿地关掉手机，服下一片安眠药，熄灯躺下，辗转反侧了一会儿，还是睡着了。

而与此同时，王小迅正在自家的浴室洗澡，隔着磨砂玻璃，可以依稀看到她曼妙的身影。王小迅一边淋浴，一边哼着流行歌曲。

洗好澡，王小迅身上裹着浴巾，手里拿着干毛巾擦着头发坐到沙发上。忽然想起了什么，王小迅打开手机。

这手机在她去机场的路上接完马丰的电话后关上就再没打开过，马丰带来的好消息让她兴奋不已，早就忘了手机一直处于关闭状态。直到这会儿，王小迅才想起应该给沈鱼水打个电话，告诉他自己没去敦煌。一打开手机，里面传出的是沈鱼水的数个未接来电提示。王小迅赶紧回拨过去，手机里却传出对方手机已关机的提示。

王小迅看了看手机，想想觉得滑稽，嘴角禁不住漾起了笑意，随手把手机往沙发上一扔，继续擦拭自己的头发。

08

第二天一大早，王小迅便匆匆赶到自己所在的光灿传媒公司，拿好笔记本电脑等开会必带的东西走进会议室。不一会儿，公司副总经理兼节目中心总监赵怀远、节目中心副总监黄肃之和其他三四个公司领导也陆陆续续进了会议室。参加会议的还有公司的同事何珺以及其他几位制片人、编导，总共有十四五个人。

会议由赵怀远主持。公司一把手袁总很少参与公司的日常管理，公司的日常工作都是由赵怀远在主持。这会儿，赵怀远坐在会议桌正座，他抬手看看了腕表，说道："事出紧急，所以不得不牺牲各位的休息时间，咱们要开一天的会。会议很重要，时间又特别紧，所以不能被任何情况打扰，大家都把手机关了，都听清了，我说的是关机，不是调静音。"

众人纷纷关上手机。王小迅也关了手机，打开笔记本电脑。

赵怀远继续说："光灿传媒和深都卫视的关系大家是知道的，所以才会委托我们做这么一档相亲节目。双方高层对这件事都高度重视，势在必得。但是，困难也不小，我们一定要有全新的创意，只有办出完全不同于别家的节目形式，才可能在众多的相亲节目中脱颖而出。大家各抒己见，谈谈自己的想法。这是一次机会，也是一次挑战，放开了谈，这次公司将采取竞争立项、能者上的办法，普通编导一样也有机会。"

大家议论纷纷，有的面露兴奋之色，也有的摇头咧嘴。

何珺抢先站了起来，"我的想法是，咱们干脆做一档直播，而非录播形式的相亲类节目，这样说不定就能出奇制胜。"会场响起一片大笑声，何珺脸上顿时一阵红一阵白。

赵怀远凝目蹙眉地说："严肃点，让你们提方案提不出来，别人提出来一个，你们却不以为然。至少何珺的想法很大胆嘛，就冲这一点，就值得表扬。"

一位公司领导说："大胆可以，可也不能傻大胆呀。对于相亲类节目，直播压根就没有可行性。大家想一想，直播不好控制镜头，摄像、编导和导播的压力都特别大，主持人就更不用说了。试问，你翻遍全中国，找得出一个能胜任的主持人吗？就是能胜任，你请得来吗？请得起吗？"

一位制片人接着说："即使能找到主持人，可是直播中没法控制舆论导向呀。别说直播，就是录播，也不一定能一次成功，中间需要 NG 若干次，就像拍戏一样，直播根本就不能保证这一点。"

一位编导也抢着说："还有还有，嘉宾素质也参差不齐，万一哪个情绪失控，主持人无法控制现场怎么办？观众也可能情绪失控，造成混乱……"

何珺面红耳赤，气呼呼地说："人家只是提个想法，瞧你们一个个，劈头盖脸的，不带这样的。"

黄肃之扬了扬手，打断何珺的话，"我倒是觉得小何的想法值得好好揣摩揣摩。我们就是需要这种化腐朽为神奇的魄力，出奇制胜。直播虽然有不少难度，风险更大，但我相信，风险和机遇是并存的，尤其是，在其他卫视相亲节目纷纷遭遇暗箱操作、幕后交易质疑的情况下，直播就更显出了它的优势。"众人又是一番七嘴八舌。

轮到王小迅发言，她把自己跟马丰商量的结果复述了一遍，最后说道："我们不难发现，目前的相亲类节目都是以婚姻为目标的，切题倒是很切题，但问题也就出在这里。婚姻固然重要，可是一桩没有爱情的婚姻，还有什么意思呢！尽管一切不以婚姻为目标的恋爱都是要流氓，可我仍然要说，应该先有恋爱，后有婚姻。没有爱，行尸走肉；有了爱，无怨无悔。基于这一想法，我的创意是，制作一档为年轻人、为大龄未婚男女寻找爱情，而不是结婚对象的节目，栏目名称我都想好了，就叫'非爱不可'，口号可以是：只要爱情开花，自然会有结果，真爱至上，非爱不可。"

王小迅说完，赵怀远和两边的领导分别点头认可。大部分与会人员也交头接耳，频频点头，只有何珺撇了撇嘴，一副不甘示弱的样子。黄肃之则把玩着手里的签字笔，默不作声。

赵怀远最后总结说："大家谈了很多，有奇招，有亮点，有的新意盎然，令人怦然心动，比如何珺、王小迅，你们的想法都很好嘛。既然是竞争上马，我建议你们回去抓紧拿出具体、全面的策划案。三天之内，所有的方案统一交到黄总那里，紧接着我们就召开论证会，并最终敲定结果。时不我待，希望大家能牺牲小我，顾全大局……"

第二章　遇　险

01

昨天睡得晚，再加上旅途劳顿，沈鱼水起床时已经是十点多了。想着昨晚一直没打通王小迅的电话，沈鱼水又打开手机联系王小迅，提示还是手机关机。沈鱼水坐起身，反复地拨打，但手机里不断重复的依然是顽固的关机提示。沈鱼水的情绪也由恼火转成了不服，心里想着，我就不信找不到你。起床后匆匆吃好早饭，沈鱼水叫了辆出租车，直奔红柳峡而去。

敦煌郊外，天高云淡，艳阳高照。出租车已经远离市区，本来就稀疏的房屋也被远远抛在身后，地面逐渐荒凉起来。一个刹车，卷着尘土的出租车停了下来。车轮前方，有几道模糊的车辙，继续向东延展着。

沈鱼水下了车，很不情愿地问出租车司机："师傅，你再考虑考虑，多少钱都成，只要你能把我送到红柳峡。"

出租车司机头摇得像拨浪鼓，"跟你说八百遍了，不行，多少钱都不行，再往前就是戈壁滩了，没有路了。"

"师傅，没那么夸张吧，你看这地上不是还有车辙吗，说明还是有车进出的。"沈鱼水尝试着说服出租车司机。

"那是越野车，我这车是跑出租的，上戈壁可不行。"

"师傅，你再想想，我出一千块……两千块两千块！"

出租车司机没再答腔，调转车头，在沈鱼水身边停了一下，对着茫然的沈鱼水说："幸运的话，你能搭上顺风车。"说着，一踩油门，出租车绝尘而去。

沈鱼水摇了摇头，再次拨打王小迅的手机，却无法拨打出去，一看手机，居然没有信号了，气得沈鱼水往地上连啐了几口唾沫。停顿了片刻，沈鱼水顺着车辙迈开脚步。

映衬着周围荒无人烟的景象，沈鱼水的身影越发显得渺小、孤单。走了一段，他站在两行车辙印旁，模仿电影里的搭车女郎，摆弄着各种招手拦车的姿势，显得滑稽可笑。

他正搔首弄姿，一个人玩得带劲，猛听见身后"噗嗤"一声笑。沈鱼水一回头，只见他身后不远处的岩石上坐着一个人，吓得他一屁股跌坐在地上。

"哈哈哈哈……"这人大笑起来。

沈鱼水一定神，看清是一个戴着一副大大的墨镜、身上背着个很大的登山包的姑娘。姑娘站起身，走到沈鱼水身边，大方地伸手去拉沈鱼水，惊魂未定的沈鱼水下意识地把手往后一缩。

"哈哈哈哈，你没事吧？大白天的，我又不是鬼，这点胆量都没有，也敢一个人走这荒山野地啊？起来吧。"姑娘笑盈盈地说。

荒凉广袤的戈壁滩上，了无人迹，只有一马平川的碎石子荒滩，偶尔可以看见几株瘦弱的骆驼草倔强地生长着。沈鱼水和姑娘已经一同走了一段路程。交谈中，沈鱼水知道这姑娘叫肖真真，也是从深都来的，现在是深都一所职业学院的老师，同时还兼着一家风光摄影杂志的特约记者。

"这世界说大也大，说小也小，没想到能在这茫茫戈壁滩碰到深都老乡，要不是遇到你，我还真不知道该怎么办呢。红柳峡在哪儿我都弄不清，让我一个人去我都不知道往哪走。"沈鱼水显得异常开心。

"当然了，戈壁滩可不是公园，迷路失踪都是有可能的。"

"啊！那……那咱们还是等等顺风车吧！"

肖真真莞尔一笑，"瞧把你吓的。边走边等吧。要不是我车坏了，又急着赶写一篇稿子，你倒可以搭我的顺风车，现在我们只能等别人的顺风车了……你女朋友也是，怎么不等你一块儿走，一个人先奔红柳峡了。"

"嗨，她跟你一样，喜欢到处瞎转悠，哦不，你不是瞎转悠，你是专业的旅行家，跟她不是一个重量级的。"

"但你女朋友有一点跟我肯定是一样的，傻大胆！"说着，肖真真咯咯笑了起来。

沈鱼水显然被肖真真的笑声感染到了，忍不住偷看了她两眼。

"要不是赶着给杂志社交稿，我今天也不会去红柳峡，如果遇上下大雨，这一路非常危险。你也够冒失的，看来你也是傻大胆。"肖真真又笑了起来。

"嗨，我这不是着急嘛，担心我那口子，才匆匆上路的，只要她没事，我是不怕任何危险的。"这话说出来，沈鱼水自己都觉得义正辞严。肖真真也不禁悄悄地多看了两眼这位俊朗的男人。

沈鱼水举起手机，前后左右地拍着戈壁的景物。

"来来来，我们自拍一张，留个纪念。"沈鱼水举着手机，蹭到肖真真边上，对着肖真真自拍。肖真真一边走，一边也配合地做着 V 手势。两人边走边聊，已经走了一个多小时。戈壁滩坑洼不平，他们行走的速度快不起来，而沈鱼水一直期待的顺风车也始终没有出现。

"讲讲你和你女朋友的故事吧！"肖真真边走边说，"我常年在路上，其实挺寂寞的，听听驴友的故事，对我来说就是最大的乐趣了。不管是欢乐的，还是悲伤的，对我来说都是一份收获，很多还成了我为杂志写稿的素材了呢。"

"啊，我们的故事里没有悲伤，只有浪漫，浪漫甜蜜的爱情，不过你要是写进文章里，我还真得考虑考虑。"沈鱼水呵呵一笑。

"快讲快讲，我最喜欢浪漫而又真实的爱情故事了。"

"这……"沈鱼水支吾了一声，显出为难的样子。

肖真真抓住沈鱼水的胳膊，摇晃了几下，"沈大哥，你就讲讲嘛，我保证不写出来还不行吗？"

"那……好吧，我讲……"

02

望着茫茫戈壁，沈鱼水的思绪飞落到几年前他的住处。

那时他刚参加工作两年，王小迅还没大学毕业。他的住处陈设简陋，一看就知道是个单身汉的住所。王小迅生日那天，沈鱼水约她来到这处房子，领着她在房间里转悠。

"这房子是租的，但我不会永远住在这里。"沈鱼水郑重其事地说。

"那以后你会住在哪里？"

"我带你去看。"沈鱼水打开房间里的一扇门，撤下一个开关，房顶上两盏射灯亮起，两道明亮的光线聚拢过来，照着地板上的一个别墅模型。除了这个别墅模型，房间里没有别的摆设。灯光投射下的别墅模型美轮美奂。

"哇！"王小迅惊叹起来。

"这就是我三十岁以后要住的地方。"说着，沈鱼水拿起一根木杆，在模型上指点着，"这是花园，这是露台，这是健身房，这是主卧，这两间是工人房。"

"工人房，还两间？"王小迅瞪大了眼睛。

"就是保姆住的。"说着，沈鱼水关掉射灯，按下另一个开关，房间里黑暗下来，模型的窗户里却亮起了红红绿绿的小灯。与此同时，房间顶上垂下的一只球形吊灯也亮了，光线乳白，如同满月。

"这是我请人按我的构思专门制作的，喜欢吗？"沈鱼水深情款款地问。

"哇，真的好美！"

"这房子什么都不缺，就缺一个女主人了。"

"谁能做这样房子的主人，不要太幸福哦。"王小迅说道。

两人四目相对。

沈鱼水问："你愿意吗？"

"没有人会拒绝，包括我。"王小迅轻声答道。两人拥抱在一起……

沈鱼水陷在回忆里，肖真真也听得入神了，她喃喃说道："沈大哥，你对你女朋友真的太好了。跟你在一起，她一定是每天都笑靥如花。"

"她就是不爱笑，不过喜欢花，最喜欢玫瑰花。有一年她过生日的时候，我买了九百九十九朵玫瑰送给她。"沈鱼水又陷入回忆中……

王小迅住处。王小迅蒙着眼罩，被沈鱼水推着走向卧室。

"不准睁眼哦。"沈鱼水边说边用手在王小迅眼前晃了几晃。

"你今天要我的钥匙，在家捣鼓什么了？"王小迅伸着手臂，小心地向前走着。

"别急，答案马上揭晓！"沈鱼水推着王小迅进了卧室，解下王小迅的眼罩。

王小迅睁开眼睛，只见温馨的壁灯照耀下，床上堆满了玫瑰。喜形于色的王小迅尖叫一声扑上床，在床上滚了几下，王小迅突然大叫起来："刺，刺……"说着从床上迅速弹起。

零零散散的玫瑰花很快被清理出卧室，床上残留着一两片花瓣。

王小迅伏在被子上，裙子撩起露出大腿。沈鱼水拿着镊子、手电筒，在拔除王小迅身上的玫瑰花刺。

"哎哟，哎哟……姓沈的，你怎么这么蠢啊，呜——"王小迅痛得流下了泪水。

戈壁滩上，肖真真笑弯了腰，摘下墨镜擦拭眼泪。沈鱼水动容地看着纯情、爽朗的肖真真，她的眼睛更加让人着迷。

肖真真停下笑声，变得安静而乖巧。

"就是被扎成刺猬，也心甘情愿呢！"肖真真喃喃说道。

两人四目对接，情不自禁地对望在一起。

这时，天突然暗了下来，空中乌云涌动，地面刮起了风沙。

"不好，要下雨了。"肖真真花容失色。

"这……这上哪儿避雨啊！"沈鱼水看看四周荒凉的戈壁。

肖真真四下一看，往左手方向一指，"那边有个坡，快往那儿跑。"说完，肖真真便快速跑向坡地。

"哎，真真，哪儿能躲雨？"沈鱼水还在磨蹭。

"别问了，快跑。"肖真真边跑边说。

两人跑到坡顶旁的一块空地，雨点已经啪啦啪啦地落了下来。肖真真迅速拉开背包，抽出帐篷。

"快！帮我搭一下帐篷。"肖真真命令道。

"我……我不会。"

"跟着我做就行。"肖真真嘴里说着，手却没有停下。沈鱼水跟在肖真真身边，按着肖真真的指令帮着一起搭帐篷。

帐篷搭好，两人迅速钻了进去，肖真真从里面拉上拉链。顷刻间，帐篷外已是大雨如注。广袤的天地之间，这顶小小的帐篷淹没在雨幕中。

"她可能到了红柳峡了，那里肯定也下大雨，不会有什么危险吧？"沈鱼水着急地问肖真真。

"我查阅过红柳峡的资料，那里是丹霞地貌，山体坚固，应该可以找到避险的地方。"

"唉！都怪我，都怪我不好。"沈鱼水对着帐篷外，惊恐地喃喃自语，"亲爱的，你可千万不能出事儿呀！"

看着沈鱼水真切又无助的样子，肖真真突然笑了，她拍了拍沈鱼水的肩膀，"现在是国庆长假，相信那里会有不少驴友，他们会互相照顾。现在雨太大，看不清方向，等雨小点，我们就继续往前走，不出意外的话，天黑前我们应该能赶到那里。"

"好，你的背包我来背，这样可以走快些！"沈鱼水答道。

03

戈壁的雨来得急，去得也快，很快就停了。沈鱼水和肖真真钻出帐篷，只见一轮彩虹挂在天地间，把单调的戈壁滩映照得五彩斑斓。

"啊，太漂亮了！"沈鱼水大叫。

肖真真没有回应，她紧走几步，来到坡顶，四下张望着，脸色渐渐凝重。

"我们可能迷路了。"肖真真的语气有些紧张。

"那，那怎么办？"沈鱼水焦急起来。

肖真真没答话，钻进帐篷，把背包里的东西统统倒在地上，翻找着。

"真真，你找什么？"沈鱼水把头探进帐篷问道。

肖真真仍然没有回答，紧张地翻找着。停了一下，又把倒在地上的东西一件件地放回背包里。

"糟糕，指南针和定位仪都放在我车上了。"肖真真抬起头，把披散下来的头发向后拢了拢。

"这……这可怎么办？"沈鱼水一脸沮丧。

"天快黑了，如果幸运有路过的车辆，把我们带出去最好，否则只能徒步走出去了。"肖真真悠悠地说道。

　　这时，光线越来越暗。广袤无垠的戈壁滩上，那种彻骨的空旷感和渺小感，以及伴着黑暗到来的一种从未有过的恐惧，压得沈鱼水有点透不过气来。

　　肖真真拿出手电筒、地图，又走到坡顶上四下张望了一会儿，在地图上比照了一番。从高坡上下来，钻进帐篷。沈鱼水也跟着肖真真钻进钻出。

　　"如果我没估计错的话，离这里最近的公路至少有五十公里。要走也是一个人走，一个人留下，今天太晚了，明天一大早我就出发。"肖真真说道。

　　"那怎么行，你留下，我走出去找人。我女朋友还不知道什么情况呢，我都快要急疯了。"沈鱼水焦急地说。

　　"急也没用，这里是戈壁滩，你又没有野外生存的经验，我都没把握能不能走出这里，就凭你！？"

　　"我是没有野外生存的经验，但我首先是一个男人，总不能让你涉险吧。"

　　肖真真幽幽地看了一眼沈鱼水，"戈壁滩上可能会有野狼，你也不怕？"

　　沈鱼水一哆嗦，下意识地扭头向帐篷外张望，随即故作镇定地说："瞧、瞧你说的，这年头，到处是人的足迹，野狼野狗什么的，早跑到荒山野岭里去了。"

　　肖真真笑了笑，"这里和荒山野岭有区别吗？"

　　夜色笼罩过来，戈壁滩浓重的黑暗中，天空的星光清晰可见，而整个大地则黑乎乎的一片，什么都看不见。

　　气温也快速降了下来，慢慢地感到了寒冷。衣衫单薄的沈鱼水刚刚入睡就被冻醒了，他搓着膀子，回头张望了一下，依稀可以看到蜷缩在帐篷另一边的肖真真。

肖真真也醒了，听到了沈鱼水的动静，"沈大哥，你到我这边来。"

"这……这边也一样。"

"让你过来你就过来。"

沈鱼水来到肖真真身边，和肖真真并排坐在一起。

肖真真拉开沈鱼水的胳膊，钻进他怀里，两人贴到一起。沈鱼水局促地把手搭在肖真真肩上。

"你别误会，我在野外惯了，和驴友靠在一起取暖是常有的事。"肖真真小声说道。

"我没，没误会……不过你一个女孩儿家，常年在外，怪不容易的。"

"习惯了，在一个地儿反倒待不住。"

"你没成家？没有男朋友？"

"没。"

"不可能呀，你这么漂亮，喜欢你的男孩子肯定海了去了。"沈鱼水有些惊诧。

"碰到过不少，天南地北的，国内海外的，可是……"

"可是你都不喜欢？"

"对，也不全对。我还有一桩未了的心愿，了却了它，我才会考虑自己的事情。"

沉默了片刻。沈鱼水挪了挪身子，使两人都更舒服些。

"你为旅游杂志写稿，收入挺高的吧？"

"还过得去，你问这干吗？"

"我就随便问问，咱俩这么靠在一起，我也没了睡意，总得聊点什么吧！"

肖真真抬头看了一眼沈鱼水，"别光说我，说说你吧。你对女朋友做过的最浪漫的事是什么？除了别墅模型和九百九十九朵玫瑰。"

"求婚，我向她求婚的那一幕。她后来告诉我，当时幸福得差点儿昏过去。"

"是什么，快说，快说。"肖真真抬了一下头。

沈鱼水挪了挪胳膊，轻声地说了起来……

肖真真靠在沈鱼水怀里，异常安静。映衬着戈壁滩上的月光，两行清泪从肖真真的腮边肆无忌惮地流淌下来。

"真真，你怎么哭了，对不起，我……"沈鱼水发现肖真真的身体微微抖动，赶紧停口。

肖真真抹了把眼泪，破涕为笑，"我是太感动了。沈大哥，你对她真是太好了，我都嫉妒她了。"

沈鱼水低头闻着肖真真头发的香味，无限陶醉。

"沈大哥，再抱紧点，我冷。"肖真真喃喃地说道。

沈鱼水用双臂箍住肖真真，肖真真也挪动了一下，熊抱着沈鱼水的腰，靠在他怀里，沉沉睡去。

04

天边依稀发亮。肖真真醒了，睁开眼睛，发现自己躺在沈鱼水的怀里。她没有立刻起身，又闭上眼，继续躺了一会儿。

这时已是黎明时分，茫茫无边的戈壁滩上，孤零零地支着一顶帐篷。拉开帐篷门，肖真真轻手轻脚地从里面出来，转身拉上拉链。

肖真真站起身，回头看了一眼帐篷，向一望无际的旷野深处走去，身影越来越小，最后消失在逐渐亮起来的地平线上。

沈鱼水醒来时，天色已大亮。他抬起身来，伸了伸胳膊和双腿，往帐篷四周看了一圈，没有看到肖真真。沈鱼水爬起来钻出帐篷，四下张望，仍然没有肖真真的身影。沈鱼水不禁有些慌乱，又返身钻进帐篷。只见帐篷一角放着两瓶矿泉水和一袋压缩饼干，是肖真真留给他的。旁边还有一串胡桃木的手串，一个矿泉水瓶下压着一张纸条："沈大哥，我去寻找救援，希望还能回来和你相聚——一定的！这手串留给您做个纪念。祝我们好运！真真。"落款后面，肖真真还画了一个调皮可爱的笑脸。

沈鱼水冲出帐篷，绝望地打量着四周的旷野，有些害怕也有些自责地对着戈壁空喊起来："真真！真真！……小迅！小迅！你们在哪里啊！"

旷野里只有沈鱼水叫喊的声音，甚至连回音都没有。

无垠的戈壁滩深处，肖真真正艰难地跋涉着，额头上布满汗水。她不时地用衣袖擦掉额头、脖子上的汗水。

到了下午，肖真真已经走了大半天了，毒辣的太阳照在无遮无挡的戈壁滩上。肖真真跌跌撞撞地走着，前方终于出现了一条蜿蜒的公路。

另一片天空下的小坡顶上，沈鱼水高举手机，可还是没有信号。沈鱼水气得想砸掉手机，动作做到半截又停住了。他再次对着旷野大喊："哎……有人没有？听见了就答应一声啊……"

渐渐地，沈鱼水没了力气，萎顿地倒在地上睡着了。

睡梦中，沈鱼水似乎听到一阵汽车发动机的声音，沈鱼水猛然惊醒，睁开眼睛，看到一辆破旧的卡车驶来。沈鱼水一骨碌爬起来，兴奋地蹿到坡顶，汽车渐渐驶近，沈鱼水看到肖真真坐在副驾驶座位上，于是拼命挥动双臂，"我在这儿！这儿有人！我是沈鱼水！"

救援卡车开到帐篷附近，沈鱼水赶紧拆卸帐篷，肖真真却站在坡下的车旁没动。

"咱们赶紧去红柳峡吧，耽误了一天一夜，我女朋友恐怕已经走了。"沈鱼水说。

"天黑了，我们还是跟这辆车先出去，找个过夜的地方。"肖真真的声音很疲惫。

"那，那行吧，可是我们家那口子……"

"等咱们先脱了险再说吧。我打听了，红柳峡那边雨不大，应该没有危险的。"

沈鱼水收拾好帐篷，递给已经上车的肖真真，自己也爬上车斗。汽车发动起来，肖真真拉过帐篷，盖在沈鱼水和自己的身上，两人只露出胳膊和脑袋。

"给我。"肖真真向沈鱼水一伸手。

"什么？"

"手串呀，本来以为见不到面了，给你做个纪念，现在咱回来了。"

"那可不行，哪有送人东西又要回去的道理，这可是我的护身符，今儿大难不死全靠它了，我要好好珍藏。"沈鱼水手伸进衣袋按了按。

"切，有那么严重吗？回去就不怕你女朋友看见？"

"我就说是从地摊上买的……"

肖真真掩嘴而笑。

雪亮的车灯照射着前方。沈鱼水不安地看着四周，肖真真靠在车框上睡着了，她的面容十分憔悴。

05

在单位忙了一天，王小迅回到家里时已经很晚了，想起还没跟沈鱼水联系上，赶紧再次拨打电话，没想到这次居然通了。

"额的神啊，你为什么压根儿就没来敦煌？为了找你，我的小命差点就报销啦！"沈鱼水又喜又怨地说。

"出什么事了吗？……我说打你电话怎么就打不通呢……"王小迅紧张起来。

"……我和一哥们儿搭伴去红柳峡，结果迷路了，手机又没信号，这戈壁荒滩的几百里没有人烟。"

"没伤着吧？"

"没有没有，我沈鱼水是什么人？也就碰到几十头野狼，被我通通打跑了。"

沈鱼水旁边的肖真真不禁笑出声来，沈鱼水赶紧捂住话筒，回头看了她一眼。

"行了行了，你就吹吧，赶紧给我回来反省，竟然敢跟踪我！"王小迅说。

"我这不是担心你吗？既然你没去红柳峡，那我也没有必要去了，明儿就回深都，小别胜新婚……"

"少废话，赶紧给我回来，有好些事要跟你讲呢。"

沈鱼水打完电话，词不达意地对肖真真说：“手机有信号了。”

第二天一早，沈鱼水和肖真真吃好早餐，一起从路边的一家餐馆出来，沈鱼水的背包已经背上了。

“前面都是大路，你搭个车就能去敦煌了，当天就能飞深都。”肖真真说。

“那你呢？”

“我要在镇上待两天，写稿的任务还没完成呢，还得去红柳峡。”

“互留个联系方式吧。”沈鱼水说道。

“这就免了，太俗，如果有缘咱们自会见面。祝你一路平安！”肖真真笑着向沈鱼水伸出手。

沈鱼水站着没动。

“你走啊。”肖真真催道。

“别说，这分别之际还真有点伤感。”

“你不走我走，我回旅社歇着了。”

说着，肖真真转身离去，走了几步，身体突然晃了几下，似乎要摔倒。沈鱼水一愣，“真真！”肖真真摇晃着，沈鱼水急忙奔了过去，扶住肖真真。

“真真，你怎么了？”

肖真真试图推开沈鱼水，但身体已经不能保持平衡，伸出去的手一把抓住了沈鱼水的衣袖。

沈鱼水摸了摸肖真真的额头，“啊，你发烧了？”说着，沈鱼水扶着肖真真在路边一块石头上坐下，肖真真无力地低着头，沈鱼水抱着她的肩膀，“我送你去医院。”

肖真真抬起头，有气无力地说：“没事儿，受了点寒，感冒了，休息休息就没事了。"

沈鱼水眼眶湿润了，"都是为了我，我说你昨天怎么在车上睡着了呢！"

"我真的没事，你赶紧走吧，别耽误时间。"肖真真轻轻地推开沈鱼水，脸上挤出一丝笑容。

"不行，我得留下来照顾你，等你的病好了我再走。"

肖真真安静地看了一会儿沈鱼水，缓缓地说道："要不你把我送回旅社，然后你就走，我实在走不动了。"

沈鱼水含着泪水，背着肖真真向旅社走去，"真真，我不想走了，你都病成了这样。"

"这点小病，对我们这种人来说太小菜了。"

"你们是什么人？"沈鱼水停顿了一下。

"旅行家，探险家呀，哈哈哈。"肖真真笑得有气无力。

"反正我不走了，现在我走了成什么人啦，那就真不是个玩意儿了。"

"那不行，否则我就不让你背了！"见沈鱼水不搭腔，肖真真使劲摇了摇他的肩膀，"哎，你听见没有？不答应我就往下跳了！"

"好好，我答应你。"沈鱼水声音哽咽着说道。

06

沈鱼水当天就回到了深都。来到王小迅住处，沈鱼水便张罗着做起了晚餐。

一会儿，餐桌上已经有好几个菜了，沈鱼水从厨房又端出刚做好的一盘炒菜。抬头看到王小迅坐在客厅的沙发上，脚跷在茶几上正在打电话。

"老大，这是真的？"王小迅突然站了起来，兴奋地说。

听筒里传来赵怀远的声音："这还假得了，我和深都卫视的范总刚碰过头，他们的主持人随咱点，点谁是谁，我把这个权力下放给你。"

"我知道了。老大，小迅绝不会辜负你的希望，一定会挑个合适的。"说着，王小迅握紧拳头使劲往下一顿。

"论证会还是要认真对待，虽然只是走过场。"赵怀远吩咐道。

"是，是……"王小迅连声应诺。一放下电话，就抱着沈鱼水脖子亲了一下，"我要成功了，成功了！噢耶。"

沈鱼水伸手在围裙上擦了擦，漫不经心地说："你要是成功，我离失败也就不远了。"

"说什么呢，扫兴！"

"吃饭吃饭，我特地做了你最爱吃的萝卜烧肉。"沈鱼水连忙打住话头。

"我得打个电话给马丰，约他马上谈……"

"谈什么？"沈鱼水一激灵。

"邀请他担任'非爱不可'的主持人呀，这可是天赐良机……"

"就他？"沈鱼水摇了摇头，又一撇嘴说道，"主持一档破读书节目，一副混吃等死的样，他哪儿有主持这种节目的经验呀。"

王小迅白了一眼沈鱼水，"这你就不用操心了！马丰的能力你又不是不知道……你先吃，我约马丰去半坡，在那吃点快餐。"

沈鱼水把刚脱下的围裙往桌上一放，"小迅，有你这样的吗？我为了找你差点丢了小命，这刚回来就给你当牛做马，忙吃忙喝，这饭菜刚上桌你都不吃一口……"

"好了好了，我吃我吃……"

"你也忒不待见我了！"沈鱼水继续嘀咕着。

两人坐下吃饭，边吃边聊了起来。

"说说，这敦煌怎么样啊，红柳峡怎么样啊？"王小迅边吃边问。

沈鱼水用筷子轻敲菜盘，"红柳峡根本没去成，为了找你我差点儿就光荣牺牲了，想想都害怕……"

"大难不死必有后福，说点高兴的事吧。这一路风景不错吧？"王小迅又问。

"那是，荒无人烟，天高地阔，那永恒的地平线啊……"沈鱼水悠悠地说着，目光有些迷离。

"算了算了，一时你也说不清楚，我也没时间听了，还是看照片吧。"王小迅拿过沈鱼水的手机翻看起来。

"这，这也没什么好看的……"沈鱼水忽然想起了什么，伸手想拿回手机。

王小迅一侧身子，继续翻看着照片，看到一张沈鱼水与肖真真在戈壁滩上的合影，两人勾肩搭背颇为亲热。

"这是谁？"王小迅眉毛挑了一下。

"就是那哥们儿呀，旅行家，我跟她一块儿迷路了……"沈鱼水故作镇静地说。

"哥们儿？长得挺娘的嘛。"王小迅的手指点着屏幕。

"小迅，你可别误会，要不是人家我可就给狼吃了，也不能回来给你做饭了……"

"少跟我花言巧语！有长这样的哥们儿吗，说，她是谁？"

王小迅把手机一攥，问道。

"嗨，我不就少说了一个字，少说了个'女'字，女哥们儿吗？哈哈哈，误会误会，纯属误会，哈哈哈……"沈鱼水夸张地笑着，整个人都抖动着。

王小迅冷冷地看着沈鱼水，直看得对方心里发毛。

"你笑完了没有？接着笑呀，我倒要看看你笑到什么时候！"王小迅冷脸说道。转眼看到沈鱼水手腕上的手串。

"那是什么？"王小迅指了指手串。

"啊……"沈鱼水本能地伸出右手护住左腕上的手串。

"是不是你那女哥们儿送的呀？"王小迅一面说，一面向沈鱼水伸出手。

"哪能呢，哥们儿能送这玩意儿？……是我在敦煌的路边摊上买的，特、特地给你买的。"沈鱼水说着，似乎满不在乎地褪下手串，递给王小迅，"你闻闻，一股奇香！"

王小迅将手串凑近鼻子，皱起眉头，"汗味儿，臭死了……要买你怎么不买一对？"

"不就只剩下这一个了嘛，物以稀为贵。"沈鱼水喉结滚动着。

王小迅狐疑地看了沈鱼水一眼，将手串套到手腕上，站起身，挎上包准备出门。

"这么着急干吗，饭还没有吃完呢。"沈鱼水抬了抬手。

王小迅故意瞪大眼睛盯着沈鱼水，"我去找我的哥们儿谈点急事，可以吗？"

"可以可以。是去半坡找马丰吧？我跟你一起去。"说着，沈鱼水站起身。

"免了。我和我哥们儿可是谈工作上的事，不像你和你哥们儿生死与共，男女不分……"

"你什么意思？"沈鱼水义正严辞地反问。

"没什么意思。我真没工夫跟你废话了，折腾了几天你也够累的了，早点回去休息吧。哦，别忘了走以前把碗洗了，帮我把房子收拾一下。"王小迅说着话，转身已经出了门。

"马丰也是我哥们儿！"沈鱼水对着门喊道，王小迅没有回应，沈鱼水哭丧着脸收拾碗筷，端进厨房。他戴上塑胶手套洗碗，洗到半截，脱下手套一扔，转身走出厨房。

07

王小迅赶到半坡酒吧时，马丰已经先到了，还为王小迅点了杯她喜欢的柠檬汁。

王小迅坐下，单刀直入地说："赵总刚透露给我消息，这个节目你们频道出主持人，让我们点将……怎么样，你不会推辞吧？"

马丰使劲摇了摇头，"还真没想过。"

"那可不行，我弄这事不就是你鼓噪的吗？现在你把我推到前台，不会撒手不管吧？对你来说，这也是一个机会。"

马丰呵呵一笑，"小迅，你是干事的人，不像我一向胸无大志，小富即安，只图个清闲自在……"

王小迅轻啐了一口，"你少跟我唱高调哈，给个痛快的，干还是不干？你不干我也不干了。也不是我不干，是根本就干不了。"

"我们台比我强的主持人多了去了，你非要选我干吗？"

"别人再强也没用，不可能有我们这样知根知底，配合起来才可能默契，你说是不是？"

"要是你们公司点了别的人呢？"马丰反问。

"很不幸，我们老大已经授权给我，我点谁就是谁。我就等你一句话了，马丰，你已经没有退路了。"

正说着，马丰的手机响了起来，马丰一看是于静打来的，便打开接听，只听马丰说："是不是儿子给你打电话了，我还真没和美眉约会，临时有点工作上的事。"

听筒里传来于静的声音："你就编吧，没见过你这么丧心病狂的，天天泡妞，我马上去你家把超超接走！"

"别别别，真是工作上的事，骗你是孙子，是小迅找我。"马丰赌咒发誓地说道。

"你去她那儿了？"于静警觉地问。

"没有，在半坡。"

"你们在酒吧？沈鱼水也在？"

"鱼水不在，他没来。"

"就你和小迅，你们俩？"

马丰烦了，"嗨，我跟你说不清楚，还是让小迅跟你说。"说着把手机交给王小迅。

王小迅诡笑着接过手机，"亲，是我约马丰出来的……嗯嗯……这不我们公司和深都卫视合作，要做一档相亲节目，我弄了个策划案，领导很重视，让我搭班子。我想让马丰担任节目的主持人，这哥们儿居然扭捏起来了……嗯，你也帮我劝劝他，别总是这么绷着了，也老大不小的了，成天弄得像个屌丝似的，也不是个事呀，不为自己也得为咱们超超想想是不是……"

就在他们交谈的时候，沈鱼水的车也在酒吧外不远处的树荫下停着。原来这哥们儿知道王小迅要来见马丰，心里总觉得不放心。王小迅出门不久，他就开车跟了过来。到了酒吧门口他又犹豫了，就这么进去吧，显得小气；走吧，又心有不甘。想来想去也没想出什么好主意，于是把车开到树荫下，自己坐在车上等。可这几天沈鱼水旅途劳顿，实在累得不行了，等着等着，居然睡着了。

马丰、王小迅谈完正事，夜色已经深了。走出酒吧，马丰推出摩托车，要送王小迅回家，王小迅说不用，自己打车回去。又叮嘱马丰："回去别忘了给于静打个电话，她也是关心你。"

马丰快快地说："你也一样，给鱼水打个电话，他一个人在外地肯定很孤单。"

王小迅应诺着，刚好来了一辆出租车，王小迅上车离去。

马丰推着摩托车走了几步，突然发现了沈鱼水的车，于是好奇地走过去。扒着车窗往里看，只见沈鱼水仰在座位上睡觉。马丰敲了敲车窗，沈鱼水惊醒了，随即摁下车窗。

"鱼水，你怎么在这里？"马丰问。

沈鱼水醒过神来，揉了揉眼睛，"小迅呢？我们家小迅呢？"

"呵呵，她已经回去了，难道你还担心我把你们家小迅卖了不成。对了，你小子不是去敦煌了吗？"

"什么，你知道我在敦煌？"沈鱼水面带惊愕地问。

"是啊，小迅联系不上你，还让我去你那儿找过，后来她告诉我你跑红柳峡去了，差点出事。小迅没说你回来啊，是不是你回来她还不知道啊？"

"好啊哥们儿，知道我不在家还单约小迅，瞅准机会了是不是？”沈鱼水斜眼看着马丰。

马丰正色道：“你这叫什么话，我和小迅是谈工作……”

“哈哈，看把你吓的，哥们儿，跟你开玩笑呢，快把你那小心脏放回肚子里。”沈鱼水拍了拍马丰的手。

“狗改不了吃屎！……鱼水，我正想跟你说这事，小迅他们公司和我们频道合作……”

“打住，打住，咱先不说这个，虽然本人身在外地，但一切都在我的监控之中。这样吧，咱们略去所有繁琐的过程，直奔最后的主题，看在十多年交情的份儿上，你得答应我一件事。”

“什么事？”

“甭管什么事，你先答应我再说，这对你对我、对小迅都有好处，错不了的。”沈鱼水说得很坚决。

第三章　搭　档

01

深都是著名的风景旅游城市，山水秀美，风光旖旎，美不胜收。一些景区还星星点点地建起了休闲场所，著名的紫峰景区里就有一座茶吧，唤作"听风小筑"，这里的外地客人并不多，倒是本地一些文人雅士经常在这里出没。此刻，听风小筑的包间里，就聚集着光灿传媒公司节目中心副总监黄肃之、编导何珺、一个胖女编导、一个长脸女编导和其他几个公司员工等一干人。服务员为他们沏好茶，便关门离开了。

何珺从文件袋里拿出一叠材料，在桌上垛整齐，双手递给黄肃之，"黄总，明天就要开论证会了，我把策划案又全面梳理了一遍，请您过目。"

黄肃之接过材料，随手往旁边一放，"文字我就不用看了，你是咱们公司有名的才女，这是谁也比不了的。加上冯氏企业这个强援，战胜王小迅还是大有希望的。"

何珺咬了一下嘴唇，说："您能别提冯家吗？我和冯氏公司是两回事。"

"怎么两回事了，你是冯家未过门的儿媳妇，冯氏企业又是咱们光灿极为重要的客户，你先把这节目的冠名权搞定，那不就胜券在握了嘛。"黄肃之双手撑在胸前的桌子上，大喇喇地说道。

"那也不是一回事，况且我联系不上冯大吉了。"何珺的语气不无失落。

黄肃之挥了挥手，"那就直接去找冯董事长呀，这事还得大吉他老子点头不是。"

"黄总，我觉得我最大的优势还是在于创意。"何珺赶紧转开话题。

"那是那是。'非爱不可'虽然比较稳妥，但骨子里还是老一套，不像你的直播方案，可谓空前绝后，富贵还得险中求嘛！"黄肃之点头称是。

一中层干部接过话茬，"要说对公司的感情，没人能比得了黄总，当初您就跟着董事长下海。公司能有今天，哪一步没留下黄总的脚印？没想到半路杀出个赵怀远……"

黄肃之摆摆手，"老张，你扯远了。赵总以前和我在电视台是同事，你们不了解他，他的确比我优秀。我离开电视台的时候，赵总去了市文化产业集团，业绩做得相当突出。此人整个就是一经济动物，加上官场有人脉，公司是花重金把他挖过来的。"黄肃之端起茶杯，慢慢吹开浮在上面的几片茶叶，轻轻嗫了一口，对何珺继续说道："关键不在于策划案有多完善，重要的是找出竞争对手的破绽，就是再稳妥完善的策划也不可能是十全十美的。"

"对呀黄总，我怎么就没想到呢！您的提议太好了，姜还是老的辣。"何珺兴奋地双手一拍。

众人也跟着啧啧称赞，黄肃之摆手道："先别拍马屁啊，我可什么也没说，泛泛而论，泛泛而论。"

"我明白，我明白，谢谢黄总点拨。"何珺感激地看着黄肃之。

02

王小迅也在积极筹划着，她叫上黄争光、罗书等几个同事，在公司的小会议室里就明天的答辩再次沟通了一番，虽然说不上胸有成竹，但心里也有底了。开完会，王小迅刚回办公室，沈鱼水的电话就打来了。

"老婆，你怎么还没找我？"沈鱼水的声音显得很欢快。

"跟你说过多少遍，别这么叫！咋就不长记性呢你……什么我怎么还没找你，我找你做什么？"王小迅眉头拧着。

"有困难找鱼水，鱼水是你老公啊！"沈鱼水依然快乐。

"你又来了，我不跟你废话了，忙着呢。"

"你真不需要找我，工作上真没有困难？"沈鱼水追问。

"我能有什么困难？是你巴不得我有困难吧？"

"没困难就好。我是这么想的，得全力支持你弄的这个相亲节目呀，要不我帮你去找个主持人，鱼水书业斥资，花多少钱都没有关系，全中国范围随便你点，你理想的人选是孟非啊还是乐嘉，要不就湖南台的那个邱启明，我去帮你搞定。一台成功的相亲节目主持人是关键，要是孟非往那儿一站，你的节目想不红都难！"沈鱼水越说越起劲。

"你说完了没有？痛快了没有？……那就这样吧，我还有事儿。"王小迅不想再说了。

"小迅，我可是认真的，这笔钱咱们出得起，为了你的事业……"

"别乱扯了，鱼水，别说我们已经有了主持人，就是没有，聘请主持人也是公司的事，你跟着掺和什么，瞎起什么劲呀！"

"有主持人了？你是说马丰吧。马丰不会担任你那节目的主持人的。"

王小迅没好气地说："这你就不用担心了，他已经同意了。"

"嗨！他这人你还不知道，事到临头保管退缩。这哥们儿也就是嘴巴上狠，几斤几两他自己还是清楚的……"

"我再说一遍，他已经同意了。"王小迅已经不耐烦了。

"马丰肯定会反悔，到时候你连哭都来不及，不信，咱们就打个赌。"

"你可真无聊，我挂了。"说着，王小迅果断地挂断电话。

放下电话，王小迅托腮沉思，眼珠转动间，突然她想到了什么，抓起手机拨通马丰的电话。

沈鱼水正在家里哼着小调做体操，听见门铃响，起身去开门，心想："我就不信治不了你，还不得主动来找我。"打开门，只见王小迅笑盈盈地站在门外，沈鱼水装出惊喜的样子说："小迅？哎哟，你怎么来了？"

"我就不能来看看你吗？"王小迅说着，走进客厅坐到沙发上。

沈鱼水也往沙发上一坐，身体向王小迅身边靠了靠说："能能，当然能！小迅，你找我肯定有什么事，这光天化日的……你还是告诉我吧，否则我心里不踏实。"

"行，我说。你不是要和我打赌吗，赌马丰担不担任'非爱不可'的主持人？"

"啊，开个玩笑嘛，不过是有这么回事。"

"那你说，赌什么？"

沈鱼水略一停顿，"嗯……如果你输了，就搬过来跟我一起住。"

"那如果你输了呢？"

"我怎么可能输……如果我输了，我就搬你那儿去，跟你一起住！天天伺候你，好不好？"

"呵呵，怎么地你都不吃亏呀。"王小迅冷笑道。

沈鱼水往王小迅身边挤了挤，伸手想搂王小迅的肩膀，王小迅闪身挪开。

沈鱼水一脸诚恳地说："小迅，咱们这不是已经领证了吗？住一起是最起码的，我也好伺候你呀。"

"你就别做梦想屁吃了！"王小迅腾地从沙发上站起来，从包里拿出和沈鱼水的结婚证，双手各捏一角，举到沈鱼水眼前，"这是什么？"

"咱俩的结婚证呀。"沈鱼水一头雾水地看着王小迅。

"没错，是咱俩的结婚证，"王小迅点点头，"但同时它也是一张纸，一张很容易就能撕碎的纸……"

"小迅你，你什么意思，你疯了吗？"

王小迅柳眉倒竖，"我没疯，是你疯了！竟然在背后拆我的台！领证以前你向我保证过，要全力支持我的工作、我的事业，现在倒好，我自己辛辛苦苦地忙这节目的事，你不帮忙也就罢了，还搞阴谋诡计策反马丰！你真是用心良苦啊！"王小迅说着，眼睛红了。

沈鱼水两眼紧盯着小迅手里的结婚证，好像那是一捆炸药似的，举着双手上下摆动着说："小迅，你、你先放下，有话慢慢说，咱慢慢说好不好？"

"我不放！你那点鸡肠狗肚别以为我不知道，不就是怕我和马丰在一起共事吗？"王小迅哽咽着说道，"我告你沈鱼水，我们都是光明正大的人！马丰还是你的铁哥们儿、好兄弟，我也和你领了证，你、你这不是侮辱我的人格吗？既然互相之间没有最起码的信任，这婚不结也罢……"

"咱们已经结了。"

"结了可以离！你信不信，我马上就把这结婚证给撕了……"

沈鱼水吓得身子一软，想站起来，没想到脚下一滑，从沙发滑到地上，"哎哎哎，好说好说，一切都好说，只要你把这结婚证放下。"

"我不放，除非你把马丰给我请回来！"

"我请我请，什么我都答应你！"沈鱼水举起双手，他投降了。

03

虽然满肚子不乐意，但答应王小迅重新请回马丰之后，沈鱼水还得想法子去做。在脑子里琢磨了一番，沈鱼水约了马丰来家里吃饭。

这会儿马丰已经到了，沈鱼水做的菜也摆了满满一桌，有桂花鱼、红烧鳝段、盐水河虾、芥蓝炒香肠和几道下酒菜。

三人落座，沈鱼水开了一瓶法国红酒，斟上酒，沈鱼水向马丰举起杯子，"我说哥们儿，这世上最了解你的人就是我沈鱼水了，咱们认识快十年了吧？"

马丰"噗"地一下笑出声来，"昨天你也是这么开始的，能不能来点新鲜的。"

"嗨！我对你的了解是不会变的，对你的理解也不会变，但得出的结论却今非昔比。"

"比如呢？"

"比如你手不释卷，坐马桶都带着一本书，这太难得了。"沈鱼水放下酒杯。

"你不是说我是书呆子吗？曲高和寡，和这个时代严重脱节，根本做不了相亲节目。"

"那是因为你档次高，不容易降下来，但要是降了下来，那可不得了，能量巨大，所谓厚积薄发，谁能比得了？"沈鱼水连说带比画。

马丰嗯啊点头，"再比如……"

"再比如我说你生性散淡，吊儿郎当，绝对习惯不了激烈的竞争。后来我也想通了，这也是优势，所谓无为而无不为呀，夫唯不争，故天下莫能与之争……"沈鱼水拧着脖子，言之凿凿。

"好了好了，我看你双手互博，也真够难为你的。"

"还有还有，我说你嘴上没闸，一向信口开河，现在一想……"

马丰左手掌向下，右手食指顶在左手手心里，"打住打住，我只问你一句，这回让我做节目是小迅的主意，还是你们两人共同的主意？"

"什么话嘛，小迅的主意就是我的主意，我的主意就是小迅的主意，是吧小迅？"沈鱼水转头向着王小迅。王小迅哼了一声，白了沈鱼水一眼。

"哥们儿你必须得答应，你要是不答应，我和小迅的关系那就悬了……"沈鱼水对马丰继续唠叨着。

"昨天你不是说，如果我担任主持人，你们的关系就悬了吗？"

"昨天是昨天，今天是今天，反正哥们儿你肯定得干，这对我对小迅都有好处，错不了的。鱼水这厢求你了！"说最后一句时，沈鱼水起身离座，学着不知是京剧还是越剧的腔调，抱拳对马丰深深鞠躬。马丰、王小迅相视而笑。

04

最终答辩的日子到了。王小迅和马丰、黄争光、罗书一行四人乘坐电梯，来到会议室所在的楼层。

电梯门开了，王小迅一行四人走出电梯，顺着走廊走向会议室。迎面过来了何珺为首的一行人，也是四人，何珺为首，后面跟着胖女编导、长脸女编导，还有一个男生。王小迅、何珺都抱着笔记本电脑，都穿着高跟鞋。鞋跟有节奏地敲打着地面，发出"哒哒"的声响，像是大战前的鼓点。

王小迅、何珺两拨人在会议室门前碰面，王小迅冲何珺点头微笑，何珺一抬下巴，哼了一声。罗书挤到前面殷勤地对何珺说："何姐，你今天这身打扮可真精神。"何珺斜了一眼罗书，

“你少来。”

罗书拉开会议室的门，向何珺做了个请的姿势，何珺昂然而入，跟着她的几个人也鱼贯而入。王小迅他们也走进会议室。黄争光一拉罗书，小声道："哥们儿，可真够贱的啊你。"罗书一举拳头，"你……"

答辩会由赵怀远主持，他的两边分坐着六七位光灿传媒的领导和中层干部，黄肃之坐在赵怀远边上。王小迅、何珺两组人马对面而坐，一副两军对峙的架势。

05

沈鱼水并不甘心就此接受马丰、王小迅合作的局面。眼见一招不灵，又心生一计，他把于静约到了茶楼里。于静来到茶楼时，桌上已经摆上了茶。

于静一直没想明白沈鱼水干吗要请自己喝茶，坐下以后便问道："老沈，你怎么想起请我喝茶了？"

沈鱼水呵呵一笑，"这有什么奇怪的，你不是小迅打小的朋友、最铁的闺蜜吗？"

"还用你说。你找我聊小迅的事？"于静以为有什么八卦，来了精神。

"嗯，你说对了一半。"

"那另一半呢？"

"另一半是聊你们家马丰。"

于静楞了一下，"老沈，你可不能开这种玩笑，我和马丰现在已经不是一家人了，你不是不知道。"

"是吗？哦，对对对，你们已经离婚了，我差点给忘了。"

"老沈，你到底想干吗？我和马丰已经离了两年了，你装什么装呀，有话可以直说。"见沈鱼水云里雾里地不入正题，于静有点儿不悦了。

"唉，"沈鱼水叹了口气，说道，"可在我的心目中，你和马丰永远是一对。认识马丰那会儿，你还是个姑娘吧……"

"你……"于静显然有些恼怒。

沈鱼水摆摆手道："即便现在，你于静也没有爱过第二个男人，对不对？"于静没搭话，但眼圈有点红了。

"于静呀，沈鱼水难得佩服一个人，你是一个，我就佩服你的从一而终。这年头，绝对稀有动物啊。我知道你还深深地爱着我的兄弟、你的前夫马丰，抱着和他复合的希望，可现在这希望就要破灭了。"沈鱼水脸上一副伤心而又无奈的表情。

"你、你什么意思啊？"于静警惕地看着沈鱼水。

"你想啊，马丰和小迅这一共事，两人成天缠在一起，难免日久生情，况且当年他俩就互有好感。"

"老沈，你是为自个儿担心吧，小迅不是你女朋友吗？"于静似乎松了口气，可心里更想知道沈鱼水究竟想说什么。

"所以呀，咱现在是一个战壕里的战友，面对共同的危机，有必要结成战略同盟。"

"我才不要和你结成什么同盟，你管好你们家那位不就完了？快点把婚给结了，不就天下太平了？"

"嗨，这小迅你又不是不知道，人能听我的？为了不让她和马丰整一起，我可以说是机关算尽，可现在是彻底没辙了，现在只能靠你了。"沈鱼水说得像是在祈求。

"靠我，你都不行，我就更不行了。"

"不对不对，你手上有超超，超超谁啊？马丰的亲儿子，绝对可以牵制住这哥们儿……我估摸着这会儿光灿传媒正在开论证会，应该还来得及。"

"这……"于静沉默了一会儿，叹了口气说，"你说吧，要我做什么？"

"其实也没什么难的，你给马丰打个电话，你这么说……"沈鱼水压低声音，对于静交待着。

光灿公司的答辩会还在进行中，马丰的手机振动，一看是于静的电话，马丰拿着手机走出会议室。

"什么？超超病了？"马丰焦急地问。

"是啊，病得厉害，烧得像个小火球似的，你赶紧过来送他去医院。"

"我出门时还好好的，怎么突然说病就病了？"

"我哪知道，你到底来还是不来？"

"好，好，我来，我来。"马丰关上手机。

于静搁下电话，沈鱼水催她赶快回去。于静收拾东西准备离开，突然一拍脑门儿，"哎呀"一声叫起来。沈鱼水忙问怎么了，于静说忘了这几天超超在马丰家，马丰只要打电话回去一问岂不就穿帮了？

沈鱼水一拍脑门，"哎哟，你怎么不早说。"

"嗨，这不放长假吗，超超过去已经好几天了，可我这心里，总觉得儿子是跟我在一起的。"于静已经六神无主了。

"少安毋躁，少安毋躁，让我想想。"沈鱼水抬手制止了于静的唠叨，低头想了一会儿，眼珠转了几转，笑了起来，对于静说："这就叫坏事变好事，真是天助我也……你就说是马丰听错了，你告诉他的是你生病了！"

于静没好气地说："你什么意思啊老沈，先让我儿子生病，现在又让我生病，我们娘儿俩咋得罪你了。"

"别急呀，让我慢慢道来。你最大的目的不就是再进马家吗？怎么个进法？现在你们已经离婚了，让儿子先进呀，儿子进了马家，你是儿子他妈，不就顺理成章地跟着进去了吗？……"沈鱼水嘿嘿笑道，"我怎么就没想到呢？真的是人算不如天算，太好了，太好了！这招出奇制胜，肯定有效！"

"我不明白。"于静一脸茫然。

"你不用明白，照我说的做就行了，保证你再进马家，和马丰复婚，只是于静你得受点委屈了。但为了重获马丰的芳心，取得最终的胜利，就是再委屈一点也是值得的，你于静也是愿意的，我了解你。"沈鱼水胸有成竹地说。

于静眨巴着眼睛，看着沈鱼水。

06

马丰果然打电话回家了，一问母亲，说超超好好的，又让超超接了电话，确认他没事就放心了。嘟囔了一句："神经病……于静这是想干什么呀？"也没工夫细想，便回到会议室。

答辩会还在继续，何珺正站在桌前慷慨陈词。马丰仔细听了一会儿，何珺居然不谈自己的创意，却一直在拐弯抹角地指责"非爱不可"的出发点、价值观有问题。又听了一会儿，看何珺还没有结束的意思，马丰便笑着鼓起掌来，不咸不淡地说："何老师不愧是情感专家，善于联想，咱们明明说的是爱情，却让她想起了一夜情、小三，我看还得加上丫环啦格格啦，皇上的三宫六院妻妾成群，那才能配得成一部三流的电视剧。"众人大笑起来。

马丰继续说道："当然了，我们还得感谢何老师和她的策划小组，我发现他们准备的竟然是'非爱不可'的策划案，想得那细致、周到、深入，连所有的不利因素都想到了，真的比我们几个呆鸟强太多了。如果'非爱不可'真能上马，我建议干脆由何老师出任制片人，何老师的'爱你好商量'那个策划实在没啥吸引力，连他们自个儿都不怎么关心，这不都在讨论我们的策划吗？"众人更是大笑不已。

"你你，你不是我们公司的！"何珺的脸都绿了，瞪着马丰口不择言地说道。

"我有一种预感，用不了多久我们就会一起共事的……"马丰微笑着面对何珺。

王小迅的方案毫无悬念地胜出。

走出会议室，马丰和罗书、黄争光击掌相庆，王小迅也加入进来，相互击掌。初战告捷，王小迅有点喜形于色。马丰知道王小迅天生就是做事的料，不把她放在火上烤她反而难受，但还是提醒她先别得意，以后有她受的。王小迅处在兴奋中，马丰这些话她并没听进去。

马丰觉得有必要让王小迅重视起来，一同下楼的时候，便再次提醒她："我很欣赏你的乐观，但干成一件事真不是那么容易的……我估计，'非爱不可'和'爱你好商量'一上一下，何珺他们几个人得并到咱们节目组来，你要有个思想准备。"

"凭什么呀！"王小迅显然没想到这层。

"你们公司的人才库我初步探测过，这次为上这节目肯定得倾其所有，否则也不会让何珺他们也弄一个策划案的。"

"那倒也是……只有既来之则安之了，既然成了同一条船上的人，那就以诚相待呗。"

马丰知道王小迅襟怀坦荡，不是那种小肚鸡肠的人，但他想到今后一定会有许多预想不到的麻烦，难免有些担忧。王小迅这么一说，马丰也就放心了。

两人边说边聊，一起走出光灿大厦。刚到马路边，沈鱼水的车便滑行过来，在他们身边停下。沈鱼水撤下车窗，怪声怪气道："人逢喜事精神爽，看二位的架势，这论证会开得不错嘛！"

"那是，有马丰出马，什么事儿办不成啊。"王小迅说道。

"王总过奖了。"马丰诡笑着，双手交叉向王小迅一欠身。

"王总？"沈鱼水转不过神来。

"'非爱不可'上马在即，到时候小迅出任制片人，可不就成了王总。鱼水你还真知趣，开大奔来接人了。"马丰调侃起来。

"那可不是，我可是天底下最模范的丈夫，自打……"见王小迅面有愠色，沈鱼水赶紧改口，"错了错了，错了一个字，我是天下最模范的车夫。王总以后日理万机，沈车夫保证随叫随到，风雨无阻。"随即下车，转到一边帮王小迅打开车门，摆了个 POSE 道："王总请。"

07

马丰刚回到家里，马母便喜笑颜开地告诉他，于静打电话来说自己病了，要把马超放在这儿一个月。马丰觉得奇怪，掏出手机准备问问于静怎么回事，就在这当口，于静的电话打了过来。俩人话不投机，没说几句话就呛了起来，马丰还没问明白，于静却要和马母通话，马丰只好把手机给了老太太。

"妈，您辛苦了。妈我跟您说，超超要是不乖，您尽管教训他。"于静亲密地说道。

猛听得于静叫自己妈，马母不禁觉得别扭，"于静，你这么叫，我还挺不习惯的呢！"

"妈，我不就是想讨好你老人家嘛！超超在您那儿一个月，还得仰仗您照顾他，您腰腿又不大好，太辛苦了。"

马丰从母亲手中抢过电话问道："你住哪家医院？我过去看看你。"

"我没有住院，在家养养就好了。"

"那成，我待会儿过去，有病得赶快去医院，可不能耽误了。"马丰说完便挂了电话。

马母一边收拾桌子一边唠叨："我说什么来着，于静果然是想找男人了吧，生病住院就是个借口罢了。想找男人就去找呗！犯不着对我的态度一百八十度大转弯呀！又不是我闺女。"

"妈，瞧您说的，好歹给您生了个大胖孙子，就冲这一点，您把人家当半个闺女待，也不为过。"马丰已经习惯了两头说好话来调解婆媳矛盾，这会儿调解的惯性还在。

马母一边抹桌子，一边说："理是这个理……于静不会是巴望着我将来给她置办一套嫁妆吧？那我可不干，咱又没亏待她！她那套房子钱，还不都是你挣的。"

"妈，您想哪儿去了。"马丰觉得母亲的担忧好笑，也不想再做什么解释，便说，"我去于静那儿看看！"

来到于静的住处，马丰按响门铃。

这会儿于静刚洗了澡，已经打扮一新，进入最后喷香水的程序。她在化妆台上翻来翻去，最后找到一瓶香水，打开闻了闻，皱了皱眉头，又放下了。听见门铃，于静答应着"来了，来了"，但没去开门，而是来到桌子前，打开抽屉，只见抽屉里整齐地码放着诸多胸花。看了一眼，没有满意的，又打开下一层，再下一层，仍然是胸花，都是平时收藏的小物件儿。最后终于选定一枚，在胸前比画了几下，才算满意。

这时门铃又响了，于静在镜子里看了眼自己，这才赶紧去开门。

门一打开，看见于静面若桃花、光彩照人的样子，马丰吓了一跳，"嚯！你这哪像是生病发烧，更像是发骚啊！"

"说什么呢你！"于静一梗脖子。

"怪不得我妈说你想找男人了呢！还是女人更懂女人的心思。"

于静没搭马丰的话，自己转了个圈，"怎么样，好看吗？"

"我还是走了，你快去约会吧。"马丰懒得看于静，顺嘴说道。

于静拉住马丰，"我是想约会来着，马丰，你不会反对吧？"

"好事啊，你不提这事，我也想不起来，你这一提，我倒觉得自己这个前夫做得太不到位了，趁现在还年轻，我早该劝你找一个了。"马丰瞄了一眼于静，继续说道，"嗯！这一打扮，还是相当拿得出手的，九十分！"

"为什么是九十分？"

"本来是八十分的，看在马超的面子上，这不得给你加点分嘛！"

"吝啬鬼，给一百分能抠死你啊！"于静佯装恼怒地说。

马丰看了看手表，"既然你没什么事，我回去了。"

于静头一歪，问道："你都不问我去跟谁约会？"

"我可不像你，每次约会都来搅局。不过你要是没把握，可以带给我看看，我替你把把关。"马丰伸出手指捏了捏。

08

来到小区门口，马丰跨上摩托车准备离开，于静突然侧身坐到摩托后面，搂住马丰的腰，紧紧贴着他说："我还没坐过你的摩托车呢，带我也兜兜风！"

"我还得回去照看儿子呢！"

"有奶奶在家，用得着你吗，就会找借口。"于静依旧坐在摩托车上。

"你平时总是嘟囔我不陪儿子，今儿个怎么了？下来下来，这摩托车不适合你坐。"马丰脚撑在地上，扭了几下被于静抱着的腰。

"这可是咱夫妻关系存续期间的共同财产，还有我一半儿呢，我怎么就不能坐！"于静不依不饶。

"我是说你这身衣服……"

"没事儿，我屁股压着呢，你只管开！"于静笑了。

马丰摇了摇头，叹息一声："说好了，只此一次！去哪儿？"

"深都大学，我们就是在那里认识的。"于静偷笑着。

马丰驾车驶上马路，慢慢地开着。于静说："你开快点呀，没有兜风的感觉。"

马丰只好提速。于静在背后直嚷嚷："再快点再快点，让我的头发飘起来。"

马丰没说话，突然加速，于静长发飘飘，同时尖叫不已，放肆的笑声和街头逶迤的车灯、城市的夜景交融在一起。

09

按照中心的要求，"非爱不可"栏目组总算组成了。果不出马丰所料，何珺和她原来的班底全部加入到"非爱不可"栏目组。

此时，王小迅正在会议室主持栏目组会议，马丰坐在她右边，左边的何珺面无表情。全组一共有十五六个人，其中有罗书、黄争光、卓乐、海涛、胖女编导、长脸女编导等，算是公司最大的一个栏目组了。

"大家都明白自己的任务了吧，下去后抓紧准备，一定要确保样片的效果。双方单位的领导对我们期望都很大，抽调到咱们组的，都是以一当十的精兵强将，咱们没有不赢的道理！"王小迅最后总结道。

马丰打着呵欠，"可以散会了吗？"

"还有一件事，为了样片好看，咱们得张罗一些俊男美女来。"说着，王小迅看了看何珺，"何姐，你交际广泛，认识的人多，手头还有什么合适的人选吗？"

"王总，已经答应来参演的男女嘉宾，有一半是我贡献的，还要我怎么样啊！"何珺抱怨着。

王小迅笑道："姐，你以前怎么叫我的，今后还怎么……"

"那怎么行，你现在可是我们的顶头上司，我也就负责一个小组，干得多少好坏，还不都你一人说了算，咱们得敬你三分不是？"何珺言语中有了点酸味。

马丰接过何珺的话头："那必须的，一个团队，必须有个主心骨，有只领头雁。今后王小迅就是我们的头儿，我第一个表态要完全接受她的领导，服从她的指挥！"黄争光、罗书等纷纷附和。

罗书说："我跟何姐是一组的，除了听王总的，我还要服从何姐的指挥。"何珺白了罗书一眼，罗书不吱声了。

"说正事儿，我看这样吧！卓乐你上，凑个数，这里就数你最年轻漂亮。"王小迅看着卓乐。

卓乐看了一圈女同事，"姐，你眼光好毒，我怎么就没发现，我是这里最年轻漂亮的！"

何珺恶狠狠地白了卓乐一眼。胖女编导、长脸女编导也直翻白眼。

"光年轻漂亮有什么用，到了台上像个二傻子，还不是白搭。"说着，何珺转脸又对着王小迅说，"王总，你要是不嫌弃，我也上去充个数？"

王小迅开心地说："太好了姐，我怕你不乐意，都没敢点你的将呢，你舞台经验丰富，能上再好不过了！"

何珺没好气地说："得了吧你，还不是嫌我老了！我也就说说罢了，我有大吉了，怎么可能上台，切！"

王小迅有些尴尬，马丰赶紧打圆场，"何姐也就是带头表个态，不过，我们还是要为何姐的献身精神鼓掌。"马丰鼓掌，大伙儿也跟着鼓起掌来。

何珺脸一沉，"谁要献身了，想得美！"

"我还是做个幕后美女吧，站到前台，人家怪不好意思的呢！"卓乐忸怩着说。

"不怪你，你才工作，没见过大场面，上去也撑不起台面。对了争光，你得上，充当男嘉宾。"王小迅又冲黄争光说了句。

黄争光连连摆手，"本帅哥也是甘当幕后英雄，"说着看了看卓乐，又模仿卓乐的忸怩状说，"站到前台，人家怪不好意思的呢。"大家一起笑了起来。

卓乐瞪了一眼黄争光，"拾人家的口水吃，没创意。"

"说什么呢，你口水那么臭，谁爱吃谁吃，反正我不爱吃。"黄争光又转向王小迅说，"姐，我上了，为了节目，争光决定献一把身。"

卓乐白了黄争光一眼，转头对王小迅说："姐，谁说卓乐撑不起台面了，我还非露一小手给你看看不可。黄争光不是上了吗，那我也上，我也要献身。"

"切，你就是献身，哥都不一定乐意牵你呢！哥只喜欢短头发的女生。在哥眼里，长发飘飘就是矫揉造作、扭捏作态，不来电。"

话音刚落，何珺、长脸女编导等一众长发女生纷纷拿手里的本子、签字笔砸向黄争光，"谁造作了，谁造作了，找死啊你！"一时间群雌鬻鬻。

"我错了我错了！我错了还不行吗？"黄争光左躲右闪，连连作揖告饶。

卓乐一拍桌子，指着黄争光说："这是你说的，到时可别反悔。"

黄争光脖子一梗，"大丈夫一言既出，驷马难追。"

"到时就是有个尼姑对你表示好感，你也得给我牵喽，"马丰添油加醋，对着大伙儿说，"否则大家伙儿就把他五马分尸。"

众人笑作一团。

第四章　试　播

01

光灿大厦是光灿公司的自有物业，但一到四楼全部租出用于商业运营，有服装层、美食层，一楼还有化妆品、鲜花礼品、美容美发和咖啡屋、蛋糕店等。

下了班，卓乐挎着小包，从二楼扶手电梯下来，在一楼化妆品柜台前转了一圈，又转悠到泡泡发屋，从商场内部入口拉门走了进去，拿起桌上的发型样册翻看，最后挑了一个短发的发型，对老板说："我预约十五号，十五号上午九点到十一点之间，我保准来。我要你们这最好的理发师，手艺好，还要速度快。"美发店小老板和光灿公司一干人早就混熟了，当即应承。

办完事，卓乐便直接下到大厦底层车库，开上自己的小车出了大厦。刚开出大门，正好看见骑在摩托车上的马丰，卓乐便摁下车窗，"马哥，一个人准备去哪儿？"

"不去哪儿，回家！"

"切，早听说你周围一大帮美女呢，什么时候闲了也泡泡我嘛！"

马丰呵呵一笑，"你中意的又不是我，谁泡谁啊！"说着，骑着摩托车开了出去。

卓乐噘了噘嘴正想开走，王小迅走过来敲她车窗。卓乐停下车，王小迅打开副驾位置的车门，上了车。

"王子哥哥没来接你？"卓乐问王小迅。

"我让他别来的，咱们上新节目，下班没个正点，不能让人家干等呀，再说他也有自己的事。"

小车驶上大街，两人继续聊着。

卓乐自言自语地说："切，不就剪个短发嘛！又不麻烦。"

"你舍得？"王小迅问道。

"这算什么，我就是想看看他到时候怎么办？想想都好玩，我太期待了，姐你不期待吗？"

"你可考虑好了，让你们上台只是走个过场，无非是想让样片好看些，我可没让你当真。"

"谁当真了，姐我告你啊，我都安排好了，到时保准让你们大开眼界、一惊一乍的。"

"你要搞什么名堂？"

路口红灯，卓乐停下车，对着后视镜照了照自己的脸，诡笑道："放心吧姐，保证不会有任何问题。哼！看谁玩得过谁！"

马丰一进家门，看到客厅里堆着几只大纸箱子、塑料袋，都是不同的淘宝卖家寄来的东西。母亲正坐在餐桌边看着马超吃饭。

"妈，行啊您，也学会赶时髦网购了，你原先不是特反对我在网上买东西的吗？"马丰笑着对马母说。

"老爸，都是妈妈买的，给奶奶还有你买的，还有我的玩具呢！"马超插嘴说，"你快拆开，我要玩儿。"

马丰打量着这堆包裹，心里直犯嘀咕："于静干吗要买这些东西？"正想着，于静的电话打了过来，"我给你买的鞋子试穿了吗？不合脚的话，我就退回去再换一双。"

"于静，你到底想干啥？"马丰反问道。

话不投机，于静没再接茬，让马丰把电话给马母，马母也不大愿意接听，"我不接，都是些讨好邀功的话，我听着瘆得慌。"

马丰对着手机喊："我妈不愿意接，不过你买给她的衣服已经试穿了，效果不错，回头我把钱给你。"

马母气得跺脚，用眼神责怪马丰，"会不会说话，你让我在于静面前怎么做人？真是的。"

马丰故意大声道："妈，我看您是神经过度敏感了，于静她就是发神经，你不用管她。"

02

终于到了试录的日子，光灿公司能坐百十来号人的演播室里挤得满满当当。舞台已经搭好了，台下的观众有许多是公司员工的亲朋好友，公司内部也有不少人被拉来凑数。放眼望去，摄像的3个机位、大摇臂摄像机、灯光、导播等都已就位。

长脸女编导正在指挥女嘉宾们走台，何珺、卓乐也在这些女嘉宾之中。黄争光拿着麦克风在T台上组织着观众："坐紧点儿，坐紧点儿。靓女往前面坐，这样画面更漂亮，大伙儿配合一下，配合一下。"

很多人站起来往后面挪，T台附近空出一大片。

"咋回事啊，怎么都那么低调？没听人说低调才是最狂妄的炫耀吗？人这玩意儿靠的就是自我感觉，大家自信点，你觉得自己长得不丑，谁敢怀疑啊？看来这世上像我这么自信的人的确不多。"黄争光咋咋呼呼地调侃着，台下的观众哄笑一片。

黄争光走下T台，挤到观众群里，专挑年轻漂亮的女孩子，让她们坐到前面去。被黄争光指到的女观众三三两两地向前坐去。黄争光点中一对小情侣中的女生，女生满脸粉刺的男友拉着她，也想跟着坐到前面去，黄争光掰开他们，对男生说："没你什么事儿，你坐后面就行了。要是真在电视上看见自个儿，你会后悔的！"

黄争光回到T台上，继续说道："主持人出场，嘉宾出场，大家都要拼命鼓掌，还要叫，嗷嗷嗷……"

观众模仿黄争光，发出"嗷嗷嗷"的叫喊声。

黄争光提示说："喊得要有节奏感，一浪高过一浪，特别是主持人、男嘉宾出场时，请你们铆足了劲地叫。你们想啊，你们一兴奋，他们也会跟着兴奋，他们一兴奋，就会发挥得好，那咱们就有乐子看了。说白了，他们都是供咱们取乐的，但是咱首先得哄好他们，大家伙说是不是？"

观众们齐声高喊"是"，喊完了又是一阵哄笑。

黄争光又转向女嘉宾席，"待会儿本人要作为男嘉宾出场，看在我没有功劳也有苦劳的份上，各位神仙姐姐不要急着灭灯啊，当然最好是不灭，让我来灭你们的，请满足一下小弟的虚荣心。"

何珺一仰脖子，"凭什么啊！"

"你可以灭我的灯，你是前辈，让我去灭你的灯，那你多没面子。"黄争光嘿嘿笑着。

"切，臭美。"何珺又对两边的一众女嘉宾说，"到时候都灭了他，灭了他我请客！"

闹腾了一会儿，录播正式开始了，马丰乘电梯来到T台上。黄争光站在角落里，带头鼓掌，做手势示意观众叫起来，观众席里掌声、喝彩声此起彼伏。

"只要爱情开花，自然会有结果，真爱至上，非爱不可。观众朋友们好，这里是深都卫视大型生活服务类栏目、尚未冠名的'非爱不可'，我是主持人马丰，我对面站着的是二十位美丽的女嘉宾，让我们欢迎这些勇敢的单身终结者！"马丰的开场白引来一片掌声、叫声……

节目在有条不紊地录制，罗书戴着耳机坐在监视器前，王小迅走过来，专注地看着画面。罗书回过头，向王小迅挑了挑大拇指，王小迅脸上挤出一丝笑容。这会儿，王小迅的心正扑通扑通地跳着，她知道，没到节目结束，一切都有可能发生。表面上她泰然自若，其实神经却是紧绷着的，连她自己都没察觉到，她紧攥着的手心里全是汗。

王小迅从罗书这儿又转到后台察看了一番，等她再次察看监视器时，黄争光以男嘉宾的身份站到T台上已经有了一会儿，他的VCR已经放过，女嘉宾们的灯也几乎全部灭掉，只有卓乐的灯还留着。

"你们真不给面子啊，咱们不是说好的吗？我是打了招呼的，女人真是无情。"黄争光调侃道。

"十四号女嘉宾给你留了灯，照我的理解，其他女嘉宾那是让贤，四号男嘉宾也不要悲观失望。如果你愿意，可以上来牵她的手，如果不愿意，感谢之后自己走。"马丰掌控着节奏。

"我说过了，我不喜欢长头发……"黄争光辩解道。

"不好意思，等我一下，不好意思，不好意思……"卓乐打断黄争光，边摆手边离开嘉宾席，向后台走去。

马丰立刻反应过来，"请移动机位跟拍一下，看看女嘉宾这是要干什么？"

一名摄像扛着机器上台，小跑着向后台而去。

"小伙子，如果女嘉宾去的是女厕所，你就别跟进去拍了！"马丰冲摄像背影说，观众们哄笑起来。

"现在唯一给你留灯的女嘉宾突然离席，并且让你等着。征求一下你的意见，你愿不愿意等？"马丰问黄争光。

"等就等呗，我倒要看看她能翻出什么新花样。"

"那好，你先靠边站，咱们还要继续录节目，等女嘉宾回来，再说你这茬儿。下面有请五号男嘉宾。"马丰继续主持。

黄争光退到一边，五号男嘉宾上台。观众席再次响起掌声、喝彩声。

03

五号男嘉宾正在和一个女嘉宾对话，后台突然一阵骚动——卓乐回来了。

只见卓乐的头发剪短了，像男孩儿一样。走进演播厅，迎着观众们惊诧的目光，卓乐有些不好意思了。

"啊，原来十四号女嘉宾去剪头发了，欢迎归队！短短的十几分钟，十四号女嘉宾给我们来了个大变活人。人生无常，为的不过是一个圆满的结果，这个结果到底圆不圆满，那就得看四号男嘉宾的决定了。"马丰提高了嗓门说道，又转向五号男嘉宾，"您稍等一下，咱们先解决眼前这档子事。"

"没问题没问题。"五号男嘉宾忙道。

"那就好，都等这么些年了，也不急这一时半会儿是吧？"马丰说着，转向黄争光，"怎么样，现在看你的了，是上去牵手，还是一个人离开？

"我……我……"黄争光慌了神，支支吾吾不知说什么好了。

"你不是喜欢短头发吗？看清楚了，那可不是一般的短头发，是为了爱情，为有牺牲多壮志才有的短头发，美啊！"马丰说道。

观众齐声喊："牵手！牵手！牵手！"

黄争光稍一犹豫，虽然有点无奈，也只好走上前去，和卓乐牵手。观众席里掌声、喝彩声、起哄声响成一片。

罗书转过头再次向王小迅挑了挑大拇指，王小迅会心一笑，轻轻地吐了口气。

这样一台节目在电视台播放也就两小时左右，但录制却要耗费数倍的时间。节目录制完成，已经到了晚上。马丰疲惫不堪地回到家里，一开门，只见于静裹着围裙从厨房跑出来，蹲到马丰脚下，麻利地帮他脱鞋、换拖鞋。

"我自己来自己来。你不是不舒服吗？怎么跑这儿当起保姆来了？"马丰惊诧地问道。

"我就是心病，没别的什么。"

"什么心病？"

"心脏病呀，有一阵没一阵的，难受着呢！"

"那得去医院呀，改天我带你去，有病治病，没病就当体检也是好的。"马丰换好拖鞋往屋里走。

"用不着，我这心脏病没哪个医生治得了。"

这时马母从阳台上走进来，笑盈盈地说："于静现在可真能干，做了一桌子菜，还帮我洗了好多衣服、床单。这几年，于静这个妈没白当。"

"妈，以前我做得不好，您别放在心上，以后您就瞧好吧！"于静笑盈盈地说。

"等等等等，你什么意思？"马丰糊涂了。

"我能有什么意思，儿子在这儿，我来帮妈做点儿事情，搭搭手，你有什么好大惊小怪的。您说是吧？妈！"

"就是就是！"马母应和着于静。

"妈，她这一口一个妈叫着，我看您还挺受用啊？"马丰冲着母亲说道。

"不是你要我把于静当半个闺女待的吗？真是！"马母拿着碗筷张罗着吃晚饭。

"妈，给我吧。"于静抢过马母手中的碗筷，一边在餐桌上摆放，一边对马超说："乖儿子，不要看动画片了，快去洗手吃饭。"

"脸皮什么时候变厚了！"马丰小声嘀咕着，也走进洗手间洗手。

吃好晚饭，于静把马超哄睡后来到书房。马丰正在看书，于静上前帮马丰捏肩膀，马丰一下弹跳开来，"你、你这是干什么？儿子睡着了？"

于静脸上闪过一丝不悦，随即面带微笑说："嗯，睡了。我走了，你送送我吧！"

"马丰你送送于静，你看她累的！"马母正在客厅里看电视，听见他们的对话插嘴说道。马丰无奈，只好放下书随着于静下楼。

"我没开车，你骑摩托送我吧？"

"还坐上瘾了你，我也挺累，你打车回去吧。"马丰不耐烦地说。

"那咱们一块儿打车，去看场电影吧，你以前觉得累了，不都是我陪你去看电影的吗，看完你总说轻松多了。"

"以前是以前，现在我可讨厌看电影了。于静我提醒你啊，咱们现在是离婚状态，不是两口子了，你以后来我家，最好先通知我一声，我也好有点儿准备。"

于静把脑袋撇向一边，泪水盈满了眼眶，"你妈想跟孙子待一起，我满足了她，但儿子也是我的，我想什么时候来就什么时候来，你管不着！"说完，于静抹了抹泪水转身走了。

马丰叉着腰，看着于静离去的背影，无奈地叹了口气。

04

"非爱不可"试播的样片剪辑完成后，赵怀远和光灿公司一干人便带着样片找电视台领导审片。不出所料，样片获得一致好评，对马丰的主持也给予了充分的肯定。同时，电视台方面建议再找一个老成持重的搭档跟马丰搭配，认为这样整体的台风和感觉方面，会更稳重些。

会后，赵怀远、王小迅、马丰等人一商量，觉得马丰、王小迅他们大学时代的老师，深都大学的美学教授刘子清是个合适的人选。

主意一定，这天一早，马丰、王小迅便约好去深都大学拜请刘子清。

这天是学校教职工体检的日子。刘子清从卫生间出来，一身正装，手里捏着一个封闭的小塑料管，依稀可辨那是一根医院化验用的试管。

刘子清拿着塑料管，冲着里屋喊道："找着了吗？"

"来了来了。"刘子清老伴拎着一只有"周大福金饰"标记的拎袋从一间房子走出来。刘子清接过拎袋，麻利地掏出里面的大盒子，又打开里面的一个小首饰盒，把小塑料管放进小首饰盒，重新复原，在手里拎了拎。

老伴嘀咕着："又不是去送什么礼，不就验个大便吗，看把你折腾的！"

"你懂个屁，这样拎着又方便又体面，多好啊！你总不能让我举着它晃悠到医院吧！那成何体统！"刘子清说着，又换上老婆刚擦过的皮鞋，拎着首饰袋出了门，哼着戏文优哉游哉地走上马路。

路的另一头，马丰正骑着摩托车带着王小迅相向而来。

刘子清往前走着，一辆摩托车从他身后慢慢开过来。摩托上坐着两个年轻人，经过刘子清身边的一瞬间，后座上的那个人劈手抢过刘子清手里的拎袋，险些将刘子清拉了个跟头。摩托车"轰"地一声加速开走。

刘子清跟在摩托后面大叫："抢、抢劫啦！救命啊……"

马路上过路的人不明白发生了什么事，一起侧目向这边看过来。

这时，马丰带着王小迅迎面而来，刚好和抢劫者互相错过。马丰一个急刹车，以脚支地，让王小迅下车，自己掉转车头追了过去。王小迅高喊："马丰！马丰！"马丰没回应，向着前面的摩托车急驰而去。

王小迅站在马路旁不知如何是好，一路追来的刘子清也跑到跟前，刘子清一眼认出了王小迅，有些尴尬地说："不用追，不用追的。"

"刘老师，要不咱报警吧？"

"不用不用。哎，那见义勇为的小伙子又是谁啊？"刘子清叉着腰，气还没顺过来。

"马丰，也是您的学生，您还记得吗？今天我们是来专门拜访您的。"

刘子清指了指前方，"快给他打电话，别让他追了，不值当。"

"让他追去呗，他的车技好，摩托快。"

"唉！太不值当，那袋子里的东西，咱有的是。"

"什么东西？"

"没、没什么，就一空盒子。"

马丰很快赶上了抢劫者的摩托车，但他并没有追上去，而是与抢劫者保持着一段距离，看上去不像追击，倒像是跟随，抢劫者似乎也没注意到他。

拐上一段废弃的路面，马丰远远看见两个抢劫者已经下了摩托车，正在争抢。争抢过程中，小首饰盒飞向半空。马丰一踩油门，正好赶到点上，一伸手抓住首饰盒，车头一转，飞驶而去。

一个抢劫者喊起来："打劫啦，打……"

还没喊完，嘴巴就被另一个抢劫者捂住了，"瞎嚷嚷什么？你个傻逼，昏头了你！"

马丰找到刘子清和王小迅，他们正坐在一个早点摊旁，桌上放着两笼小笼包子。马丰把抢回来的盒子交给刘子清，刘子清赶紧塞到裤兜里，然后夹起一只小笼包往嘴里塞。

"刘老师，宝贝您看看还在不在，这万一要是空的，咱还得报警不是？"马丰指了指刘子清的衣兜说道。

"不用看不用看，又不是什么值钱的东西。"刘子清嘴里塞着小笼包，话说得含混不清。

三人聊着，马丰听出王小迅已经跟刘子清说明了来意。

刘子清吃完最后一个包子，掏出一块手帕，抹了抹嘴说："这事好啊。今天你们看见了，我很能吃，廉颇老矣尚能饭否，能啊！当然啦，我可不是在故意表演，这点和廉颇同志是不同的。"

"刘老师愿意出山，我心里也更有底了。"马丰说道。

刘子清看了看马丰，又看了眼王小迅，问道："你们俩现在是一对儿吧？"

王小迅连忙摆手："不是不是，怎么会呢，我们只是搭档，一起搭班子做节目。"

"那可惜了，当年我就很看好你们啊，郎才女貌，天作之合啊！"说着，刘子清把手帕放进衣兜。

"刘老师，小迅的男朋友也是我们学校的，和我同班，人家那才是正宗的高富帅。"马丰引开刘子清的话。

王小迅制止马丰，"你得了吧，他又不在这儿，你用不着吹捧他，当年鱼水也就一农村孩子，土穷矬！"

"到底谁啊？"刘子清问。

"沈鱼水，您还记得吗？"马丰道。

"啊，我记得我记得，也是一个很不错的小伙子，当年我曾经请他喝过一杯咖啡呢。"

马丰笑了，"都多少年了，刘老师这事您还记得？"

"记得记得。不是我小气，是这小伙子朴实，后来他向我抱怨，说喝了咖啡一夜没睡着觉，原来他从来没喝过，不知道那东西特提神，哈哈哈！"

"刘老师，这段子还有后半截，您就不知道了吧？鱼水说一个有身份的人请他喝咖啡，一夜没睡着觉，我们就问他，那你不能不喝吗？您猜这哥们儿怎么说？他说，不喝我就更睡不着了，那咖啡得多少钱一杯啊。"马丰笑着说。

刘子清大笑："哈哈哈，我说的没错吧，那小伙子特朴实。"

王小迅也笑了，"鱼水还说，他以后如果有钱了，要天天请哥们儿姐们儿喝咖啡。"

"哈哈哈……那就先这么定了，我还得去开会，改天见。"刘子清站起身，摸了摸裤兜里的小盒子，跟马丰、王小迅摆摆手，走了。

05

告别刘子清，马丰骑上摩托车，带着王小迅沿着深都大学校园围墙外的马路慢慢开着。路过一幢五层小楼前，王小迅让马丰停下，两人脚尖点地，仍坐在摩托车上。王小迅看着小楼发呆。

"看什么呢？"马丰问。

"没，没什么，走吧。"

摩托车继续缓缓前行，路过一家小餐馆，马丰停下车，"不知道主人换了没有？进去看看？"

"又不是吃饭的时候，进去干吗？"

"我们不是经常在这儿聚餐吗？我到现在还记得，每次你都要点萝卜烧肉这道菜，吃得那个香啊！"

王小迅看着小餐馆的门面，默不作声。

两人又溜达进校园，在里面转悠着，两个头盔挂在车头上，摩托车慢慢地开着。

"这么多年了，深大还是这么破。"王小迅有些感慨。

"破了好啊，这些年深都没被翻腾过的地方也就这校园了，不过也保不了几天了。"

"没想到刘老师这么爽快，一口就答应下来了。"王小迅岔开话题。

"闲得无聊嘛，想着自己要退休了，生怕被社会抛弃，不甘寂寞是真。不过这老头儿挺精神的，也够机灵，主持一把节目应该没啥问题。"

"你怎么这么说话？"王小迅埋怨着。

马丰扭过头问王小迅："你知道今天早上他是去干吗吗？"

"参加学术会议呀。"

马丰冷笑道："天真！你知道那小盒子里是什么吗？"

"给师母买的首饰呀。"

"有参加学术会议带着给老伴买的首饰的吗？还大清早的。"

"那你说他干吗去了？"

"体检！盒子里装的也不是什么首饰。"

"那是什么？"

"化验样本，肠道排泄物，也就是大便。"

"恶心死了！……你偷看盒子里的东西了？"王小迅下意识地伸手在鼻子前面扇了扇。

"还用看？那股子气味……"

"你这人怎么这么恶心啊！"王小迅白了马丰一眼。

说话间，两人走到一片草坪旁。马丰架好摩托车，跑到草坪上一阵儿撒欢，又跑又叫，最后趴到草坪上，陶醉地闻着青草的气息。

王小迅站在草坪外围，看着马丰，无动于衷。马丰向王小迅招手，"来坐会儿，这草坪可一点儿没变。"

王小迅抬头看看已经升起来的太阳，说："草还是嫩草，人却老了一截子了！走吧走吧，这大太阳天的，坐那儿不嫌晒呀！"

两人各拎一个摩托头盔，在校园的林荫道上走着。

"马丰，你知道当年我为什么会选择沈鱼水吗？"王小迅悠悠地问道。

马丰沉默了片刻，"为什么？"

"就因为那杯咖啡！你们嘲笑他，我却从一杯咖啡里看出了鱼水的节俭、珍惜、志向和……和吃苦耐劳的精神！"

"是是是……小迅，我们也不是嘲笑他，至少我不是。当然了，不管怎么说当年我们还是太轻浮了。我马丰始终一贯地认为，你的选择是对的。"

"这是两回事儿。"

"是是是。"说这话的时候，马丰觉得喉咙里有些干燥，像无端飘进了一缕棉絮。

06

沈鱼水再次请于静去茶楼。于静心里憋着一肚子委屈，也正想找沈鱼水抱怨。一见面于静就埋怨开了："老沈，都是你出的馊主意，我现在整个儿就一死乞白赖，成天热脸贴人家冷屁股，连声谢谢都没有，我，我没他活不下去了怎么地？"

"话不能这么说，所谓精诚所至，金石为开，那微波炉化冻肉，还得用低温慢慢化不是，你这才忙活几天？浮躁乃是大忌，大忌啊！"沈鱼水转着手里的茶杯，语重心长地说着。

"说得轻松，又不是你腆着个脸去卑躬屈膝，做牛做马。"

沈鱼水把茶杯一放，"于静，你要是这种心态，那我也无话可说了，你干脆撤退得了。"

"你什么意思？我那么多力气都白费了？"于静没好气地看着沈鱼水。

"可不是吗！"

"那，那不行！"于静有些激动，声音也高了起来。

"这就对了嘛！毛主席教导我们说，世界上怕就怕热情二字……"

"是认真。"于静更正道。

"对对对，我就变了一下，其实是一个意思，认真、热情、真诚，归纳为一句话，那就是你得有个积极向上的心态。你忙也忙了，累也累了，结果却到处喊冤抱屈，那不是白忙一场吗？再说了，你吃苦受累，那是为了谁？还不是为了超超？为了你一直深深爱着的马丰啊？于静，我都快要被你母性的光辉和伟大的爱情感化了。"沈鱼水越说越抒情，险些把自己也陶醉了。

"爱情？切！我都不知道自己这是为了爱情，还是为了什么？"于静不屑地说。

"你现在的状态，就像进入了一般轨道的飞船，非得再往前推一把，才能进入同步轨道，自由翱翔。看来，我还得再给你加点助推剂，我看你呀，你就干脆搬进马丰家得了。"

"你说什么？"

"这一次的助推，咱还得分两个步骤，不能用力过猛了……"沈鱼水探身向前，小声地向于静说着。

07

节目虽然还没正式录制，但栏目组的工作却一刻也没停下，大伙儿都懂得秣马厉兵的道理，马丰和王小迅更是不敢懈怠，这会儿，两人正和刘子清讨论着台词、站位这些具体事务。

三人正说着话，马丰突然接到母亲的电话。电话里，母亲的声音异常焦急，已经带着哭腔，"儿子你快点回来，家里出大事了。"

"妈，您别着急，慢慢说，是您怎么了？还是超超怎么了？"

"都乱了都乱了，电话里说不清，你快点回来。"

马丰挂了电话，对王小迅说："你再和刘老师交流交流，我得赶紧回家一趟。"

王小迅问到底什么事儿？要不要也跟去？还没问完，马丰已经一溜烟跑了。

一路赶回家，马丰急急忙忙地掏出钥匙开门，拧了两下门锁，却再也转不动了，推了推门，也推不动。

原来，马母已经反锁了大门，自己靠在门后顶住大门。于静耷拉着脸，搂着马超坐在客厅沙发里，马超在哭。

马丰打不开门锁，只好敲门。马母拧开锁，见马丰到了，像是有了主心骨似的，一下子轻松起来。

"于静要把超超带走，被我拦住了。本来说让我带一个月的，这才20天，怎么能说带走就带走呢？儿子你得给我做主。"马母急切地对马丰说。

"妈，我现在身体好了，不能老麻烦您呀！再说了，自打超超住这儿，您也够辛苦的，而且超超补习班的课全都停了，我得带他回去把缺的课全都补上才行啊！"于静说得入情入理。

"我要回家，我要妈妈，我要跟妈妈，呜——"马超不明白大人们怎么回事，吓得哭了起来。

马丰走过去给马超擦了擦眼泪，抱着他来到书房，打开电脑，点开游戏，"儿子乖，你先玩会儿游戏，爸爸有话跟妈妈、奶奶说。"

马丰回到客厅，坐在餐桌主位，马母、于静分坐两侧，有点儿像公堂审讯的架势。

"都说清官难断家务事，今天我还非得试试，咱把这事断清楚了。"说着，马丰顿了下手里的茶杯。

"行，你现在就是咱家的县太爷！"马母胸有成竹地说。

于静"切"了一声，"县太爷怎么也得是个处级，你不过是个中级职称，充其量也就算个科级。"

"科级怎么了？没有七品至少也得是九品，也有九品的县太爷。"马母争辩道。

"打住打住，我这还没开审，怎么先被你们审起来了？"说着，马丰转向于静，"人而无信，不知其可也。你是一个母亲，怎么可以在孩子面前言而无信呢！"

"对，君子一言，驷马难追。"马母帮腔。

"那、那是对男人说的，我是女人，女人不讲究这个。"于静反问道，"当初离婚时，儿子是不是判给我的？"

"是！"

"既然判给我的，我就有权随时收回到自己身边。虽然我说过住一个月，但也只是权宜之计，算不上什么承诺，别拿那一套侮辱我的人格。"

"既然你不承认，我也无话可说了。"马丰转脸对母亲道，"老太太，不管是从亲情上讲，还是从法律上讲，马超都是于静的，这点没错吧？"

"没……没错是没错，那还不是你当初主动让步，超超才判给她的。"马母据理力争。

"当初归当初，现在是现在，现在人家要行使法定属于自己的权力，咱要是不答应，那可就是违法呀！"

"法理也得尊重人情呀，我是超超的亲奶奶，怎么就不能跟孙子生活在一起？"

"妈，话是这么说，可于静毕竟是超超的法定监护人，这要在国外，于静是可以请警察帮忙，强行带走超超的。"

马母一时语塞。

于静白了马丰一眼，心想："你巴不得我赶紧带走儿子呢！哼！"

马母突然站起来，手指着马丰说："哎，你个臭小子，断来断去，你原来是要赶超超走啊，你、你个没良心的东西。你、你成心气死我啊你！"话没说完，马母手捂胸口，身体慢慢往下出溜。马丰赶紧扶住母亲，"妈您别生气，您心脏不好，千万不能生气，快快快，我扶您到床上躺一会儿去。"

马丰扶着母亲走进卧室。

过了一会儿，马丰从马母的卧室出来，轻轻带上卧室门，回到客厅坐到于静旁边。

"老太太没事吧？要不要去医院看看？"于静问。

"没事，她也就争口气，过去也就过去了。你赶紧收拾收拾，带儿子走，我回头多劝劝她，想通了也就没事了。"

"那可不行，事儿是我引起的，我得给老太太赔个不是去。"

马丰笑了，"这就对了嘛，有话好好说，我妈气一顺，不定就答应你了呢。我还有事，得去单位一趟，你们女人之间的事儿，我就不掺和了。"

"不是你嚷嚷着要断清楚的吗？这还没个结果，你却要开溜！"

马丰歪了歪嘴，坏笑道："我现在算是明白了，清官难断家务事，真是一句至理名言。况且一方是我妈，一方是我儿子的妈，怎么断，最后有罪的还不都是我？咱干脆退堂得了。"

马丰打开门，嘴里嘟吧着，快步离去。看着马丰离去的背影，于静心想："这沈鱼水还真有点鬼主意。"

08

一直到傍晚，忙完工作的马丰才回到家里。一进门，马超就跑出来，抱着马丰的腿嚷嚷："老爸，我不走了，妈妈也不走了。噢……噢……我能和爸爸妈妈一起玩儿喽！"

"说什么呢？什么妈妈不走了？"

于静、马母分别端着菜、拿着碗筷从厨房出来。

于静一边摆放碗筷，一边对马丰说："我跟妈商量好了，我搬过来住十来天，超超也就住满了一个月，到时候我们娘儿俩再搬走。这样我既兑现了承诺，也能多照顾照顾儿子和老妈，您说是吧？妈！"

马丰傻了，"这怎么可以，妈，你们商量来商量去，就整这么一出啊！"

"这一出怎么了？我看这一出挺好，一家四口人，凭什么让你一人心里舒坦，我们娘儿仨得整日以泪洗面的。"马母面带喜色地说。

"瞧您说的，你儿子还没那么招人嫌吧！"马丰恨恨地悄悄对于静挑了下大拇指，于静朝马丰扬了扬下巴，得意而不服气。

吃好晚饭，于静收拾碗筷，马丰起身准备进书房，被于静叫住："你去楼下车里帮我把行李扛上来，太重，我搬不动。"

马丰很恼火，没搭理于静，径自走进书房，还没坐下，就听到母亲的声音："他不去我去。"老太太说着话就要开门下楼，马丰赶忙跑出书房，"得得得，您还是歇着吧，我去还不行吗，唉！"

马丰肩扛手拎着一只大行李箱、一个大行李包上楼。走到三楼楼梯口，累得他不得不放下行李歇息，呼呼地喘着气。楼上一个邻居从楼梯上走下来，看见马丰这架势，邻居问道："哟，出差了？买那么多东西回来！"

"嗯，是是是，出了趟远门。"

"看出来了，走了不少地儿！"

"可不是嘛，巴西智利乌拉圭，绕了一大圈儿！"马丰皮笑肉不笑地答应着。

邻居继续往楼下走，马丰在楼道里喘息未定，已经看不见邻居的身影，只听到他的嘀咕："奇怪，前儿个还看到了呢……"

洗完澡，马丰走进卧室，只见于静在化妆台上摆放着带来的化妆品。"你，你要干什么？"马丰问道。

于静慢条斯理地说："总不能拿餐桌当化妆台吧，你睡你的，我摆我的。"

"你不是要睡客厅的吗，放茶几上就是了。"

"要你管，这化妆台还是我的嫁妆呢！"

马丰没好气地躺到床上，蒙头睡觉。于静坐在化妆台前，怔怔地看着马丰。坐了一会儿，于静熄了灯，轻手轻脚地走出卧室，带上房门。

客厅里，阳台的窗户没有完全关闭，微风吹起，窗帘边缘向两旁撩开，月光透过缝隙一闪一闪地泄进室内。于静躺在沙发上，脑袋枕着双手，睁着双眼，瞅着马丰卧室的房门，无法入睡。

马丰卧室的门突然开了，于静赶紧闭上眼睛，侧耳听着动静。只听马丰轻脚走到她旁边，小声地问："睡着了？"

于静仍然闭着眼，面部表情又紧张，又兴奋。马丰看见这些，不屑地"切"了一声，"别装了，你去屋里睡大床，我睡沙发。"

于静微笑着坐起来，下到地上。马丰躺进沙发，翻身向里而睡。

于静坐到沙发沿上，轻声道："反正也睡不着，聊聊天吧！"马丰不吱声，又往里挤了挤。

于静坐在沙发沿上发呆，透过窗帘开合，于静看到屋外圆月当空，月光清冷而凝重。

第五章　回　笼

01

午饭时分，节目组其他人都外出就餐了，马丰却仰靠在椅子上睡着了。王小迅走过来把他推醒，问他是否昨晚没睡好，"真好奇，你也会失眠啊？"

"读书啊！读到一本好书会失眠，读到坏书也会失眠。"马丰坐直了，揉揉眼睛。

"看来是读到坏书了，否则怎么会无精打采的。我记得你读到坏书都是一撕两半，扔进纸篓里的。"

马丰不接话茬，转问王小迅刘子清那边怎么样。

"他有股人来疯的劲儿，给我们上课时，不也是学生多的时候更来劲儿吗？再说了，他也不是头一回上电视，好几家电视台请他讲过中国古代婚姻史，算是国内研究婚恋问题的著名专家了。"

"这我都知道，要不怎么会请他来呢。"

"你们这一老一少、一松一紧的搭配，绝对风生水起一台戏。怎么，怕抢你的风头了吧？"

"求之不得！他老人家要是能顶岗，不用我上台才好呢，免得那么多人寝食难安。"马丰似笑非笑地说道。

"说什么呢你，谁寝食难安了？说到底他是给你配戏的，好了就多给几个镜头，关键还得靠你啊！看你这几天总有什么心思似的，你可不要闷着不说，你跟鱼水还有我，可都不是外人。"

"瞧你说的，好像马丰日子过得水深火热似的……小迅，这两天你跟于静……"

正说着，黄争光走了进来，对王小迅说，赵总让她去一趟他办公室。王小迅跟马丰打了个招呼，去了赵怀远办公室。马丰只好把说了半截的话咽回去。

晚上下班回家，马丰开门进屋，一眼看到的是自己从没见过的空间布局，吃了一惊，以为走错了家门，赶紧退到门口，抬头看了看门牌，"咦！没错呀！"正想着，马超突然举着玩具手枪从门后跳出来，"站住，缴枪不杀！"

马丰边举起双手作投降状，边换鞋走进客厅，"爸爸投降，爸爸投降，你个坏小子！"

于静满面春风地从卧室出来，热情地招呼马丰和儿子去洗手，准备开饭！

马丰环顾客厅，只见餐桌、沙发、衣帽架等家具的位置都作了调整，沙发套也换了新的。

马丰推门走进自己卧室，窗帘、床单、被罩全都换了新的，其他部分或擦拭一新，或收拾得整洁有序。他又来到书房，房内也被收拾一新，书架旁还支了张行军床，铺设齐备。

"都是你弄的？"马丰返回客厅，有点气恼地问于静。

"是啊，怎么样？经我一拾掇，家里亮堂多了吧？"于静微笑着说。

"嗨我说你，你身体好了干脆上班去呀，谁让你在这儿瞎折腾了？这是你家还是我家？我是主人还是你是主人？"

"这是超超家，超超是未来的主人。"于静毫不示弱。

这时母亲从厨房出来，笑盈盈地说："这个家，还得我说了算，是我允许于静折腾的，怎么了？"

马丰愣在原地，无奈地摇摇头，无话可说了。

02

吃好晚饭，马丰躲进书房看书，于静端着一杯饮料进来，放到马丰旁边。自己一屁股坐到行军床上说："以后你就睡这儿。"

"我睡这儿！？那你睡哪儿？"

"你妈夜里带孩子，又要叫孩子起夜，又要给孩子盖被子的，我怕她身体吃不消。以后还是我带儿子睡大床，你就将就一下吧！"

"这小破床，睡得着吗我！"

"那你说怎么办？"于静紧盯着马丰，看得马丰汗毛直竖。

"于静我求你，你还是搬回去吧，这、这算怎么回事儿呀！"

"那不成，我就是想搬回去，你妈也不干呀！要不这样吧，你也去睡大床，咱们一家三口挤一挤？"见马丰无动于衷，于静直截了当地说了出来。

马丰刚喝进一口水，一听于静这话，呛得一串咳嗽。于静伸手要给他拍背，马丰伸手挡开，"于静，你这玩笑开大了吧？你说咱俩这要是睡一张床，那算怎么回事儿？"

"你是超超的亲爸，我是他亲妈，怎、怎么了？"于静有点尴尬。

"你别忘了，咱们现在是离异夫妻！"

"我管它离异夫妻、露水夫妻，还是老夫少妻，反正都是夫妻，既然是夫妻，就该有名有实。"

"这一不小心，还真能被你绕进去。问题就在于，离异夫妻的性质，就是无名无实了，咱俩要是睡一块儿，那最多算是一夜情，懂吗？"

于静扑到马丰背上，抱住他的脖子，佯装撒娇闹着玩儿，"说什么呢你，坏死了你，谁要跟你一夜情啊！"

马丰掰开于静的胳膊，躲闪到一边，双手挡在胸前，说道："于静同志，请注意保持距离，马丰从来不干不明不白、不清不楚的事情，再说了，好马还不吃回头草呢。"

"我是根草，你以为自个儿真是个宝啊，没劲！"于静生气地离开书房。马丰赶紧关上房门。

夜深时分，马丰睡在书房里的行军床上，不停地翻身。忽然，马丰感觉到房门有轻微响动，睁眼一看，只见地上一双雪白的裸脚，再往上看，只见一个女子穿着宽松的睡衣，披头散发站在自己床前。

马丰腾地坐起身，这才回过神来，明白是于静。马丰赶忙裹紧被子，"你、你要干什么？"

"看把你吓得，我能吃了你啊！我就是进来看看你蹬被子没有，别着凉了。"黑暗中，传来于静悠悠的声音。

"行了行了，你快去睡吧，被你这一吓，我这一夜又玩完了。"

马丰用被子蒙住头，气得直蹬被子。过了一会儿，马丰听见没动静了，悄悄从被子里探出头来看，于静果然已经走了。马丰光脚下地，想把门反锁上，发现锁芯坏了。无奈，马丰坐回到床沿上，疲惫地用双手抱着头……

第二天上班，马丰觉得头重脚轻，没精打采地一边看材料，一边哈欠连天。

王小迅递过来一杯咖啡，"我说马丰，你是不是夜夜笙歌啊？这样子可不行！你以前怎么过夜生活我管不着，现在既然到了'非爱不可'栏目组，咱得收敛点儿，注意点儿形象。"

马丰不停地打哈欠，"我，呵啊……我倒想夜夜笙歌呢，呵啊……哪有啊！呵啊……"

"那你为什么哈欠连天的？又没睡好？"

"你倒提醒我了，少了个插销。对，有插销就能睡个安稳觉了。"

"什么插销插座的。哦，这是不是你们男人的暗语呀？"

"你想哪儿去了。不跟你说了，我得去买插销。"

马丰说着要往外走，王小迅拦住他，"你昨儿个要跟我说于静什么来着，于静怎么了？"

"没什么。"马丰已走出办公区。

马母坐在沙发上有一会儿了，坐累了，老太太撂下手里的报纸，从沙发上站起来，觉得后腰酸得不行，便用拳头抵着按压。

正在拖地板的于静放下拖把说："妈，您躺沙发上，我给您按摩按摩。"

"不用，不用。"马母摆摆手。于静拉住马母胳膊说："妈您只管躺下，我以前自己带超超，觉得累了，就经常去盲人推拿店按摩按摩。俗话说久病成医，也学了不少手法呢，妈您试试，保管舒服。"

"不用，真的不用。再怎么说，你住这儿也是客，已经帮了我不少了，怎么能让你干这个。"马母一边说，一边躲闪着。

于静要拉马母，马母躲开，于静又去抓，马母围着餐桌转圈躲闪，于静就追赶，还喊儿子帮忙："超超快来帮忙，帮我逮住奶奶。"

超超嗷嗷叫着跑过来，抱住奶奶的大腿。"抓住了，我抓住奶奶了，嘎嘎嘎……"

于静和马超连拖带拉，终于把马母摁到沙发上。

"妈，您不试怎么知道按摩的好处。"

于静一只膝盖压在马母屁股上，用拇指用力按压马母的脖子。马母哎哟哎哟直叫唤，让于静轻点！

于静忙道："我轻点，我轻点。妈，这咯吱咯吱响，说明您有劳损，只有采取类似这样的物理疗法，才能缓解劳损。"

晚上马丰回到家里，就发现客厅里多出一张按摩床，跟整个房间的摆设很不搭调。马丰看了觉得不舒服，想抱怨几句，话到嘴边又咽下去了。于静看出马丰的不满，解释说这是专门买了给马母按摩用的，老太太挺受用呢！马丰没搭理于静，钻进书房，关上房门，蹲在门后安装起刚买的插销。

于静端了一杯饮料，推开书房门，把蹲在地上的马丰推了个屁股着地、四蹄朝天。于静扑哧笑了，"你猴在门后面干吗呀！想偷窥我呀！"

马丰白了于静一眼，"我偷窥你？我这是要防止性骚扰好不好！"说着继续蹲到地上装插销。

于静看了看，明白马丰在干吗了，气恼地说："马丰你什么意思，防贼啊？你把我当成什么人了？"

马丰仍然没搭理于静，埋头继续安装，费了老大工夫，终于装好插销，来回试了几次，颇为满意地拍了拍手。

于静挑了挑眉毛，"手艺还不错。不过这东西，卸起来也很简单。"

马丰边收拾工具边说："装插销不是为了防贼，而是要向某些人表明我的态度，这都看不明白？"

于静把饮料往马丰书桌上一顿，"你浑蛋！"一脸怒气地离开书房。

回到客厅，于静戴上橡胶手套擦鞋子。过了一会儿，已经擦好了几双，马丰的皮鞋也被擦得锃亮。马母从卧室出来，站在按摩床边，到处摸摸、看看。

"你说你，花千把块钱买这东西，板凳不能当板凳，睡觉都不敢翻个身……"马母唠叨着。

"妈，这是专门给您按摩用的，好着呢。您趴上去，我擦好这双鞋再给您按摩。"

马母很自觉地趴到按摩床上，"白天给你按几下，还挺受用。我这腰疼的毛病，吃了好多药都不管用，你还别说，这两天被你按得舒服多了。再说，这东西买来不用怪可惜的。"

于静还在擦鞋，马母趴在那儿，等了一会儿。

"哎，你快点啊！我这老趴着也不舒服呢！"

于静赶紧脱下橡胶手套，说着来了来了，跑到按摩床边，在马母身上按摩起来。

04

这天下午，节目组一摊子事弄得王小迅焦头烂额，正忙得不可开交，却接到赵苹果的电话。

赵苹果是赵怀远的女儿，正在深都十中读初中二年级。苹果的妈妈是个军医，前两年在抗震救灾中不幸牺牲。赵怀远原本工作就忙，平时一直是妻子在管着苹果，妻子牺牲后，赵怀远既有对妻子的愧疚，也心疼这个没妈的孩子，多少对孩子有些溺爱，加上工作依旧很忙，也就疏于对苹果的管教，时间一长，现在已经没法跟孩子好好沟通了。

苹果正处在叛逆期，动不动就跟赵怀远吵架。一次赵苹果来公司找赵怀远，父女俩没说几句就崩了，恰好这时王小迅来找赵怀远，苹果认为王小迅漂亮，而且长得像她妈妈，很快就和王小迅亲近上了。王小迅觉得苹果虽然淘气，但也是个率性、可爱的孩子。女人天生的母性让王小迅对这个失去母亲的孩子多了几分关怀，这更让赵苹果对她喜爱有加，时不时地缠着王小迅陪她玩儿。这会儿来电话居然是让王小迅冒充家长，去学校开家长会。

王小迅知道赵怀远忙得四脚朝天，根本没时间去开家长会，加上苹果不停地软磨硬缠，万般无奈之下，王小迅也只好把手头上的工作安排了一下，匆匆忙忙地往学校赶。

王小迅打车赶到深都十中校门口，还没下车，赵苹果就冲了过来。

"姐姐你怎么那么慢啊，家长会都开半小时了！"

王小迅匆匆下车，"我都忙晕菜了，快快，咱们赶紧过去。"

赵苹果拉着王小迅，两人着急慌忙地走进校园。

"姐你听我说，我们吕老师肯定要点我，到时候你一定要为我出气呀！"

"无缘无故的，他凭什么点你？"

"唉，你是不知道这家长会的性质呢，就跟小三一样，都是破坏家庭和谐的。"

王小迅噗嗤笑了，"你懂的还真多。"

"反正姐姐你得为我出气，不能便宜了姓吕的。"

"你让我来帮你打架啊？早知道我就不来了。"

"我不管，谁让你是我喜欢的姐们儿呢！"

"切，我应该是你小姨吧？来开家长会的，怎么着也得是个长辈呀！改口改口，叫小姨。"

"好啊好啊，小姨，亲小姨！"

教室里，家长会已经开了一会儿了。王小迅赶到时，班主任吕老师在请优秀学生范忆彤的爸爸范建平作为家长代表，和大家分享教育孩子的经验。

家长们鼓掌，范建平拿着一叠厚厚的讲稿走上讲台，自豪地介绍说："家庭是教育孩子的第一场所，为教育孩子，三年前我辞去了一份收入不菲的工作，专心研究和辅导孩子的奥数，结果，孩子只用了半年时间，就拿到了五星学员的证书，顺利进入了咱们十中。现在，我正在专心研究和辅导孩子的英语……"

这家长正在唾沫横飞地说着，其他家长也议论开了。有人啧啧称赞："厉害厉害，下这么大本，孩子成绩想不好都难！"也有的家长不同意，"有毛病啊，就为辅导个孩子，至于嘛！"

另一位家长站起来，大声说道："我们家孩子成绩一直中不溜的，不也考到这儿来了吗？你肯定没看过《做个快乐的中等生》这篇文章，我们家孩子到现在还是个中等生，可是他很轻松、快乐。我就不信了，那些将来成为龙中龙、凤中凤的孩子，他人生的幸福指数能比我们家孩子高哪儿去？！"

其他一些家长随声附和："就是就是，至于把孩子整得那么苦吗？"

范建平一脸尴尬，辩驳道："可能咱……咱们对孩子的期望值不一样。再说了，这个社会是很残酷的，对孩子来说，不是在刻苦中崛起，就是在麻木中被踩死……"

刚才发言的家长腾地站了起来，"你说谁麻木呢？到底是你麻木还是我麻木？整个就一功利社会的牺牲品，跟你说幸福，简直是侮辱我的品位……"说完便愤然离席，大步走出教室。

家长会乱成一锅粥，相互间七嘴八舌地争论起来。范建平面红耳赤地看看吕老师，吕老师则点头鼓励他继续。

范建平说："那、那我还是交流交流家庭教育的方法吧……"

王小迅见大家各说各的，便掏出手机藏在课桌抽屉里用QQ安排着工作。吕老师瞟了王小迅一眼，脸上现出不悦。

范建平的讲稿念到一半，突然停下来，看着下面。

这时，教室里的家长已寥寥无几，很多座位都空了。最后一排课桌上，王小迅枕着胳膊睡着了，旁边的手机开成振动，正吱吱地叫着。等到手机停止振动，又传来王小迅起伏的鼾声。家长们都在朝这边看着。

吕老师发怒了，"太不像话了！"他走到王小迅桌前，用力敲了敲桌面，"哎哎哎，赵苹果的家长！"王小迅猛然惊醒，面容十分疲倦。

"别的家长可以不听，你不能不听呀！"吕老师声色俱厉地说道。

"对不起……我太困了，加了好几个夜班。"

"哪个家长不要上班，就你们特殊？每次开家长会都缺席，不是大姑，就是小姨，都真的假的啊！"

"真的真的，如假包换！"

"我不管真假，但你是来参加家长会的，竟然睡起了大觉，也太不尊重人了！难怪赵苹果一身的毛病，我算是知道原因了，上梁不正下梁歪……"吕老师越说越气。

"对不起，对不起，我对自己的失态道歉……"王小迅依然谦和地说着。

吕老师好像还不解气，"既然你们不懂尊重别人，我也就没什么好客气的了。这赵苹果平时就只知道穿衣打扮，结交狐朋狗友，公然违反学校纪律，简直是无法无天。论起学习来，她要是敢称倒数第二，都没人敢称倒数第一，且不说拖了全班后腿，这将来怎么办啊？是不是要靠脸蛋儿吃饭？就是混娱乐圈也得有起码的素质……"

家长们哄笑起来。

"吕老师，您可以批评我，但不能羞辱您的学生。"王小迅站起身来，一字一句地对着吕老师说道。

"我羞辱她？是她自己不自爱！"

王小迅冷笑了一下，尖刻地说："吕老师，您关心孩子的未来，我们很感激。不过我觉得吧，如果按照您的这套来，苹果将来最多也就混成您这样。哦，我不是说您不够优秀。听苹果说，您一直到现在还没个女朋友，我建议您不妨到我们的节目上来——我自我介绍一下，本人是咱们深都卫视相亲节目'非爱不可'的制片人，这节目刚刚开播，我顺便做个广告哈……我说到哪儿了？对了对了，我可以给您开个后门，过来当男嘉宾……"

"你……"吕老师被呛得说不出话来。王小迅继续说道："我的话还没有说完。苹果的将来，您也不用那么地焦虑。我觉得吧，让苹果按照她的天性自由发展下去，没准以后真的能成为大明星呢！去好莱坞，拿奥斯卡，那都是很有可能的，孩子们的前途谁能预料？到时候您不会不爽吧？"

"岂有此理！太不像话了……"吕老师词穷了。

剩下的几个家长早已笑成一团。窗户外面，几个学生正扒在窗台上朝里面看。

家长会不欢而散，王小迅走出教学楼，赵苹果跑过来猴跳到她背上，闹了一番才下地。

"小姨，你太给力了！"

"我怎么觉得我特二呢？冒充你小姨，跑过来和你们班主任干架，嚯嚯！"

"什么冒充啊，你现在就是我亲小姨，嘻嘻嘻！"

"现在可以喊姐了，我可不愿被你喊老了。"

"不嘛，还是喊小姨好，小姨小姨！"

这时几个女生跑过来，追上赵苹果、王小迅，"苹果苹果，你小姨是不是演员啊？"

"切，演员都归她管，她是制片人。"苹果得意地答道。

"制片人？"

"这你都不懂！小姨，这些小破孩儿啥都不懂，连好朋友是什么都不知道！"赵苹果一脸不屑。

"谁不知道啊，不就是拆开来念吗？女子月月友（有）！"

王小迅、赵苹果和一众女生一起哈哈大笑……

06

墙上的挂钟已经指向八点半，可马丰还没回家，于静显得不安起来，拿起手机正要打给马丰，听见开门声，便赶紧放下手机，给开门进屋的马丰摆放好拖鞋。

"怎么这么晚才回来？"

"早回晚回不都一样吗，你着的哪门子急？"马丰没好气地说。

"我不是担心你还没吃饭饿坏了胃嘛！饭菜我都给你留着呢，你先去洗手，我给你盛饭。"

马丰摆手道："不用不用，吃过了！"

"啊，吃了什么？跟谁一起吃的？……这年头，你怎么敢轻易在外边吃东西，不是地沟油，就是添加剂的，你也真是！"

马丰没搭腔，拖着疲倦的步子走进书房，往小床上一躺，嘀咕道："还不是为了躲你。"

母亲也走进书房，关心地问马丰是不是太累了？马丰睁开眼，说歇会儿就好。

马母道："光躺着没用，歇不过来。于静，马丰累了，你也给他按摩按摩！"

于静答应着走进书房，"好啊，马丰你起来，躺到按摩床上去，在那上面按更舒服。"

"不用不用不用。"马丰缩成一团，连连摆手。

"这几天于静帮我按摩，腰疼的老毛病感觉轻松多了，她的手法还真不赖。"马母说道。

于静拉马丰胳膊，马丰甩开；于静又拉，马丰又甩开。

马母拍了一下马丰的屁股，"让你按你就按，还扭捏起来了，起来起来！"

马母、于静两人一起拉着马丰的胳膊，拖他下床。马丰咋呼着，被连拖带拽地弄到了客厅里的按摩床上。马丰挣扎着欲下床，被马母、于静合力按住。

于静用力捏马丰的脖子，马母也在一旁按着马丰的双腿。马丰哎哟哎哟叫唤，让于静轻点！

马母又拍了一下马丰的屁股，"瞧你咋呼的，就得重点儿，轻了没效果。"

马母也在马丰的腿上揉捏起来。

马超觉得好玩，也凑过来，举起小拳头，在马丰的屁股上一边捶打，一边哈哈笑。

马母笑了，"我们超超真能干，都知道给爸爸捶背了，将来一定也是个孝顺儿子。"

于静对马母说："妈，您歇着吧，您力气不够大！"

马丰叫起来："哎哟，哎哟……哈哈哈……妈，您、您别挠我胳肢窝呀。"

马母对于静说："我得跟你学两手，等你走了，我就能给儿子按摩了，你看他这累得，得经常按摩才行。"

一听这话，于静不禁停下来，怔在那里，有些失神。

"怎么停了？就刚才捏的那儿，再捏捏，多捏会儿。"马丰嚷嚷着。

于静"嗯"了一声，再次用力揉捏。

马丰呲牙咧嘴，"哎哟，哎哟，嘶……哎…哟喂……"

于静一会儿揉捏，一会儿拳捶，一会儿掌砍，一会儿肘压，也没什么章法，但很卖力，额头早已沁出汗珠。

07

各自忙完，马丰回到书房，没一会儿就跑出来，朝正在客厅里看电视的于静大叫："我早上出门放书桌上的文件呢？"

于静吓了一跳，赶忙站起，冲进书房，从书橱里翻出一份文件递给马丰，"是不是这个？超超要在上面画画玩儿，我替你收拾了一下。"

马丰接过文件扫了一眼，气呼呼地说："以后不准动我的东西，超超也不准进来。晚上不准进，白天也不许进。"

于静被吓着了似的，惊惧地看着马丰。

"一个家里，就这么点清净的地儿了，明天我就再买把锁去……"马丰越说越气。

于静受不了了，也提高嗓门说："有没有良心哪你，刚给你按摩了个把小时，人家累得腰酸背疼，就是不付费，总得有句好听的话儿吧！"

马丰不答话，从裤兜里掏出皮夹子，把里面的整钱、零钱，还有两枚硬币都掏了出来，塞到于静手里，"拿着，这算是给你的服务费，连我妈那份也算上，够不？不够我这就去取。"

于静的眼泪滚了下来，气得把钱砸到马丰身上，"马丰，你不是人！"边说边哭着离开书房。

卧室里，马超已经睡着了，于静坐在梳妆台前默默流泪。此时，马丰坐在书房的行军床沿上，后悔地扇了自己一巴掌。

第二天中午，马丰正在光灿的办公区里工作着，只见于静拎着一只大塑料箱，径直走向马丰他们的办公区。

来到马丰的办公桌前，于静一言不发，在办公桌上铺满报纸，把大塑料箱里的饭盒一一打开，八菜一汤，有荤有素。

马丰小声道："你咋跑这儿来了？别弄了别弄了，赶快拿回去，我吃过了。"

于静笑道："我都问过前台了，说你没出去吃饭呢。以后我都给你做好了送过来，自己做的干净、放心。"

坐在座位上的王小迅看见于静来了，愣了愣神，还是笑着走了过来。

"于静，你怎么来了？"

"给他送饭呀，他一个外人在你们这儿办公，还不知道遭多少排挤呢！"

"瞧你说的，他可是代表深都卫视的，不对我们颐指气使，我就烧高香了，我们欺负他？你看他是让人欺负的主儿吗？……呀！那么多菜，都是你做的？"

王小迅用手捏起一撮木须肉放进嘴里，"嗯！好吃好吃，好久没尝你手艺了，这一尝，把我肚子里的馋虫全勾出来了。"说着又伸手向另一份菜，被于静打了一下。于静拿出一个方形分格的塑料饭盒，递给王小迅，"脏不脏呀！想着你呢，给，饭菜都在里面了。"

王小迅接过饭盒，"于静，这、这待遇差别也太大了点儿吧？我跟你的关系，难道比你跟他……唉，嫁出去的闺女泼出去的水，真是打小白疼你了。"

王小迅嘴上逞强，心里还是美美的，拿着饭盒回了座位。

黄争光、卓乐、海涛等七八个编导，像饿绿了眼的豺狗似的围到马丰桌边。黄争光探着鼻子闻了一圈，表情陶醉，"真香啊！"说着捏起一块肉塞进嘴里，嘴里叽里咕噜地说："马哥，你怎么还跟嫂子客气起来了呀，没吃过就是没吃过，来来来，反正你也吃不完，我们帮你吃。"

说着话，这一众编导一拥而上，一时勺子、叉子、筷子纷飞。

"嗯嗯！嫂子好手艺！"

"啊好吃好吃！啊这个是我的，都别跟我抢！"

"马哥好福气，天天吃着满汉全席，不要太拽哦！"

"嫂子人长得美，菜烧得也好，我将来娶媳妇，一定要找个您这款的。"黄争光一边嚼着菜，一边嘀咕着。

众人连挤带抢，把马丰、于静都挤到了一边。王小迅边吃边看着这边，偷着笑。何珺也向这边白了一眼，小声嘀咕道："没出息。"罗书本来也想凑过去，听见何珺的嘀咕，又缩回座位。很快，八菜一汤空空如也。

"好吃吗？"马丰对众人道。

"好吃好吃！"众人齐声回道。

"拿人手短吃人嘴软，都给我牢牢记住一件事儿，"说着指了指于静，"她是我前妻，不是你们嫂子，以后不准乱叫哈。"马丰不紧不慢地说。

众人诧异地看看于静，又看看马丰。于静本来被夸得还有点美，马丰这么一说，脸色大变。

"哈哈哈，马哥真会开玩笑。"黄争光急忙打圆场。

马丰正色道："不信你们可以问王总。王总你告诉他们，我们是不是两年前就离婚了？"

王小迅看了看于静，尴尬得不知道怎么回答，只好不置可否地干笑了一下。马丰甩手而去，大伙不明就里，面面相觑。于静强忍着眼泪，也空手离去。

08

当晚，王小迅和于静相约在半坡酒吧见面。两人坐在吧台前，各要了一杯黑啤，王小迅举杯碰了一下于静的杯子，问："还在为中午的事儿生气呢？"

"……搁你，你能一笑而过？"于静面无表情地答道。

"搁我，我直接拿饭盒拍他脑袋上。不过，我感觉马丰这几天状态不大好，老是打哈欠，今天上午录节目时，好几个地方忘了词。"

"观察还挺仔细啊。"于静酸溜溜地说了一句。

王小迅打了于静一下，"说什么呢你！他这种状态可不行，下午找我聊了会儿，说……"

"说我影响了他的正常生活……你是来当马丰说客的吧？我说呢，怎么想起来约我出来！"

"我是不忍心看你活得那么憋屈。超超跟奶奶过一个月，你好好享受病假就是了，撒欢儿地玩儿，多好啊！你倒好，偏把自个儿扔到那个不尴不尬的家里，想想都别扭！"王小迅喝了口啤酒。

"唉！这以前是伺候一个，现在得伺候仨，两个大的，比小的还难伺候。我真是自作自受！"于静叹了口气。

"那你还不赶快搬回去，没了你，他们还不照样过得好好的。"

"还不承认自己是说客！"于静端起杯子，喝了一大口啤酒，眼圈开始泛红，"马丰赶我走，你也帮他赶我走？"

"你这么作贱自己，咱总得图点儿什么吧，你图个啥？"

"我图啥你心里不清楚？亏得你还是我最好的姐妹！"

"哎呀，你非让我对你感到愧疚是不是？痛快点，你到底想怎么样？只要你搬回去，其他能帮得上的，我舍了命也会帮你的。"

"王小迅你、你就装吧你！"于静生气地说。

王小迅奇怪地看着于静。

"我搬到他们家，当骡子当马，被使来唤去的，你说我图个啥？我还不是想跟马丰复合嘛！我做了那么多努力，你不帮我劝他也就算了，反倒帮他赶我走！"

王小迅短暂地愣了一下神，立刻反应过来，"啊！原来你……于静，你怎么不早说呀！这事儿你居然不跟我商量，你还是人吗你。"说着狠狠掐了于静一下！

"哎呦！"于静叫了一声，"死丫头，你掐疼我了。我说了，你会帮我劝他吗？"

"什么也别说了，这事儿我得管！"

"你会那么大方？"

"你这叫什么话？我凭什么不大方？马丰又不是我的……"王小迅说着，又要掐于静，于静闪躲，两个女人你掐我闪地嬉闹起来。

09

光灿大厦的天台上种着各种植物，喧嚣嘈杂的都市中满眼都是林立的楼宇，这片绿荫覆盖着天台，多少给人一丝安静。王小迅抱着胳膊，站在天台上，俯览着深都市景。

马丰推开天台的小门，兴冲冲地走过来，"小迅，大功告成了吧？"

王小迅笑了笑，"那当然了，有我王小迅办不成的事儿？"

"太好了太好了，我就说嘛，这事只要你出马，肯定马到成功。"

"成不成，还得看你配不配合呀！"

"配合，绝对配合，说吧，让我干什么都成！"

"这可是你说的，不准反悔！"王小迅一指马丰，坏笑着说。

"绝不反悔，尤其对你王小迅，我什么时候反悔过？"马丰拍了拍胸脯。

"那好，于静可以搬走，但你也得搬走。"

"我搬走，笑话，我搬哪儿去？"

"搬于静那儿去呀！带上超超，你们一家三口住那房子，正合适。"

马丰的眼珠子都要瞪出来了。

"瞪什么瞪，你刚刚发过誓的，绝不反悔！"

"不是，我……"马丰支吾着。

"你什么你，于静里外都是一把好手，她哪点儿不好？哪点儿配不上你还是怎么着？当初你们根本就不应该离婚的！"

"这事说起来就复杂了，所谓家丑不可外扬，有些事没对你说。要是能在一块儿过，我们还离婚干什么？"

"行了，你也别装文艺了。你都多大岁数了，一家三口好好过日子，有什么不好，你跟幸福有仇啊！"

"那、那你为什么不跟沈鱼水结婚、生孩子去？"

"我？我是我，你是你，咱们情况不同。"

"我看是一样的。"

"你、你成心气我是不是？我不管，反正你已经答应我了，明儿个你就和于静重新领证去……"

正说着，王小迅的手机响起来，是赵苹果打来的。王小迅问苹果什么事。赵苹果说："没事儿就不能找你啊！小姨，你也不给我打电话，也不找人家玩儿，你是不是不喜欢我了？"

"没有，没有，我最近不是忙吗？"

"哼！你一直忙，一点也不关心我，我看你就是不喜欢我了！"

"真的没有，我保证。"

"那好，今天晚上你陪我去看电影，票我已经买好了。"

"今天不行，我都好几天没能早点儿回家休息了。"

"哦！你宁愿回家休息都不愿意陪我看电影。"听筒里传来苹果的哭腔，"你还是不喜欢我……"

"苹果你不要那么敏感，我就是没找你，心里还是常常想你的。"

"小姨，你的口气怎么像在谈恋爱啊！哈哈哈。"

"死丫头！"

王小迅挂掉电话，看了眼局促不安的马丰，拍了拍他的肩膀说："好事儿嘛，别那么愁眉苦脸的，回去好好和于静沟通。"

马丰生气了，"小迅你干的好事！我让你劝于静搬走，你这倒好，反戈相击。也难怪，你跟于静关系那么好，我就不该委托你。不过我告你啊，这不可能，你这是旧社会，只有旧社会才有逼婚……"

"谁逼你了，我又不是你妈，真是！"

马丰气得掉头就走，用力关上天台的门。王小迅抱着胳膊，蹙眉摇头。

第六章　　绯　闻

01

于静该使的招数已经使尽，但马丰不仅没被感动，反而觉得是难以承受的负担，王小迅出马撮合也没见成效，一直隐在幕后的沈鱼水终于 hold 不住了，只好亲自上阵操刀。

这天晚上，沈鱼水约马丰到自己家来。下班回来，沈鱼水买了几样熟食，又亲自动手炒了几样时鲜，拿出两瓶藏了多年的好酒，跟马丰喝上了。马丰哪里知道，于静搬回来住，以及后来一系列动作的导演，正是对面这哥们儿。

几口小酒下肚，沈鱼水就把话题自然转到复婚的事上，对马丰说："小迅说得太对了，你跟于静就应该复婚！"

马丰现在最烦的就是这事，沈鱼水一开腔，马丰立马摆手制止，"是哥们儿的话，就别跟我说这些，再说我跟你急哈！"

"好好好，不说你，那咱说说于静总可以吧？瞧人于静，多好一女人呀，当初要不是我跟小迅先好上了，我……"

马丰把酒杯一放，盯着沈鱼水，"说呀，接着说，当初要不是先跟小迅好上了，你宁愿追求于静是不是？那敢情好啊，反正你和小迅还没怎么地，你干脆把她甩了，去追于静得了，哈哈哈……"

沈鱼水讪笑道："哥们儿你喝多了，开始说胡话了。"

"得了便宜卖乖！我没说胡话，我连儿子都给你生好了，你也省得费心劳神地造人了不是！再说了，我还担心马超遇到个不好的后爸呢，你是最佳人选啊，哈哈哈……"说着说着，马丰就没谱了。

"欠揍了啊你！实话跟你说，我跟小迅已经……"

"已经怎么了？已经那个了，切，那算个什么事儿。"

"我是说，我跟小迅已经沟通过了，只要你们复婚，婚礼的费用，我沈鱼水全包了，谁让咱是好兄弟呢！"沈鱼水情深义重地说着，把手中的酒杯往马丰的杯子上重重地一碰。

"打住打住，又绕回来了。"马丰摆手制止道。

"好好好，咱还说于静。于静都搬过去住了，又去了你单位，这里里外外，大家伙儿都知道你们是一家人了。人满怀希望，你不能给了希望又让人绝望啊！这可是人品问题，就算我理解你，都得装出一副鄙视你的样子……"

"这个恶人我做定了，不求任何人的原谅，包括你！"

"哥们儿，这又何必呢，你跟于静复婚，小日子过得不要太滋润！你也不用整天去觊觎无辜少女了，烦恼尽除，有百利而无一害……"沈鱼水说得嘴滑，恨不能把想到的好词都用上。

马丰不想再谈这些，转过话题说道："嗨嗨嗨！别光说我，你和小迅最近怎么样？"

沈鱼水叹了口气，苦起脸说："还能怎么样？要不是你过来，晚饭还不得自个儿吃，脚得自己洗，被子得自己铺。哥们儿整个就一孤家寡人，倒是你小子，成天跟我们家小迅泡在一起……"

"嘿，哥们儿，我看你是老毛病又犯了，别忘了，我干主持人，是你死活求我才干的……"

哥俩一边喝着酒，一边你来我去地打着嘴仗，谁也没把谁说通，两瓶酒很快就喝光了。沈鱼水又拿出一瓶，不停地劝马丰喝，马丰的酒量本来就不咋的，这两天也没好好睡觉，喝着喝着就不行了。往沈鱼水家客厅那张大沙发上一靠，马丰就再也撑不住了，让沈鱼水帮他拿个毯子，说他今晚就睡这儿了。

沈鱼水嚷嚷着："嘿！说是醒醒酒就走人的，怎么还赖这儿了，我告你啊，绝对不行。"

马丰翻了个身，面向沙发靠背，继续呼呼大睡。沈鱼水拍拍马丰后背说："起来起来，给你拿毯子盖被子的人不在这儿，在你家呢，我可不能越俎代庖。"再看马丰，已经打起呼噜了。

"嘿，睡得还挺香啊！"沈鱼水架起马丰胳膊，"起来起来，咱回家睡，家里老婆孩子热炕头多舒服啊！有福不享，你傻啊你！"

马丰嘟囔着挣脱开，缩进沙发里。沈鱼水又拖马丰，马丰继续挣扎，两人正撕扯着，马丰的手机响了。

"瞧瞧瞧瞧！人独守空房，惦记你了不是！我做梦都想有这个待遇呢！"沈鱼水乐了。

马丰摸索了一会儿，才从口袋里掏出手机，一看是王小迅的电话，赶紧下了沙发，摇摇晃晃地钻进沈鱼水的书房。沈鱼水看着马丰的背影，嘲弄道："还不好意思了，在我跟前有啥不好意思的。"

02

苹果约王小迅看电影，王小迅百般无奈还是去了，没想到，这一去惹了个大麻烦。

王小迅如约来到电影院时，屏幕上已经在放片花。找到自己的座位，王小迅看见旁边的一张位子空着，左右张望了一下，也没见苹果影子。王小迅赶紧给苹果发微信，问她在哪儿。微信刚发出，只见一个人急匆匆地挤过来，在空座位上坐下，是赵怀远。两人对视了一下，不禁惊讶，"赵总……""王小迅……"又同时说了声，"苹果！"

突然，两人都感到背后有闪光灯在闪，回头一看，闪光灯又是一闪。只见赵苹果正躲在后面几排的座位上，嘿嘿坏笑着，埋头在手机上捣饬着什么。

赵怀远站起来，向着后排大声叫道："赵苹果！你给我出来！"

周围的观众发出不满的斥责声。王小迅赶紧扯了扯赵怀远的衣襟。

赵怀远揪着苹果的衣领，出了电影院，王小迅也紧跟在后面。来到一家茶馆，赵怀远找了个僻静些的地方坐下。苹果仍旧满不在乎地玩着手机。

赵怀远气不打一处来，瞪着赵苹果，"今天你给我说清楚，这到底搞的什么鬼名堂！你到底想干吗？"

赵苹果一副正儿八经的样子，"老爸，这都不明白？唉，我这个当女儿的再不给你浇浇水，你的感情世界真的要荒芜成一片沙漠了。"

"说、说什么呢你！"赵怀远更加愤怒了。

赵苹果对王小迅笑嘻嘻地说："小姨，不好意思，电影也没看成，不过这都在我的意料之中。怎么样？我给你们俩安排的第一次约会，还算浪漫吧？"

王小迅顿时呆了，无言以对。

赵怀远看了王小迅一眼，又瞪赵苹果，"胡闹！人家什么时候又成你小姨了，无法无天了你！"

"老爸，是小迅阿姨亲口说她是我小姨的，不信你问她。"

王小迅支吾道："苹果，我，赵总只是我的领导……"

苹果不屑地说："领导值几个钱。老爸，我特喜欢小迅阿姨，也觉得你们俩挺合适的，所以我就……我真不是胡闹！"

"苹果，我严肃地告诉你，王小迅和我只是工作关系，我、我们，绝对不可能！"赵怀远厉声斥责。

赵苹果仍然嬉皮笑脸地说："你俩就别老是绷着了，累不累人啊？连我都觉得累！假模假式的……"

赵怀远一拍桌子，"你说什么？再说一遍，看我不揍扁你小子！"

"我是女孩儿！"

"那我就揍你这死丫头！"赵怀远抬手欲打赵苹果，被王小迅拦住。

苹果吓哭了，赵怀远将苹果的手机递给王小迅，"小迅，赶紧把她刚才拍的照片删了！"

"删了也没有用，我已经发到微博上去了！"苹果噘着小嘴。

"什么？你——"赵怀远一抬手，狠狠地甩了赵苹果一巴掌，赵苹果"哇"的一声哭开了。

尴尬不已的王小迅只好左一句右一句地安慰父女俩，直到送走二人。

回到家，王小迅依然忧心忡忡，打开电脑一看，苹果的原帖已经删了，可就这么一会儿工夫，居然已经有人转发了，而且不止一条。王小迅越想越觉得问题严重，不能让事态继续扩大，但怎么解决呢？王小迅想到马丰，于是赶紧拨打马丰的电话。

马丰正好在沈鱼水家，看到王小迅的电话，急忙躲进书房接听。

听完王小迅对事情经过的描述，马丰说："这小鬼，可真会闹腾。"

王小迅着急地说："哎呀你别啰嗦了，赶紧的，让于静上网帮我删帖。"

"这你就不懂了，既然原帖删了，就等于全删了，转载的也看不到了。"马丰自信地说。

"谁说不是呢，可有无聊的人把照片下载后又上传了。"王小迅已经带着哭腔了。

马丰吃了一惊，酒也吓醒了，他知道事情的严重性，于是快步走出书房，"靠，谁这么无聊。你别急，我这就回家，让于静帮你……"

走进客厅，马丰抬头看见沈鱼水，赶紧换了个腔调，对着手机说："您老腰疼得厉害啊，我让于静帮您按摩，马上按，一按就好。妈你先忍着点啊！"

王小迅不明就里，气急败坏地嚷嚷着："说什么呢你？谁是你妈？都这时候了，还有心思开玩笑，你在哪儿呢？"

马丰挂掉电话，蹲下身子换鞋。

沈鱼水问马丰怎么回事，是不是老妈腰病又发作了？"你打个电话给于静不就得了，她敢不给咱妈按摩吗？还要亲自去现场指挥，就在这儿遥控，才显出咱老爷们的威风不是。"

马丰没搭理沈鱼水，开门快步离开。

看着马丰消失的背影，沈鱼水自顾自地嘀咕："嘿！连声招呼都不打，还是妈管用，孝子，大孝子！"

03

马丰匆匆回到家里，见于静正在收拾沙发上一堆马超的衣服和毛巾之类的杂物。马丰也没多想，一屁股坐到沙发上。

"慢点儿，我把衣服拿走你再坐。"于静赶紧从马丰屁股下面抽出衣物。

"哎哟，不行不行，我得躺下。"说着，马丰半躺到沙发上。

于静拿着衣服正准备转身去卫生间，看到马丰躺倒，站住问："怎么了你？"

"头疼。"

"头疼？发烧了？"于静走到马丰跟前，摸了摸马丰额头。

马丰把头闪向一边，"不发烧，就是头疼。哎哟，不行不行，于静，你得帮我按按，疼得厉害。"

于静放下衣服，"那……行，你躺到按摩床上去。"

马丰站起身，摇晃了一下，于静赶紧扶着他一摇三晃地躺到按摩床上，于静给他按揉百会、风池、神庭、太阳等穴位。

"瞧你这一身的酒味儿，喝多少酒啊？"于静用手在鼻子前扇了扇。

"也没喝多少，以前喝的比这多多了也没这样疼过。"

"以前你二十多，现在你三十多了。自己也该有点数了。"

"是是是，是不能多喝了。"马丰应付着。

"知道就好，往后别再喝了。"

"对对，不喝，不喝，决不能再喝了。"

马丰晃了晃脑袋，坐了起来。

"干吗干吗？快点躺下，还没按好呢。"

"哎，于静，你这按摩的技艺越来越精湛了啊，上次你给我按的时候我还不舒服呢，这才几天，进步神速啊，这么一会儿就好多了。"

"有那么夸张吗？躺好了，再给你按按。"

马丰摆摆手，从按摩床上下来，"我已经好了，你忙里忙外也累了一天了，别按了。"

"我可没那么娇气，你以后少喝点酒才是正经。"

于静拿起脏衣服，往卫生间走。马丰伸手拦着她，"别忙着走，于静，我还有件事要请你帮忙呢！"

"请我帮忙？什么事？"

"来来来，你跟我到书房来。"

"什么事还要到书房说啊，你让我做的事我能不做吗？"

马丰掏出钥匙，开门进屋。于静诚惶诚恐，拿着衣服跟了进来。马丰打开电脑，搬好椅子说："坐下，你先坐下。"

马丰拿过于静手里的衣服放在旁边的行军床上，郑重其事地把苹果在微博上发照片的事说了一遍。

"那赶紧让孩子在微博上把帖子删了啊。"于静着急地说。

马丰道："微博上的是删了，可就一会儿工夫，帖子已经被人转发到网上去了，就你们那网。你是网管，赶紧把网上的帖子给删了。"

"哦，是这样啊。"

"是啊。这孩子真不让人省心。"

于静从椅子上站起来，"嗯，是挺让人费心的，不仅让王小迅费心，也让你马丰费心了。我说马丰，这是什么时候的事啊？"

"就刚才的事儿，要不怎么这么急呢！"

"这是赵总和王小迅的事儿，又没你什么事儿，你急什么呀？"

"能不急吗？你是知道的，这网上一转发那就是蔓延啊，一会儿工夫就没边了。别说了，于静，赶紧地，删帖吧。"

于静一把抓起行军床上的脏衣服，"瞧你急得，儿子有事也没见你急过。怪不得你今天对我这么关心呢，原来是王小迅的事。"

"这叫什么话，我这不正和光灿公司合作节目吗，你说这事要闹大了节目肯定也要受影响，我是为工作！"

"你少拿工作跟我绕！马丰，我在你们马家做牛做马，累死累活地侍候你们家祖孙三代也没见你有张好脸，这王小迅有了点事儿，你看把你急得，跟火烧了猴屁股似的。"于静越说越气。

"于静，你能不能别想那么复杂。王小迅也是你的闺蜜，你能看着她有事不管吗？"

"我没说不管。王小迅有事可以直接跟我说，干吗还要通过你来转达？"

"她不是知道你在我们家嘛。"

"她知道你们家电话吧？也知道我的手机号吧？打你电话和打我电话有什么区别吗？哦，我知道了，刚才你是跟王小迅在一块儿的吧？"于静手指着马丰问道。

"这都哪跟哪儿啊。我是和老沈一块儿喝的酒，不信你给老沈打电话。"

"我才不打呢。你爱跟谁喝跟谁喝。"

"你看你，刚才还不让我喝来着。别闹了于静，赶紧删吧。"

"删帖容易，对我也就是举手之劳。不过，要我删帖，你得答应我一件事。"

"行行，你先删帖，什么事我都答应你。"

"你答应了？你也不问问什么事？"

"什么事儿？你快说。"

"嗯，本来不是说超超要在你们家住一个月吗，眼看时间就要到了，我要走肯定要把超超带走，可妈又离不开超超，我想在这儿再住一阵子，妈也是这个意思。你答应这事应该没问题吧？"说完，于静平静地看着马丰。

"这不还有几天吗？到时候再说。"

于静拿起脏衣服就往书房外走，"到什么时候再说？马丰，我告诉你，这事你要答应，我立马就给你删帖，你要不答应，咱就免谈。"

"这压根儿不是一码事，我们能不能别扯一块儿啊。"

"你说不是一码事，我还就当是一码事了，你就直接说吧，答应还是不答应？"

"你……你怎么……"正说着，马丰的手机响起来，是王小迅打来的。王小迅着急地问马丰怎么回事，帖子怎么还没删？马丰看了眼于静，让小迅放心，说马上就删。王小迅告诉马丰，她就在网上呢，帖子都被转了几十条了，急死人了。马丰连声说行。挂断手机，马丰抱拳求于静，"于静、于网管、于大人，求求你了，赶紧删吧，再不删网上就传遍了。"

"我刚说的你答应了？"

马丰连声称是，于静微笑着说："这还差不多，你去吧，一小会儿的事儿。"

于静放下脏衣服，坐到电脑前操作起来。马丰站在一旁盯着，于静白了他一眼，"去，倒杯饮料，我口渴了。"马丰赶紧走出书房，屁颠屁颠地去倒水。

04

所谓"好事不出门，坏事传千里"，总有些人有事没事地喜欢传播各种八卦，如果八卦的源头就在附近，他们传播的热情就会更加炽烈。传来传去，过程中的失之毫厘，最终会变得越来越谬之千里。苹果传到微博里的那几张照片虽然删了，但毕竟还是在网上流传了一阵子，可就那么一小会儿，还是让公司里一些人看到了。于是，各种传播也就在所难免了。

这天上午，马丰手里拿着一个小记录本，在走廊上来回踱步，不时翻开记录本看上一眼，口里念念有词地在背歇后语："公鸡头上一块肉，大小也是个冠（官）……公鸡头上一块肉，大小也是个冠（官），公鸡头上一块肉，大小也是个冠（官）；

鼻子喝水，够呛……鼻子喝水，够呛……"

踱到卫生间门口，马丰听见女厕里传出几个女人很大的说话声，听得出是何珺和其他几个女同事的声音。

"网上那几张照片你们都看到了吧？"

"我听说了，等我上网看，全给删了，我还想看看呢。"

"你们是没看见，真够腻歪的。这王小迅也真够可以啊，都跟赵总一块看电影了。"

"密切联系领导啊，工作时间顺着领导，休息时间陪好领导。这叫感情投资，又叫潜规则！要不怎么能上位呢，这有什么想不通的……"马丰听出来这是何珺的声音，不禁在门外停下，注意地听着。

女厕内，何珺和两个女编导正面对着卫生间里的镜子补妆。两个女编导都不年轻，身体已经开始发福，一个体胖腿粗，另一个挂着一张长脸。

何珺冷嘲热讽地说："不过她能耐也不小啊，就那么一会儿工夫，帖子全都删了。"

胖女编导说："做贼心虚呗，没事怕什么呀，急吼吼地找人删帖，这更说明问题。你瞧王小迅走起路来那两条小鸟腿，一蹦一蹦跟只小鹌鹑似的，赵总也真是没品位。"

长脸女编导道："臭肉自有烂鼻子闻，一个愿打一个愿挨，两相情愿的事……"

马丰实在听不下去了，怒不可遏地抬脚踹向女厕所门，脚尖快踢到门时，又收住放下了。定了几秒钟，马丰一转身，背对女厕，用后背撞开了厕所门。

何珺和两个女编导听见异响，看见一个男人的后背，吓得齐声尖叫。

马丰一边后退着进了女厕所，一边说："我没看我没看，你们赶紧把裤子穿好，该穿该戴的都穿上戴上。"

"马丰，你要干什么？"何珺厉声叫道。

"都穿好了吧？穿好了没有？我可要回头了。"马丰说着，转过身，同时锁上女厕所的门。"几位姐这是在讨论潜规则啊，想跟几位讨教讨教，是不是女人上位都得靠潜规则？我马丰才疏学浅，又是个男人，还真不懂这些。何姐，您是上过位的，虽然不是大红大紫，少说也是个殷红吧，当年您上位是因为哪位领导把您给潜了吗？"

何珺柳眉倒竖，"你胡说，血口喷人！"

马丰不理何珺，又转过身对长脸女编导，"就算上位要靠潜规则，咱光灿传媒的女职工少说也得有二三百人吧，有资格被潜的估计也就百分之十几，往宽了算百分之二十也到顶了，好像您老不在此列吧。所以如果哪天您老上了位，肯定不是靠潜规则的，您靠的是真功夫、真本事。"

长脸女编导知道马丰肯定不会夸她，可又不明白这番话究竟是啥意思，只能瞪大眼睛看着马丰。

马丰也看出她脑筋转不过来，摆了摆手解释道："我说的意思是潜规则也不是人人都具备条件的，有的人想要潜规则，但条件不够，你说这急人吧。"

长脸女编导这才明白过来，又气又急地说道："我可没急。我、我才不想被潜呢。"

"那就好，那就好。"马丰说着又转向胖女编导，"还有你……"

这时女厕所外有人推门，没推开，便敲起门来。马丰回头大声地说："等会儿再来，里面有事，正忙呢！"门外的女生听到马丰的声音，吓了一跳，以为自己走错方向了，不由得后退了一步。定下神来看了看门上的女厕所标志，疑惑地摇了摇头，转身走向一边的男厕所，在敞开的门上敲了几下，连问几声："里面有人吗？有人吗？"见无人应答，便走进男厕所，把门反锁上。

女厕所里，马丰仍对着胖女编导说："接着说你……"

刚才这么一缓，胖女编导略有准备，不容马丰多说，便嚷嚷起来："你有什么权力说我！你私闯女厕所，这是犯法的行为！"

"犯法算不上，顶多只能是道德问题。不是说德智体美吗，本人闯进女厕所，的确道德有亏，但你们三个，"马丰分别指了指何珺、胖女编导和长脸女编导，"一个智不足，一个体不行，一个美不够。"说完哈哈大笑起来。

胖女编导问道："什么是体不行啊？"

"不够苗条啊，你不是说王小迅是小鸟腿吗，那怎么也比大象腿能飞得高点吧？姐，你这一个劲儿地横向发展，不会是想梦回唐朝吧？"胖女编导的脸腾地红到脖子根，张口结舌不知道说什么好。

马丰却不依不饶，"所以呀，咱们四个都有毛病，病友，彼此彼此。几张小孩儿拍的照片就让你们兴奋成这样，心态也太不正常了吧。以后在别人背后蜚短流长的事还是别做的好！我说得对吧？几位姐。"说完，马丰打开女厕所门，扬长而去。

何珺气得直翻白眼，对着马丰离去的方向骂："神经病！变态！"

马丰家的大床上杂乱地摆放着一件件衣裙，于静正哼着小曲儿，不停地替换着床上的衣裙，拧腰扭臀地对着穿衣镜上下比画。这时手机有电话打进来，于静一看是马丰打来的，赶紧接听。

"你干吗呢？能不能快点，这么半天还不下来。"听筒里马丰在催促。

"这就好了，这就好了。"

"赶紧的吧，这是我请客，总不能让人家沈鱼水和王小迅等着咱们。"

"好了好了，这就下楼。"

于静套上一件洋红色小礼服裙，又对着镜子照了照，这才拿起小坤包转身出屋。马丰站在楼下的摩托车旁，看到于静一脸灿烂地走出楼道。

"快点快点，赶紧走。"

于静走近摩托车，马丰殷勤地扶着于静坐上后座，并把头盔递给于静。

"我不戴。"于静噘嘴说道。

"戴上，安全第一。"

"不戴，又不是第一次坐你摩托。"

马丰无奈地骑上摩托车，载着于静驶出小区，上了大街。于静坐在后座上，双手紧搂着马丰的腰。

"马丰，你开快点儿。"

"再快就违章了。"

"快一点嘛，让我头发飘起来。"

"不是飘过了吗？你还上瘾了，还老玩啊。"

"快点嘛，快一点点就行了。"

马丰摇摇头，一加油门，车子迅速前冲，于静的头发果然飘了起来。于静把头依偎在马丰后背上。

"马丰，你为什么请客，有什么好事？"

"没什么好事。"

"那是喜事？"

"你坐稳了，别乱动。"

"你就不能提前跟我讲讲啊，让我也高兴高兴。"

"一会儿不就知道了嘛！"

马丰再次提速，于静的头发飘得更厉害了。

06

马丰、于静来到饭店，进了包间，桌上已经摆好了一桌酒菜，沈鱼水、王小迅已经到了。只见沈鱼水身穿一套灰色西装，扎着天蓝色领带，王小迅穿着一套香槟色小礼服伴娘裙。见马丰、于静进屋，沈鱼水、王小迅同时起身，沈鱼水捧起一束鲜花递给于静。

"于静，你这身打扮比上次你们结婚的时候还漂亮。来来来，这束花送给你，愿你永远像鲜花一样美丽动人。"

"谢谢谢谢！"于静心里美滋滋的，连声称谢。

"我说老沈，你这唱的是哪一出啊？还送什么鲜花。还有，你们两个今天打扮得如此隆重，这是要结婚还是要拜见丈母娘？"马丰说道。

"懂不懂啊你，我穿的是伴娘裙好吧，今天的主角是你！"王小迅微笑着答道。

"那倒没错，今天我请客，当然得我来唱主角。"说着，马丰坐了下来。

"有你这么衰的主角吗？你看你今天穿的这叫什么，邋里邋遢的。"沈鱼水揶揄马丰。

"我就是屌丝，哪天我都这么穿。"

"好了好了，都把酒杯端上，我先说几句。马丰，不是我说你，早该如此了，咱们四个本来就是两对。这两年……你这……你看现在这样，两对人聚在一起，多好啊……"沈鱼水一脸兴奋，却又词不达意地说道。

马丰拍了拍沈鱼水肩膀，"老沈，平静点，平静点，今天是我设宴，我是主角，我才是主角。"

沈鱼水、王小迅、于静一起看着马丰。马丰端起酒杯说："今天是个特殊的日子，是于静病休满一个月的日子，也是于静带超超回归正常生活的开始……"

沈鱼水接过话茬："知道知道。马丰，你那点心思我还能不懂？舍不得再让静走了吧？既然如此，你就要真诚地、正式地请求于静，请她永远待在你们马家，哈哈哈哈……"

马丰稍作停顿，正色道："这一个月来，于静又要照顾超超，又要照顾我和我妈，忙里忙外非常辛苦，我很感谢于静。我今天设宴，一是为了表达心中的感激之情，二是欢送于静回归正常生活……"

于静脸色陡变，准备起身。王小迅一把按住于静肩膀，让于静坐下。

马丰继续道："于静是个好女人，但我们毕竟已经离婚了，于静以后还要找男人，还要嫁人，要重新成家过日子。所以，再这样长期住在我们家里也不是个事儿，不能耽误她未来的生活……"

于静终于忍不住了，"马丰，你怎么说话不算数，不是说好了要再住一阵子的吗？"

"于静，你冷静点儿，我们都老大不小了，这可是为你好。"

于静腾地站起身来，"为我好？你这是自食其言！"

"于静，你搬回去住我们不还是好朋友吗？况且超超是我的儿子，你是我儿子的妈，这关系是永远也不可能改变的。"

"马丰，你少在这儿花言巧语，别以为离了你我就活不成了，你以为你是谁啊？要不是为了儿子，我才不会这样低三下四委曲求全呢。你为我好？你有那份良心吗？你那点花花肠子瞒得了谁？你就是个言而无信的浑蛋。"说着，于静一把扯过餐桌上的桌布，一桌的碗碟哗啦啦地掉在地上，摔得粉碎。于静拿起小坤包，转身冲出包间。

王小迅喊着追了出去，于静快步走着，王小迅追上去拉住她，"于静、于静，别这么冲动……"

于静甩开王小迅的手，没好气地说："谁要你跟着……"

"于静，你这是干吗呢……"

"我干吗你不清楚吗？打一开始，我对马丰来说就是多余的，就像沈鱼水对你来说也是多余的一样，你们干脆走到一起算了，这么难为别人又难为自己的，何苦呢！"

"于静，你误会了，我和马丰只是工作关系，没有任何……"

"你别装好人了，没有你，我和马丰也到不了今天。"

于静推开王小迅，快步向远处走去。王小迅呆在当地，眼睁睁地看着于静快步离开。

07

于静一回到马丰家，便冲进里屋，把衣物装入来时带来的行李箱和旅行包中。马母搂着马超坐在沙发上，问于静这是要干什么。于静不答，只顾收拾东西。

"刚才还好好的，这么会儿工夫又出什么事了？"马母感觉到出事了。

于静道："我带儿子回去了。"

"什么？不是说好要再住一阵子的吗，怎么说变就变了？"

于静不答，继续收拾衣物。马母放下马超，在屋里来回走动，"你们这是怎么回事……怎么回事……马丰呢？马丰怎么不回来？"

这时马丰开门进来，被马母一把抓住，"儿子，于静要走了，你快……"

马丰掰开母亲的手，安慰母亲道："我知道，我知道，妈，这事您就别操心了。"

"什么别操心？于静要把超超一起带走！你快劝劝于静，别让他们走。"

"妈，这事您别管了行不行？"

于静含着泪继续埋头收拾衣物。马丰问她，要不要喊鱼水开车过来送一趟。于静咬牙切齿地说："不用你费心。"

"那……那个按摩床怎么办……"

于静推开马丰，一只手拎起一个大包，另一只手伸过去拉马超。

马母流着泪，搂着马超，可怜巴巴地看着于静说："超超，你别走，就住奶奶这儿。"

于静拉过马超，"走，跟妈妈走。"

马超"哇哇"哭了起来："妈妈，我要奶奶，我要爸爸妈妈在一起。"

于静抹了把眼泪，"快走，这儿不是我们的家。"

马超继续呜呜哭着，说不要走，要爸爸、要奶奶。于静急了，气恼地使劲拉了一下马超，"快走呀你！"说着，拉着马超往外走。马超回头看着马母，流着泪向马母挥手说："奶奶再见。"

马母泪流满面地坐在沙发上，一言不发。

08

王小迅被赵怀远叫到办公室，赵怀远坐在办公桌后，王小迅垂手而立，不敢言语。

"代表苹果的家长去开家长会，去了也就罢了，还训起人家老师来了。"赵怀远边说边用手指敲击桌子。

"对不起，赵总，我也是……"

"简直是瞎胡闹。你也不打听打听，这天底下有几个家长敢和老师叫板的？不管你是什么身份、地位，到了老师面前，哪个不是夹起尾巴的？只有他训你的份儿，哪有你训他的道理！"

"赵总，您批评得对，是……我错了，我改我改……"

"你要改什么，难不成还想去开家长会怎么地？"

"不去了，不去了。"

"……小迅啊，苹果不懂事，上次拍照、发微博的事你都经历了，差点就惹出大麻烦，弄得我头都大了。当然了，那件事情你处理得很及时、很到位，总算没有大范围扩散。"赵怀远沉吟良久，继续道："苹果妈妈牺牲以后，我对她溺爱过多，平时对她的关心也不够，弄得孩子任性妄为。现在我都吃不准她会在什么时候做出些什么出格的事来，所以我们要防微杜渐。你关心苹果，帮助她处理一些问题，这些我很感激……"

"赵总，苹果是有些淘气，但……"

"但是，以后你和苹果要尽量少接触，这次的事是过去了，但那些闲言碎语的影响至今都没消除。"

"我会注意的。"

"不是注意，而是要避免，防人之口甚于防川啦。小迅你还年轻，那些闲言碎语的厉害你还不知道，传来传去杀伤力是很大的，弄不好会让正常工作都受影响。昨天深都卫视的范总也打电话问这事了，所以必须绝对避免。'非爱不可'刚上马，还有很多事要做，以后也还会遇到各种各样的困难，绝不能让这些杂音、噪音影响到工作。"停顿了一下，赵怀远继续说，"过去的事就过去了，我也相信你王小迅能处理好这些问题。"

09

傍晚，王小迅独自来到湖边漫步，形单影只地慢慢走着。湖水不断地拍打着堤岸，漂浮在水面上的饮料瓶、塑料袋、水草和各种各样的垃圾一会儿被卷进湖里，一会儿又回到岸边。

马丰骑着摩托车从远处开来，接近王小迅的时候，马丰放慢速度，与王小迅保持着几十米的距离，慢悠悠地开着。

王小迅在湖边的一个凉亭处站住，回头看到了骑在摩托车上的马丰，问他怎么过来了。马丰说正好没事，过来透透气、兜兜风。说着来到王小迅身边。

王小迅继续往前走，马丰下车，推着摩托车跟在王小迅身旁。

"你不会是担心我想不开要跳湖吧？"

"哪能呢，这湖水太浅，淹不死人。"

"你什么意思，非得把我淹死你才高兴？"

"不不不，我的意思是这季节不适合游泳，水太凉。你又没冬泳的习惯，一下去就得抽筋，一抽筋就得往下沉，一沉下去就……就站淤泥里了。你瞧这水脏的，什么垃圾都有……"

王小迅站住，"马丰，你不用逗我开心，也不用来安慰我。我没什么，就是心里堵得慌，过来走走。"

"知道知道，我也是有点堵，过来走走，这不刚巧就碰上了吗。"马丰嬉皮笑脸地说道。

"你能不能正经点儿，怎么说什么事你都没个正经样儿呢。"

"嗯，好好，正经说话。"马丰点头哈腰地说道。

"于静怎么样了？"

"能怎么样，搬回去住了，一切恢复正常。"

"于静一个人带孩子也真不容易，我知道她心里苦，所以她冲我发火我也能原谅。唉，你们要真能复婚，那就什么事都没有了。"

"不可能吧。旧矛盾解决了，新矛盾还会产生。再说，我和她连旧问题都没法解决，这要再往一起凑，能好到哪儿去。"

王小迅沉吟了一会儿说："于静是我打小的闺蜜，她不开心，我也会难受。马丰，此时此刻你更应该去安慰她。"

"我倒是想安慰呢，人家不让我安慰啊，根本就不搭理咱。"

"算了，你们的事我也不该多说什么，我自己还一身虱子呢。"

"你是说那个小太妹拍照的事吧，不已经过去了吗？"

"事情是过去了，可余波未平啊。刚才赵总还找我谈话，让我少跟苹果接触。我也就是觉得这孩子挺可怜的，没想到这孩子这么不懂事。"

"小迅，这些事越想越没劲，也没必要再纠结了。再怎么说，节目已经上马了，反响也不错，这成绩就不小了。我们的同志在困难的时候，要看到成绩，要看到光明，要提高我们的勇气。"

"哪来这一套一套的。"

"这可是毛主席说的，可不是我瞎编的。所以，我们要丢掉思想包袱，要轻装上阵。我们既不能跳湖，也不能喝药，更不能爬上楼顶……"

"谁跳湖了？谁喝药了？你才跳湖喝药呢，你才爬楼顶呢。"马丰一通胡说八道终于把王小迅逗笑了。

马丰哈哈笑道："不跳湖，不喝药，也不爬楼顶。小迅，节目的事干都干不完，哪有闲工夫管这些破事。"

"说的也是，不想这些了。"王小迅理了理两鬓的头发，精神了许多。

"老沈怎么样？"马丰转移话题。

"他呀，他巴不得咱们这档节目垮掉呢，那样他就称心了。"

话音刚落，王小迅的手机响了，显示是沈鱼水的电话。王小迅看了一眼马丰，"你看，说曹操曹操到，鱼水的电话。"

王小迅对着话筒道："我在哪儿？我在工作呀……接我吃饭？……不用你接了，我自己回去……嗯嗯，谢谢你的关心。"

王小迅刚关上手机，马丰的手机又响了，也是沈鱼水打来的，马丰笑了，"哟，曹操打给我了。"

马丰对着话筒道："我能干吗，无非是上班、工作，我还能干吗……行行……嗯嗯，你博爱，关怀的面挺广啊……喝酒啊？再约吧！没别的事我挂了。"

第七章　自　坑

01

沈鱼水四仰八叉地躺在沙发上，客厅墙壁上 55 英寸弧面屏超高清电视机正在播放"非爱不可"。

电视画面上，女嘉宾席上的十九号李嫣举手要求发言，马丰手一指，示意她说话。

李嫣把耷拉在脸上的一绺头发卡到耳后，语带叽嘲地对台上的男嘉宾说："女人天生是要享受生活的，我想问男嘉宾，你凭什么保证这一点？如果我和你牵手……"

"我妈说，唾沫不是用来讲道理的，是用来数钱的。"男嘉宾紧张地回答。

马丰接过话头："你妈这话高深，男嘉宾的意思是要看实际行动，不过，用唾沫数钱太不卫生了，我们不提倡。"说完，马丰又转向李嫣，"我倒是想问问女嘉宾，女人是要享受生活的，难道我们男人就不要享受生活？"

"女人享受生活，男人享受女人！"李嫣昂首回答。话音刚落，全场一片哗然。

沈鱼水腾地坐起，身体前倾，紧盯着电视屏幕。

画面切出刘子清。刘子清身穿一件熨烫妥贴的深色唐装，慢条斯理地说："私下里我和小李交流过，她的意思其实是，女人通过男人获得幸福，而男人则通过女人拥有甜蜜的爱情，有了爱情，生活自然就是一种享受了。就像我这个人喜欢养花，成天伺候花花草草，浇水、施肥、打药，那花儿开得娇艳欲滴，让我赏心悦目，我可不也就心花怒放了？"

"刘教授最理解女人了，谁如果能让我享受生活，我就能让他享受最好的女人……"李嫣顺着说道。

"十九号女嘉宾说到最好的女人，我想请问十九号女嘉宾，什么样是最好的女人？怎么能证明你就是最好的女人？我妈说了……"男嘉宾接过话茬。

李嫣打断男嘉宾，"能不能别一口一个你妈，是你来相亲还是你妈来相亲啊？我现在就回答你，如果男人能让我享受生活，我当然就能成为最好的女人了。道理很简单，男人在外挣钱养家，女人是应当以男人为中心，但女人在家里也不是闲着的啊。好女人会做各种各样好吃的食物，让她的男人享受美味；会穿上漂亮的衣服，精心地打扮自己，让她的男人欣赏到美色；会做瑜伽、做运动，保持身材、保养身体，让她的男人享受曼妙的身体……"场上再次一片哗然。

"哈哈,这个十九号,有意思,有点意思。"沈鱼水笑了起来。

02

沈鱼水又约了马丰去半坡酒吧,依着习惯,他给马丰要了一壶普洱茶,给自己要了一杯手磨咖啡。

寒暄了几句,沈鱼水对马丰说:"哥们儿,你们那档节目我看了,美女不少啊,你小子现在可是如鱼得水了。我的名字叫鱼水,可惜身边没有水。"

"眼馋了是吧?"

"我眼馋什么,我是在想你的事呢。"

"我能有什么事,你这是外行看热闹。"

"我外行?虽然你现在是坠入花丛乐疯了,但也不能看不起沈某啊,可别对我说,子非鱼焉知鱼之乐。"

"还真是这么回事,作为一档相亲节目的主持人,不仅不能干点什么,还得格外地绷着点儿。"马丰给自己续着茶,说道,"美女虽然养眼,我也只有流哈喇子的份儿。"

"这还不简单,你看中了谁,我来帮你约。"沈鱼水指了一下自己。

马丰盯着沈鱼水,"你帮我约?你没吃错药吧?亏你想得出来。"

"我知道你不方便,这不替你着急吗?再说,你也的确该找一个了。"

"我再找也不能跟女嘉宾勾搭上吧。不说别的,小迅知道,那还不拍死我啊。"

沈鱼水狡黠地瞅了马丰一小会儿，慢吞吞地说："你就这么在乎她的感受？"

马丰把杯子往桌上一放，恼恼地说："我靠，你这话说的……"

沈鱼水赶紧岔开话题，"我说哥们儿，不跟你开玩笑，我是说真的，你如果看上了谁，自己出面不方便，我帮你撮合。"

"我能看上谁啊，实话告诉你，我早就不相信爱情了。"

"你就别唱高调了，我看那个十九号就不赖，你有没有注意到她的爱情宣言，女人要享受生活，男人要享受女人。这女孩有意思啊，懂生活，不是一般二般的懂……"沈鱼水一脸暧昧地说着。

马丰手指着沈鱼水的鼻子说："沈鱼水，我警告你，不要干对不起小迅的事。"

"这跟小迅有什么关系，我是为你张罗。当然，也算是曲线救国为自己吧，你说你俩成天这么形影不离的，难免日久生情……"

马丰脸一拉，"鱼水，你这么说可就不够意思了，当初……"

"哈哈，急眼了不是，我这么说也就是为了说服你，这都看不出来？"沈鱼水嘻笑着，打断了马丰的话。

"沈鱼水，你耍我是吧？"

"岂敢，岂敢……这么说你同意了？"

马丰一拧嘴角，摇了摇头说道："真不知道王小迅当年怎么会看上你这么个货的！"

"讲真话了，讲真话了，哈哈哈……"沈鱼水笑出了声。

"我可警告你，这是关乎职业道德的事儿，你别胡来，出了事谁都担不了这个责。"马丰正色说道。

沈鱼水脸往上一扬，"哪能呢，你也太小瞧哥们儿的智商了。"

沈鱼水和王小迅一起吃好晚饭，放下筷子，王小迅快快地说："鱼水，你收拾吧，今天我特别累。"

"你别动，我来我来。"沈鱼水起身收拾。

王小迅进屋拿了换洗衣服，走进卫生间。沈鱼水收拾好餐桌，端着碗盘进了厨房，慢条斯理地开始洗涮。

过了一会儿，王小迅从卫生间走出，头上包着毛巾，见沈鱼水还在冲洗碗筷，说道："还没洗好啊！我累得要命，想早点休息，你也早点回去吧。"

"我得把活做完，这碗筷上全是油腻，放着不洗太不卫生了。你睡你的，洗好了我再走。"

"嗯，那我先睡了，你走的时候别忘了把门关好。"

"知道知道，你睡吧。"

王小迅进了卧室，关上房门。沈鱼水伸头看了一眼，快速地洗涮好碗碟，又赶紧扯了几张纸巾，把手擦干，然后轻手轻脚来到王小迅卧室门前，耳朵贴在门上听了一会儿。确认王小迅已经睡了，沈鱼水蹑手蹑脚地走进书房，打开王小迅的笔记本电脑，翻看里面的文件，在便签上抄下李嫣的联系方式。抄写完毕，沈鱼水下意识地看了一下书房门口，没见任何动静，这才长舒了一口气，随后关机、关灯，起身离开书房。

03

第二天一早，马丰正在开会，接到沈鱼水电话，让他赶紧下楼拿他带给马超的书。马丰无奈，匆匆忙忙地来到楼下，只见沈鱼水那辆大奔正停在光灿大厦的拐角处，沈鱼水坐在车上，手里拿着一叠纸和一支笔，在纸上勾画着什么。

马丰来到沈鱼水车旁，敲了敲车窗，跟沈鱼水要书。沈鱼水让马丰上车，说有重要的事要找马丰。马丰只好拉开车门坐了上去。

"说吧，有什么困难尽管开口，反正我也帮不了你。"马丰坐在副驾座位上，抱着胳膊说。

"谁让你帮我了？是我要帮你！"沈鱼水说着，拿过纸笔，"说一下你的自然情况。"

"沈鱼水，你搞什么鬼啊，我的情况你还不知道？"马丰坐直了身子问道。

"有的知道，有的不确切，有的还真不知道，咱们按表格一项项地来。"

"你到底想干吗？有话直接说，我真没闲工夫陪你玩儿。"

沈鱼水侧过身子，一脸诚恳地说："我说哥们儿，你为全国人民当红娘，不，当月老，辛苦操劳，成就了一对对的孤男寡女，自个儿的事儿却没个着落，这也忒不公平了，哥们儿实在看不下去了，这不，义不容辞地代表全国人民给你当月老来了……"

"这事我不是已经说过了吗？"

"说什么说啊，有好事儿都是你的，坏事儿哥们儿帮你兜着，你只要动动嘴皮子，冒险犯难的事儿兄弟来，天下还真有这样的大便宜，我都不敢相信哦！"

"沈鱼水啊沈鱼水，我算是服了你！"

沈鱼水在纸上做记录，马丰闭着眼睛回答。

"身高？"

"一米七八。"

"体重？"

"七十七公斤。"

"血型？"

"O型。"

"星座？"

"双鱼。"

"胸围？"

"不知道。"

"待查。臀围？"沈鱼水边在纸上记录，边继续发问。

"不知道。"

"待查。腿长？"

马丰睁开眼睛，看着沈鱼水，"你出验尸报告还是怎么地？"

沈鱼水拍了拍马丰肩膀："哥们儿，你对自己也太不了解了，验尸报告好办，这得比验尸报告还详细。"

初秋的深都，阳光依然热束。李嫣背着小坤包、脚蹬高跟鞋，站在路边的树荫下翘首探望着。不一会儿，沈鱼水驾驶着奔驰车疾驶而来，擦着李嫣稳稳地停住。沈鱼水撤下车窗，招呼李嫣上车，李嫣打开车门，坐上副驾位置，奔驰车向前驶去。

"马哥，你的名字真可乐啊。马鱼，还马哈鱼呢，哈哈哈……"一上车，李嫣就调笑起来。

"爹妈起的，没辙儿，好在能让你这样的美女过目不忘。"沈鱼水手握方向盘，眼睛看着前方，笑着回答。

"马哥，那以后我就叫你马哈鱼好不好啊？"

"你叫我什么我都爱听，没意见。"

一路聊着，两人已来到"天香苑"酒家，这是一家装修奢华的高档餐馆，服务员引导他们走进沈鱼水已经订好的包间。两人坐在大圆桌的两端，分别看着菜单，服务员伫立一旁。

"你尽管点，捡自己喜欢吃的点，别为我省钱啊。"沈鱼水对李嫣说。

"马哈鱼，哈哈哈……"

服务员说："对不起美女，我们没有马哈鱼。"

"哈哈哈……不、不是，我知道你们没有这鱼。马哈鱼，那我就不客气了。"李嫣乐不可支。

"尽管点，别给我省钱。"

"鲍鱼扣鹅掌……黄焖鱼翅盅……"

沈鱼水顿了下，"这些东西我不吃，对你口味就行。"

李嫣继续点菜，"椒香鲨鱼肚……腰豆焖牛尾、皇极秘制蟹、清炖燕窝……"

沈鱼水皱了皱眉，但什么也没说。

很快，酒菜就上来了，摆了一大桌。李嫣兴奋地吃着，两人边吃边聊。李嫣问沈鱼水是不是自己当老板，沈鱼水说自己在媒体工作，结过一次婚，已经离了，单了两年多了，有个儿子，跟他妈过。

"谁问你这些啦？烦人！在媒体上班收入不错嘛，贪官吧？开这么好的车。"李嫣说道。

"啊？……哦哦，车是向哥们儿借的。"

李嫣撇了撇嘴，"我才不信呢，马哈鱼，你有多高？"

"一米七八。"沈鱼水脱口而出。

"什么？怎么可能！我看你至少也得有一米八二八三的个头。"

"哦，是是是……我说的是去年的身高。"

两人边吃边聊。李嫣手里的筷子一直没放下，一边说着话，一边尽情地吃喝。沈鱼水却吃得很少，一直看着李嫣狼吞虎咽，看着看着，竟然出了神，自言自语道："一口一百块。"

李嫣抬起头，问沈鱼水嘟囔什么。

沈鱼水回过神来，赶紧岔开话题，"李嫣，我很欣赏你的爱情宣言，女人要享受生活，男人要享受女人。"

"那可不，享受生活就是吃人家没有吃过的，玩人家没有玩过的。马哈鱼，什么时候你带我去玩没有玩过的嘛！"

"好说，好说。"

正说着话，沈鱼水的手机响了。一看是王小迅的电话，沈鱼水赶紧站起来，对李嫣说是客户的电话，拿起手机走出了包间，来到走廊上接听电话。

"什么，你下午不上班？……现在就去我那儿？你不是还没吃午饭吗？…我能在哪儿，在家嘛，这天天地独守空房……半小时就到？……别急，别急，让司机开慢点儿，一定要慢点，路上不安全……"挂了电话，沈鱼水看了看手机上的时间，匆匆把手机装进衣兜。

回到包间，沈鱼水急切地对李嫣说："对不起美女，我得先走一步，一个大客户……"

"我说的没错吧，你是做生意的，我也去！"

"噢，不行不行，的确是谈生意，不是玩，一个大单子，王老板明天就飞纽约了。"

"那行吧，好好地去挣钱，多挣点儿，以后咱俩一块儿花。马哈鱼，谢谢你的粗茶淡饭呵，改天咱吃好点儿的。"酒足饭饱的李嫣，用欣赏的眼光打量着眼前这个高大帅气的男人。

04

出了饭店，沈鱼水开着车一路飞奔。从这家饭店开车到家，平时也就二十分钟的路程，况且，这时候还没到下班高峰，道路通畅，半小时绰绰有余。但沈鱼水做贼心虚，他必须赶在王小迅之前到家，车也就开得飞快。

来到一个十字路口，前面已没有直行车辆，绿灯显示还有两秒钟，沈鱼水猛踩油门，试图冲过路口。恰在这时，右侧道路上，一辆捷达轿车闯红灯快速开来。沈鱼水大吃一惊，一脚踩死刹车；冲过停车线的捷达车驾驶员也看到了沈鱼水的车子，赶忙急刹车，十字路口响起两辆车凄厉的刹车声。万幸的是，就在两车即将猛烈撞击的一瞬间，终于都刹住停下，但沈鱼水还是感到车辆已经发生了碰擦。

惊魂未定的沈鱼水和同样吓得半死的捷达车司机下车查看车况，果不其然，沈鱼水的车右侧被蹭了一小块，捷达车头的保险杠也撞扁了。十字路口很快堵起几条长龙。

沈鱼水愤怒地指责捷达司机："怎么开的车啊，红灯还亮着哪！"

"我认栽，你打电话还是我打？"捷达车司机知道是自己的责任。

"我没时间了，这样吧，你掏五百块咱们拉倒，也不耽误你的时间。"

"你说五百就五百啊？"

"你懂不懂车啊？我这要送 4S 店修，两千都打不住，要五百已经便宜你了。"

"那也不能由你说了算。"

"那行，就四百吧。"沈鱼水急着回家，不想再拖下去。

捷达车司机看出了名堂，眼珠一转，说："不能你说多少就多少，还是打电话，请交警过来处理吧？"

眼见捷达车司机一副无赖的样子，沈鱼水懒得再纠缠，"操，算我倒霉，没时间跟你废话，算了！"拍拍车门准备上车。没想到捷达车司机却不答应了，一把拉住沈鱼水的手腕，"哥们儿，想走人你得赔钱啊，我也不多要，五千。"

"什么？你可是全责！要我赔你？！"

"全不全责也不是你说了算的，你有工夫咱们就等交警来，马上打电话。"

"你、你这是讹诈知道吗！"

"谁要讹你啊？开这档次的车还在乎这几千块吗？您就爽快点儿……"

"我、我今天是不是撞见鬼了？"

"你们做大买卖的，时间就是金钱呵，我看还是叫交警算了。"捷达车司机掏出手机，做出电话报警的模样。

"别，别介……"沈鱼水伸手阻止，掏出钱包，里面没有五千块现金。无意间，沈鱼水瞥了一眼腕表，半小时已经快到了，沈鱼水心一横，对捷达车司机说："行，那你叫吧。"

捷达车司机愣了一下，"要么你少给点儿，四千五算了。"

"叫交警！"

"算了算了，三千，三千块行不行？"

"叫交警来，你不打我打。"沈鱼水掏出手机，准备拨打电话。

"两千，两千块兄弟。"

沈鱼水不再理会对方，转身上了自己的车，发动起来，驶了出去。

捷达车司机跺着脚叫道："你这孙子！孙子哎，多少你也赔我点儿嘛！"

沈鱼水驾车飞速前进，一路骂骂咧咧，拐进了小区大门。

05

沈鱼水气喘吁吁地进门，迅速换上拖鞋，扒下外套穿上睡衣，打开客厅里的电视机，将沙发上的坐垫故意弄乱。又打开冰箱，拿出一罐啤酒，刚打开，就听见钥匙开门声，王小迅拎着大包小包进来了。

"Hi！"沈鱼水故作轻松地跟王小迅打招呼。

"快帮我拿东西。什么腔调啊，在家里宅出毛病来了？"

沈鱼水赶紧起身，接过王小迅手中的大小拎袋，"难得王总来一趟自己家啊，我这不是高兴嘛！你这大包小包的都是些什么玩意儿啊？"

"都是吃的。"

"嗨，你买这么多吃的干吗？冰箱里还有好些东西没吃呢。"

"你坐下你坐下，剩下的事儿你就别管了。"

沈鱼水坐回沙发，眼睛一直盯着王小迅。只见王小迅把大大小小的拎袋拿进厨房，套上围裙、套袖，又走进卫生间打开洗衣机。

"小迅，这……你这是干吗呢？"

"你看你的电视，我给你洗洗衣服被子。"

"这……这哪能让你做呢，再说我……我那床单被子都刚换过，还不到一个星期呢……"沈鱼水站了起来。

王小迅边擦拭着家具边说："今天不要你劳动。你不是总说给我当牛做马吗？前些日子我一直忙着工作，忽略了沈总，现在节目上了正轨，一切都正常了，难得今天下班早，我也给你当牛做马啊，侍候侍候您沈大老板，你不高兴？"

"不不不，高兴，高兴，太高兴了。就是有点……有点突然，我这一时半会儿回不过神来，有点晕……"

06

晚上，沈鱼水拎着一捆书来到马丰家。马母开门见是沈鱼水，开心地把他让进屋里。

马丰闻声从书房走出来，"都什么时代啦，上门也不事先打个电话。"

"我可不是来找你的，专程来给干儿子送书，每次你都忘记，有你这么当亲爹的吗？还不如我这个干爹呢！咱儿子呢？"沈鱼水说着，把书放到茶几上。

马母说："于静带走了。小迅怎么没和你一块儿来啊？我也有半年没看见她了。"

"她呀，让马丰撺掇的弄那个什么相亲节目，整天忙得四脚朝天。本来想让她一块来的，说是太累了，就没去接她。"

马母叹了口气："你好歹也有个人作伴，不像马丰，你说你们老同学的，好、好哥们儿……"

"妈，你又来了！"

"你让阿姨说完啊，我爱听。"沈鱼水阻止马丰。

"你不爱听，人家愿意！"马母转脸对沈鱼水道，"这丰儿也是三十多岁的人了，这么下去也不是个事儿，我说你们老同学的，也帮他张罗张罗，有合适的介绍一个，你们的眼光比我好。"

"阿姨您放心，这事儿就包在我身上了。"沈鱼水喜不自禁地说。

马丰拉着沈鱼水，进了自己的房间。

"说，到底干吗来了？"

"没事就不能来啦？真没事。"

"那好，你先坐一会儿，我去忙完手上的活。"

马丰去了书房。沈鱼水起身，关上卧室门，轻轻插上插销，开始巡视马丰的房间，东瞅西看，走向床头，翻开枕头，又拿起床头柜上的几本杂志翻了翻。接着，他弯下腰，拿出床底下的一双运动鞋，察看标牌。最后他走向大衣柜，打开，检视马丰的衣服。愣了几秒钟，他从马丰桌上拿起一支笔，在手心里记着衣服的品牌、尺寸。折腾了一会儿，沈鱼水出了卧室，见马丰还在忙活，沈鱼水告辞，马丰把他送到楼下。

沈鱼水磨磨叽叽地说："哥们儿，求你个事儿。"

"我说你有事儿吧，快说。"

"咱们换车开几天怎么样？"

"你又哪根筋搭错了，放着百万豪车不开，要开咱这破摩托，有老板谈生意骑摩托的吗？"

"又不是天天谈生意，这不，怀念以前落魄的时光啊，骑摩托去郊外兜兜风多自由啊！"

"你好像从来没有落魄过吧，在学校那会儿就开始捣鼓生意了。"

"那就更应该体验一把了，再说最近这些天天气又不好，你要接超超什么的也方便些。"

"超超没住我这儿，要玩摩托车你就骑走，别跟这儿假惺惺的，这可不是你沈鱼水。"

沈鱼水忙道："我话还没说完呢，要是小迅问起来你就这么说，说是你要和我换车的。"

"哈哈哈，这才是沈鱼水！"

"天下皆知美之为美，斯恶已；皆知善之为善，斯不善已。"

"你什么意思？"

"过两天自然见分晓。"沈鱼水说着，从马丰手里拿过摩托车钥匙，又把自己的车钥匙塞给马丰，跨上摩托车，一溜烟开走了。

07

栏目组虽然一直都在忙碌，但每天的任务还是有所不同。这天下午，演职人员还没开始走台，观众也还没有进场，但演播厅里已是一片繁忙，大伙儿正忙着录制前的准备工作。这时，天棚上一排大功率的射灯突然熄灭了，场内一下子暗了许多。

卓乐是当期编导，见此情形，扯着嗓门大叫起来："怎么回事？怎么回事？"见没人回答，卓乐冲到后台的灯光控制台，"灯光师，灯光师！人死哪去了！"

灯光师系着皮带，慢悠悠地走过来，"喊什么喊？没看见我有事吗！"

"马上就要录制了，你居然擅离职守！"

"我拉泡屎不行啊！拉泡屎还要向你们打报告？"灯光师说着，看了一眼控制台，推上第二路电源，演播大厅顿时恢复了明亮。

"你竟然只开了一路电源！要是备用电源也坏了你担待得起吗？这属于违规操作……"卓乐不依不饶地说。

"你谁啊你，少在这儿瞎叽歪，哑巴螺蛳的，我爱怎么操作就怎么操作，轮不到你来教训我！"

卓乐盯着灯光师看了又看，脸上浮现出一丝笑容。

灯光师没好气地说："看什么看啊？有什么好看的？该干吗干吗去！"

"你好帅呵，发起火来好 man 呵……哎呀，你牙缝里有一根韭菜！"卓乐演小品似的做着各种表情。

灯光师下意识地用手去摸牙齿，手到半途停住了，"胡扯，我今天根本就没吃韭菜。"

"那就是昨天吃的，昨天你吃韭菜了吧，吃了没刷牙，好大的味儿……"卓乐掩住鼻子，一脸厌恶的表情。

"你敢耍我？你没吃韭菜，牙缝里有一根大青菜！哈哈哈。"

卓乐咧嘴一笑，露出一口漂亮的牙齿，然后伸手作出抠牙的样子，"你想吃？我抠给你。"卓乐手指一弹，将想象中的青菜弹向灯光师。

"丫头片子，不看你是个女的抽死你！"

卓乐大声叫起来："打人啦，流氓灯光师打人啦！"

现场导演黄争光和两个编导闻听卓乐的喊叫，赶紧冲了过来，围住灯光师。灯光助理也上来，拉住灯光师，贾师傅也跑过来拦在两伙人之间。

灯光师指着黄争光，"你又是哪根葱，敢对我大呼小叫，公司刚开办我就在这儿混了，我还就不信这个邪了！"

黄争光不甘示弱地叫道："牛，不卖韭菜改卖葱了！今儿我不管你卖什么菜，今儿你必须向女孩儿道歉！否则我就让你关门打烊，回家卖土豆去。"

贾师傅赶紧拦住，"得得，这儿又不是菜市场，什么韭菜、大葱、土豆、青菜的，显得咱公司的人多没文化……"

黄争光继续发飙，"就算你是一块老生姜，我也要让你出点水……"

贾师傅张开双臂，两边拦着说："我是老生姜，我是老生姜，生姜还是老的辣，听我老贾一言……"

灯光师说不过黄争光，突然就挣脱了灯光师助理，跳起来给了黄争光脸上一拳。

黄争光摸了一下鼻子，一手的鲜血，"血，血，我出血啦！罗书在哪里？罗书！罗书！快来啊，把这小子的摊子给我冲了！通通冲了！"

其他编导和灯光师助理将灯光师和黄争光拉开，贾师傅在一边直跺脚，"还真成农贸市场了，太不像话了！"

王小迅闻讯匆匆赶来，贾师傅把她拉到一边，"小迅，你别着急啊，事情已经摆平了。"

"射灯爆掉是怎么回事儿？"王小迅问道。

"灯光师只推了一路电，可能是疏忽了，现在两路都上去了，出事的那路也已经派人修复了。"

王小迅松了一口气，"师傅，有您在我就放心了，真不知道该怎么感谢……"

"一家人不说两家话，小迅，只要你还认我这个师傅。"

王小迅笑了，甜甜地又喊了声师傅，贾师傅应着。

"师傅，回头你去买条烟，帮我散散，技术部的人也不容易。"王小迅对贾师傅说道。

"这回错在他们，还动手打了小黄，我得好好地训训他们，为你出气……"

"不用了师傅，黄争光那头我去说，大家还得在一起共事呀。"

"小迅啊，你真是宰相肚里能撑船，我没有看错你，以后准能成大事儿！"贾师傅向王小迅挑起大拇指。

王小迅噘嘴道："您是说我该减肥了吧？"贾师傅哈哈大笑。

08

夜晚的街头，霓虹闪烁，人影婆娑。人群中，李嫣一只手拿着手机，另一只手拿着一管口红，用手机自拍功能看着自己，一面补妆一面张望着。一会儿，沈鱼水骑着摩托车过来，身上的行头也变了，和马丰平时穿戴相仿，衣服显得有点小。他在李嫣身边停下摩托车，卸下头盔，李嫣视而不见。

沈鱼水"嗨"了一声，李嫣转过脸定睛一看，愣了一下，"是你啊？"

“不认识啦？”沈鱼水笑道。

“我认识你的车，人我还真不太认识，你怎么骑摩托了？”李嫣疑惑地问道。

“上次不跟你说了吗，那车是借哥们儿的，这才是我真正的座驾。”

“你、你忽悠我？”

“没忽悠你，上来吧。”沈鱼水拍了拍摩托车后座。

“我不上！”李嫣一脸的不高兴。

“快点，我带你去吃饭。”

李嫣脸色好起来，“马哈鱼，去你们会所吧，你告诉我地方，我打车过去。”

“会所？”

“是啊，现在有钱人不都是去会所消费吗？”

“我没钱，有钱也不会去那种地方。”

李嫣哼了一声。沈鱼水推着摩托，李嫣走在人行道上，两人并排向前走去。前面不远处是路边大排档，一片喧哗。

“到了，到了，我的会所到了。”沈鱼水指了指路边大排档。

李嫣老大不情愿地跟着沈鱼水进了大排档，找了张桌子坐下。李嫣注意到了沈鱼水戴的手表，“表还没有换，江诗丹顿。”

“啊，仿品，劳诗丹顿，八心八箭998，电视购物跟侯总那儿买的，不值钱。”沈鱼水满不在乎地说。

“不值钱那你给我啊。”

“给你，给你，多大的事儿啊！”沈鱼水从腕上摘下手表，递给李嫣。

李嫣喜笑颜开地接过表，套到自己的手腕上，大了一整圈。

沈鱼水点了四五样烧烤，又要了两瓶啤酒。李嫣把玩着沈鱼水的手表，看了一会儿，把手表递还给沈鱼水，"还真是山寨版，我说你怎么这么大方呢，你这么大方怎么可能是真的，一块真的得多少钱啊？得十二三万。"

"二十二万六千一。"沈鱼水张口答道。

正说着，点的菜上来了，沈鱼水津津有味地吃着，李嫣不动筷子，看着沈鱼水说："上次你那身行头也是假的？"

"不是跟你说了吗？车是借的，衣服是假的，表也是假的，除了我这个人，什么都是假的。"沈鱼水答道。

"你骗我？"李嫣叫了起来。

"对不起，我这么做是为了考察一下你，李嫣，你觉得拥有很多的物质就是享受生活吗？"

"少跟我讲大道理，你就是个骗子，瞧你那怂样，还冒充有钱人！也不撒泡尿照照！你老婆为什么跟你离婚，不就是嫌你穷吗？连儿子都养不起，还想勾兑老娘！做梦想屁吃啊！去死吧你，穷鬼！有多远滚多远！"

李嫣越说越激动，双手一抬，掀翻了桌子，碗碟碎了一地。店老板和伙计走了过来，"咋地了咋地了，怎么砸起我摊子来了？"小老板生气地问道。

李嫣指着沈鱼水，"他是骗子！臭流氓！穷光蛋！"

"别跟我说这些，他骗你财还是骗你色，你该找谁找谁，要打架你们回家去打，拿我的碗碟撒什么气啊，这可是我吃饭的家伙……"老板突然想起了什么似的，"咦，我好像在哪儿看见过你……"

李嫣有所收敛。沈鱼水掏出一张一百元钞票递给老板说："老板，这是菜钱，不用找了。"

沈鱼水说着准备离开，被两个伙计一左一右抓住胳膊。

"你就这么走了？砸了这些个东西……"老板指着地上的碎碗碟说。

沈鱼水挣脱开，指着李嫣说："桌子是她掀的，损失你向她要。"

"你是不是男人啊，这么没品，凭什么让我出钱？"李嫣喊道。

"这可是你砸的，有能耐砸没能耐赔了？"

"你这人也是的，老婆砸了东西你赔了又能怎么样，一大男人……"老板对沈鱼水说道。

"她不是我老婆！"

"女朋友也一样啊……"

"她也不是我女朋友！"

"哦，泡妞啊。我说哥们儿，人都让你泡了，你赔点钱还不应该啊。"老板笑起来了。

"什么泡妞？我跟她没关系。"

沈鱼水无心争吵，问老板要多少钱，老板要沈鱼水赔六百块，沈鱼水当然不答应，两人掰扯起来。

09

大排档的另一边，黄争光、罗书、卓乐等几个同事也正在吃宵夜。黄争光的鼻子上贴了一块创可贴，卓乐紧挨着他坐，黄的另一边也坐了一个女编导。

黄争光对罗书说："下午录节目前你去哪儿了？没听见哥

们儿叫你？"

罗书说："我被四个人抱住了，少一个我就冲上去了。"

"我说呢！要是你上来那小子可就惨了，哥们儿也不会吃这么大的亏，患难见真情，来，哥们儿，干了！"黄争光举起啤酒杯，一饮而尽。

罗书嘟囔道："我要是冲上去……"

"那还不把那小子扁残了？大小便失禁，哈哈哈……幸亏你没上。"黄争光倒着酒说。

"是啊，我要是上去，就把你给扔下去了。"

"什么什么？你再说一遍。"

"我说我要是上去，就把你扔下去了。"

"为、为什么啊？"

"都什么时候了，录制马上就开始了，你也太不专业了。"

"行啊你，罗书，有你这么当兄弟的吗？算我没长眼……"

卓乐扒拉一下黄争光胳膊，"哥，你跟这种人生气不值，罗书也就粗人一个，不懂怜香惜玉……"

黄争光瞪了一眼卓乐，"你大爷啊！什么玩意儿怜香惜玉，老子是纯爷们！"

"你是纯爷们，"卓乐指着罗书，"他不是……"

旁边的女编导说："我还是不明白，到底谁是香谁是玉啊？"

卓乐道："当然我是香我是玉了，争光怜香惜玉护着我，怎么啦？他打灯光师的那拳不要太 man 哦！一拳就砸在那家伙的脸上，鼻血立马就飙出来了！"

黄争光放下手中的酒杯，看着卓乐，"你丫的讽刺我？"

卓乐欲辩解，黄争光继续道："打人的是灯光师，被打的才是我。"

卓乐眨巴眨巴眼睛，陪笑道："是吗……哦，我记倒了，但在我的心目中，打人的永远是你，被打的永远是灯光师，反正你为我打架了！"

"你少来！实话告诉你，我打架是为了工作，压根儿就没注意你是谁，要是换个女孩儿，"黄争光说着，指了指身边的女编导，"比如小叶吧，我黄争光真就扑上去了，老子来到这世上就没打算活着回去！"黄争光说着，喊小叶坐到他和卓乐中间去。

小叶起身，在黄争光和卓乐之间挤出一个位置坐下。

卓乐气哼哼地说："哼，谁稀罕啊，我去和罗书坐！"卓乐走到对面，在罗书边上坐下，搂着罗书的脖子，"罗书哥哥，你脖子好粗哦。"

罗书躲闪，卓乐从盘子里抓了一个卤鸡翅，往罗书嘴里塞。罗书嘟囔着："你再动手动脚的，我就把你扔出去！"

卓乐吓得不敢再动。一看对面，黄争光和小叶搂在一起，正耳鬓厮磨。卓乐用筷子使劲敲击着盘子，"黄争光，你们在干吗啊！"

这时，黄争光的手机响了，原来是有朋友约去卡拉OK。黄争光拉上小叶就走，卓乐喊着追了过去。

罗书大叫还没买单呢。黄争光回头对罗书说："壮骡，你先付一下，回头我还你钱。快点啊，我们在'乐陶陶'等你。"

罗书嘟囔着喊伙计结账，刚付完钱，就听不远处"哗啦啦"一阵响，罗书抬眼看过去，看见一拨人和小老板吵成一团。罗书走过去，认出了李嫣和沈鱼水，"这不是沈哥吗？"沈鱼水也认出罗书，不免一惊。

罗书平时常来这儿吃饭，跟小老板混熟了，一见这架势，赶紧两边相劝，李嫣还在啰里啰嗦地吵吵着，罗书让她赶紧走开，李嫣想着不用赔钱，赶紧溜了。

　　赔偿了老板，沈鱼水把罗书拉到一边，"兄弟，谢谢你，幸亏你认识老板才解了围。不过我还有事拜托你。我跟这女的……就是那个李嫣也是刚认识，没想到她是这样的人。刚才发生的事儿拜托你对谁都别说，就当没看见，别弄出误会来，千万千万，拜托了！"

　　"哦，好好，我懂我懂，我不会对别人说的。"罗书应承着。

　　沈鱼水连声称谢，急匆匆地蹿上摩托车，一溜烟消失在夜色中。

10

　　沈鱼水把摩托车直接开到马丰家，也没上楼，在楼下打电话让马丰下楼。

　　交换了钥匙，沈鱼水对马丰说："那个十九号真不行，跟你不是一路人。"

　　"你见过她了？"

　　"靠，装什么蒜啊？没见过她哥们儿这些天折腾个啥呀？不仅见过，我还请她吃了两次饭，也算没白吃，得出了一个重要且关键的结论，就是你们不合适，丫的太物质了！"沈鱼水如释重负地说道。

　　"你才知道啊，我说沈鱼水，这瘾你也过过了，下不为例……"

　　沈鱼水打断马丰，"什么话！我这还不是为了你吗？这些天可把我折腾坏了。"

"那是你自找的，我早说了让你别惹这些事。"

"嗨，你小子怎么一点都不知道感恩呢，哥们儿忙活来忙活去倒落下不是了……"沈鱼水钻进自己的奔驰，从小区开了出去。

第八章　相　亲

01

"非爱不可"播出了三期，收视率并没有预期的理想，赵怀远要求栏目组尽快找出症结，改变目前的状况。

王小迅召集栏目组召开全体会议，让大伙集思广益，献计献策。何珺率先发言："那还用找吗？秃子头上的虱子明摆着，创意陈旧。我策划的直播……"

马丰打断何珺的发言，"何姐，策划一节早翻篇了，现在咱们谈的是'非爱不可'，不是您的'爱你好商量'，要怀旧咱可以再找机会。"何珺不满地"切"了一声。马丰继续说道："我觉着吧，目前的情况也属正常，新节目上马总得有个磨合期，亲们不必惊慌，更没必要幸灾乐祸。"

马丰说到何珺的痛处，何珺愤愤地说："马丰，你什么意思？"马丰笑了笑，没有回答。

黄争光手里转着笔说，"我认为问题在于女嘉宾，长得凑合的没几个，吸引不了观众的眼球。"

"哼，就你长得帅！"卓乐揶揄道。

"哎哎哎，丫头片子，我可是地道的爷们儿，不靠颜值……就算我是个女的，颜值也绝对不会输给你。"

"什么人呀，自恋狂！"卓乐小声说。

"好了好了，你俩就别闹了，咱们在开会。"王小迅打断了他们的斗嘴。

"争光说得有一定道理，但关键并不是长相，报名参加节目的嘉宾基本上都是深都本土的，咱做节目倒是方便了，但仅靠深都一个城市，地域太小呀。深都民风淳朴，个别的除外，大多数都不会作，身上没戏。"马丰边思考边发言。

刘子清轻咳一声，有板有眼地说："我看马丰是说到点子上了，女孩子的魅力不仅限于外表，当然了，只是心里美那也不成，我欣赏的是一种动态美，见过大世面，活泼热情。所谓天涯何处无芳草，关键是你得有一双慧眼，也要找对地方。比如说艺术院校、歌舞团这样的地方，那可是美人窝噢！"

"对呀，我怎么没想到，还有模特公司……"黄争光面露喜色。

"你们是不是要找托儿？这可是违规操作，明显是欺骗观众！"何珺插了一句。

刘子清呵呵一笑，"庄子云：鹓雏发于南海，而飞于北海，非梧桐不止，非练实不食，非醴泉不饮。"

"刘老师的意思是不是说，没有梧桐树引不来金凤凰？"马丰问刘子清。

"就是就是，只有节目红火了，来报名的女嘉宾质量才会高，最后受益的还不是男嘉宾吗？再说了，观众也爱看俊男靓女，养眼啊！"刘子清说得很到位，大家一致赞同。

02

这天晚上，何珺的闺蜜朱凤群邀请她一起去"玉娇龙"美体馆按摩，两人约好时间，一同来到"玉娇龙"。此前，朱凤群一直在菲娜酒业欧洲总部工作，不久前派回国内，现在是菲娜酒业中国区销售总监。朱凤群大学刚毕业便留洋深造，这些年一直忙于学习、事业，婚姻大事被耽搁下来。事业有成后，作为海归美女，各方面条件特别优越，接触到的男人往往自惭形秽，敢于主动进攻者寥寥。这样，她便一直莫名其妙地"剩"了下来。

双人包间里，何珺、朱凤群分别躺在按摩床上，接受服务小姐的按摩。两人边做按摩边聊着天，各自谈起自己的事情。

讲到公司准备找漂亮女嘉宾，何珺怨气十足地说："姐，真是气死我了……我要去公司告王小迅！"

"你告她什么？那刘子清又不是你们公司的，主意可是他出的，再说了，这'非爱不可'是你们赵总一手扶上马的，难道他不指望节目红火？"

"那、那我就没辙了，就一辈子受人欺负了？"

"你得总结教训，和老板搞好关系。"朱凤群开导何珺。

"怎么搞啊？"

"这你比我懂，不用我教你。"

两人换了一面，服务小姐继续给何珺、朱凤群按摩。何珺突然坐了起来，"哎姐，那赵怀远还没结婚，不，是老婆死了，带着一个女儿过，他可是光灿传媒的副总兼我们中心主任，长得一表人材，绝对钻石级的……"何珺眉飞色舞地说着。

"你什么意思啊？"

"嘿嘿嘿，他和姐是天生地设的一对呀，绝对是为姐量身订做的……以前我怎么就没想到呢？！"

"你说他有个女儿，年纪也该四十多了吧？扯淡，扯淡……"

"姐你清醒一点好不好？再过两年你就荣升齐天大剩了，赵总四十五不到，你没听人说过，男人四十一枝花呀！"

"你也不用挤兑我抬你们老板，既然这么好，你怎么不自个儿收了？"

"我不是有大吉吗？"

"大吉？你们有大半年没见面了吧，我真不明白你到底是怎么想的，这种男人……"

朱凤群这么一说，何珺有些黯然，停顿了片刻才回过神来，继续说道："姐，说你的事儿呢，怎么又绕我身上去了？"

"你还是先管好自己再说。"朱凤群懒洋洋地伸了伸胳膊。

从"玉娇龙"出来，何珺驾车送朱凤群回家。何珺还惦记着刚才说的事，对朱凤群说："姐，你就给个话吧，我可是认真的。"

"我才不上你当呢！你那点小心思我还不知道，这叫假公济私。我才这么一点拨，你就现学现卖，用在我身上啊。"朱凤群显然没有热情。

"你得男人，我收获事业，有什么不好？咱姐俩互惠互利，那是双赢，你又不损失什么。"

"那也不行。"

"我知道您的面子大，输不起，这些我都为姐想过了，相亲的事当然太低端，咱不干也不会干，但只要姐你点个头，我来安排，保管让你俩来个不期而遇，神不知鬼不觉……"

"你就别瞎琢磨了，我看不上的。"朱凤群若有所思地看着车窗外。

03

赵怀远被苹果拉着去看足球赛，这是一场西班牙明星队与国足的邀请赛。父女俩来到球场时，观众席上已是人满为患。足球赛尚未开始，运动员正在热身。赵怀远和赵苹果坐在看台上，苹果举着一台望远镜东瞅西看。

赵怀远仍在责怪女儿："你给我记住了，以后不准随便拿别人的东西，下不为例。"

"不就两张球票吗？再说了，我可是托雷斯的顶级 fans，他是不会来中国踢球的，更别说深都了……你又不会带我去看西甲！"

"哼，倒是我不对了……"

"老爸，你快看，就是你们单位那个女的送我球票的。"

赵苹果将望远镜递给赵怀远，赵怀远接过，向对面看台看去。望远镜里出现了何珺和朱凤群，朱凤群也正举着望远镜向这边打量。

朱凤群在望远镜里看见赵怀远，慌忙放下望远镜。

"不好，赵怀远发现我们了。"朱凤群对何珺道。

"你慌什么慌呀，看来还真是相上了。"

何珺说着，举起自己的望远镜，向对面看台看去。

"不是不能太明显吗？等他不看我们的时候再看……"朱凤群的话有些暧昧。

"你就是和他对视一下又能怎么样？谁怕谁呀！不是还有望远镜挡着吗？"何珺边说边用手肘碰了碰朱凤群，朱凤群再次举起望远镜，两人向同一个方向看去。

何珺坏笑着说："怎么样，对上眼了吧？……我这招不错吧，哈哈哈哈。"

"你少来！"朱凤群虽然这么说，手里的望远镜却一直没放下。

对面看台上，赵怀远也正举着望远镜，看见了何珺。

"原来是何珺……苹果，那个送你球票的阿姨旁边的女人是谁啊？"

"我怎么知道。老爸，你看这么长时间了，别这么色迷迷的……"

"胡说八道！我看清楚对方是了解情况，免得你受骗上当！"

"切，男人就会找借口。"

看台这边，何珺放下望远镜，见朱凤群还举着望远镜盯着对面看，不禁笑道："好啦，刚才不敢看，这会儿倒看上瘾了，眼珠子都要掉出来了！下星期你们公司不是有新品推介会吗，我把人给你请过来，到时候让你看个够。"

"你有这么大的面子，人能听你的？"

"那就得看你了，愿不愿出血，在我们公司制作的节目上投广告……"

朱凤群放下望远镜，"公是公，私是私，何况我们公司全年的广告投放是早就定好的。"

"你看你，认真了吧？只要你口头上许个愿，我就能把人给你弄过来。别说你还没和我们公司签约，就是签了，亲事不成，你也可以毁约呀。"

"切，什么人啊！"

"但要是你和咱赵总成了，口头许愿那也得兑现，哼！"

"我算是服了你，整个一不失时机！"朱凤群摇了摇头。

04

会议室里，"非爱不可"栏目组的同事们相互传阅着新晋女嘉宾的资料和照片。

"这次多亏刘老师，一下子为我们找来那么多优质女嘉宾。"王小迅真诚地说。

刘子清靠在椅背上，摆了摆手说道："有些事，你们出面的确不方便，我不是你们公司的，既然你们高看我，请我当特邀主持人，我就得负责到底不是？"

"刘老师考虑得真周到。"王小迅感激地看着刘子清。

"做人就得这样，荣誉归于集体，有问题我一个人承担！有些事，不是你想办就能办成的，深都市的演出团体、艺术院校里都有我的学生，如今都成了领导，总得买我一个面子吧？"

罗书忙道："是是。我证明，这几天我跟着刘老师转了一大圈，他们都抢着请刘老师吃饭，吃得可高档呢。"

"吃吃吃，你就知道吃，罗书，你是不是属猪的呀？"何珺鄙夷地说。

"不是啊，何姐……"罗书脸红了，支吾着不知道说什么。

马丰打断罗书，举着一份报名材料念："这个不错嘛。肖真真，二十七岁，专业行者，《国家地理》《时尚驴友》《旅游》等杂志的特约撰稿人……职业时尚，有意思，人长得也漂亮，有内涵。"

"我看看。"王小迅拿过肖真真的材料，有点愣怔。

黄争光问："怎么啦王总？"

"这美女很面熟，我觉得在哪儿见过。"

黄争光抢过肖真真的资料和照片，"哇，这么靓呀，果然与众不同，比刘老师找的那些花瓶那是强多了，她的 VCR 我去拍！"

"你知不知道，节目组的人不能和嘉宾勾兑，这是纪律！"卓乐急切地冲着黄争光说道。

"切，节目组内部的人更不能那什么，会影响工作！"黄争光说得毫不留情。

一散会，何珺便把黄争光拉到一边，希望他能做菲娜酒业新品推介酒会的主持人。黄争光摇着脑袋，"何姐，有你主持不就得了吗？咱就不添乱了。"

"你以为这是主持婚礼呀，这是大型的商务活动，品尝推介国际名牌，深都市的各界名流都得去的，两个主持人那是最起码的……再说了，男女搭配，干活不累。"

"何姐，我就不跟您配了，悬殊太大。"黄争光再次摇头。

"你这叫什么话，我都没嫌弃你，这可是给你机会……你，你就帮个忙吧。"

"我不去……哎何姐，你怎么不找马丰啊？他可是专业主持人。"

"马丰和我不对付，这你又不是不知道。"

"马哥不去，我就更不能去了，准没什么好事儿。"

"你！真不识好歹，给脸不要脸啊你！"

正说着，马丰走了过来，"你俩在这儿干吗呢，背后说我坏话啊？"

见马丰过来，黄争光顿时喜笑颜开，跟马丰照本宣科地说了何珺的想法。马丰一听，不禁乐了，"这是好事呀，争光不去我去！何姐这个忙我帮定了。"

何珺疑惑地看着马丰，马丰道："何姐放心，马丰说一不二。和何姐同台主持可是我的荣幸，当年，咱们可是看着何姐主持的那档'快乐问答'长大的，是不是啊争光？"

何珺眉毛一挑，"我有这么老吗？你比我小不了几岁。"

马丰嬉皮笑脸地说道："我开个玩笑。何姐，无论如何，在主持界您都是个老前辈，这和年龄无关……"

何珺一指马丰，"前辈就前辈，不准加老字儿。"

马丰连连称是，黄争光也捂着嘴坏笑。

05

深都大酒店中央大厅里灯火辉煌，整个大厅布置得富丽堂皇。各界名流佳丽济济一堂，每个人手里都端着盛有少许红酒的高脚杯。前面的台上立着"菲娜红酒新品鉴赏暨迎新PARTY

酒会"字样的模板，马丰、何珺各持麦克风，正在主持晚会。

马丰轻松自如地说开场白："在中国，喝高档红酒是有身份的象征。饮者据说分成了两派，海归派和本土派。本土派喝红酒要兑雪碧，海归派就说了，人家欧洲人研究了几百年，最难的就是把糖份从红酒里分离出来，结果倒好，又被你们中国人给兑回去了。"

何珺笑道："马丰不愧是深都卫视的名嘴，知识渊博，指出了国人喝红酒的误区。哎小马，你平时喜欢喝红酒吗？"

"我喝那也是糟践，和一帮哥们儿经常是红的白的一块儿兑着喝。"

"有你这么喝红酒的吗？"

"我们通常是先喝白的，白的喝不动了就改喝红的，杯子里没兑，到肚子里却兑上了。"

大厅里，众人一阵哄笑。

何珺道："小马，我想问一个私人问题，如果红酒和美女让你二选一的话，你会选择什么？"

"虽然你的问题有点二，二选一的二哈，但我还是乐于回答你。那得看是什么样的红酒和什么样的女人了，如果是菲娜这样的红酒和你这样的女人，我当然选菲娜啦！"

大厅里再次一阵哈哈大笑。

何珺脸上有点挂不住，但仍强颜欢笑地说："我难道还不如一杯红酒吗？"

"是不如菲娜这样的红酒。"马丰的调侃又引来一阵欢笑。

开场仪式后，来宾们各自穿梭交流起来。

朱凤群端着酒杯在人群中应酬着，目光却在四处寻觅。何珺端着高脚杯，混在一帮企业家模样的人中，正说着什么。这时，地产商吴总端着酒杯走过来，碰了一下何珺的杯子，"何大美女，这就是你说的要请我喝的红酒呀？"

"吴总，我们正说您呢，庞总不服气您那两百万，一出手就是三百万。吴总，您答应的那两百万广告费，什么时候能给我们啊？"

吴总腆着肥硕的肚子，满面笑容地说道："我哪能和他比，他是国字号，财大气粗……怎么没看见大吉？你为公司拉广告，有冯氏集团这样的主儿帮衬还用求别人吗？"

"大吉走不开，他让我转告您，说过的话要兑现。"

"走不开？呵呵呵，忙成那样，放着你这样的美人……"吴总说着，一双绿豆小眼对着何珺的低胸装来来回回地扫描，只恨双眼没开发出透视功能。

何珺抬头看到人群中的赵怀远，跟身边的人道声失陪，便匆匆寻找朱凤群。

何珺挽着朱凤群缓缓走到赵怀远身边，笑嘻嘻地说："我正式介绍一下，这位是赵总，我们公司的老总，也是我的直接领导。赵总，朱姐是我最好的姐妹……"

朱凤群莞尔一笑，"我们见过的，赵总您不记得了？"说完，瞥了一眼赵怀远。

赵怀远大方地笑道："哦，对对对，见过见过，在望远镜里，哈哈哈。"

何珺、朱凤群都跟着哈哈大笑起来。

这时，赵苹果背着书包，左顾右盼地走进了大厅。

何珺对一旁的嘉宾说："当时我跟朱姐站一块儿，赵总压根就没朝我看，净看我边上的大美人了！"

"哪里，哪里。"赵怀远打着呵呵。

朱凤群带着职业的微笑，说道："赵总，今天算是咱们第二次见面，小朱的工作还希望您给予指点。"

　　"你客气了，这酒好人好什么都好……说到喝酒，也是我的喜好，可喝红酒我毕竟是个外行，以后还得求教朱总呀。"说着，二人又碰了一下酒杯。

　　"你俩就取长补短、各取所需呗，别在这儿假模假式地客套了。"何珺不失时机地插科打诨。三人一起大笑起来。

　　赵苹果已看见了赵怀远，见老爸正和朱凤群、何珺谈着什么，一副眉飞色舞的样子，撇了一下嘴，叫了起来："老赵！老赵！"

　　赵怀远一回头，见是苹果，不禁惊讶，"你怎么来了？放学没有回家？"

　　"我忘记带钥匙了不行啊！"

　　何珺对朱凤群说："这是咱赵总的千金，你瞧这模样，眉眼、嘴角可是和赵总一模一样！"

　　赵苹果白了一眼何珺："我跟你很熟吗？哦对了，是你塞给我的球票……"说着，苹果打开书包，找出一张皱巴巴的钱，"给你，买球票钱！不够你问我老爸要。"

　　"这……"何珺尴尬地拿着苹果塞到手里的钞票。

　　赵怀远瞪了一眼女儿，"赶紧给我回家去，活动结束了我就走。"说着掏出钥匙，递给赵苹果。

　　赵苹果却不接钥匙，"我不回去，我要看着你，这儿又是酒又是色的！"

　　"你……"赵怀远想发作，但还是憋了回去。

　　这时服务生端着托盘过来，上面放着几只盛了红酒的高脚杯。赵苹果毫不客气地拿了一杯酒，被赵怀远喝住："你不能喝酒，小毛孩子！"

"我怎么不能喝啊，我又不开车！"

"算了，算了，就让她喝吧，菲娜不伤身的。"朱凤群打着圆场。

"那也不行！"赵怀远说着，去夺赵苹果的酒杯。朱凤群轻轻地拉着赵怀远胳膊，企图阻止他。赵苹果故意一闪，将一杯红酒全泼到朱凤群身上。

"哎呀……"朱凤群失声惊叫，下意识地伸手去擦裙子，随即又连声地说，"没事没事……"

"哦，对不起，奶奶，奶奶，我不是故意的。"赵苹果故意说得声音很大。

"你说什么？"赵怀远差点动手。

"看她这年纪，不就是个年轻的奶奶吗？"说完，苹果转身跑了。

"丢人现眼的玩意儿！"赵怀远叹息一声，看着苹果远去的身影。

06

光灿大厦演播厅里，新一期"非爱不可"正在录制，台上已经站了二十位女嘉宾，还有十个女嘉宾席空着。马丰、刘子清站在台上。

马丰说："我要告诉大家一个好消息，从本期开始，咱们节目的女嘉宾从二十位增加到三十位！请大家用最热烈的掌声，欢迎十位新鲜、活泼、美丽的新人到来！"

音乐声响起，以方菲为首的十位女嘉宾各自摆着pose，集体登场，现场一阵轰动。肖真真走在队伍最后，她没有摆pose，径直走到女嘉宾席上。

黄争光走到台上，指着肖真真说："那谁，你怎么没个造型啊？请各位重走一条。"

"不就是从 A 点到 B 点吗？要什么造型？"肖真真不解地问道。

"我看就算了，这位是旅行家，只会走路，不会玩着花样走路。"马丰说道，黄争光没再吱声。

"十位新人给咱们带来了久违的青春热情和活力，谁愿意作为代表，展示一下自己的才艺？"马丰举起右手，新来的女嘉宾们纷纷举手，只有肖真真例外。

马丰看了眼肖真真，"那我就点那位没举手的，十二号女嘉宾，你来展示一下。"

"我会走路，刚才已经走过了；还会开车，这台上也没法开呀，除此之外我几乎没什么才艺。"

"嗯，你还很会说话，短短的两句就完美地诠释了一个旅行家的职业素养，那就是一根筋！"马丰调侃道，观众席里一阵笑声。

"那总得有人唱歌跳舞啊，乐呵乐呵。"刘子清说道。

方菲举起手，"我来！"说着，走到前台，手上已"变"出一把小提琴。

"呵，有备而来呀。"马丰笑道。

方菲笑了下，"不在激情中变帅，就在沉默中变态！"

马丰含笑问道："这是你的爱情宣言吗……"不等马丰说完，方菲已经拉起了小提琴。她边拉边舞，扭腰送胯，头发猛甩，跳得异常热烈、性感。肖真真带头鼓掌，现场的气氛达到高潮。

07

光灿大厦楼下，王小迅站在路边打车，出租车一辆一辆地开过去，但上面都有乘客。王小迅神情焦急，不时地看着手表。

马丰骑着摩托车停在王小迅跟前，"上班时间，你打不到车的。让你调公司的车，你又不肯，王总你可真轴。"

"再等一下。"

"再等黄花菜都凉了……这条路我走过，当时为弄这节目的事去机场追过你，还记得吗？我包你不会误事，就委屈一下您的尊臀，上来吧。"

"你可真烦！"王小迅很不情愿地跨上摩托车后座，戴好头盔，两人飞驰而去。

航空公司柜台前排着长长的队伍，赵苹果、苹果的姑姑在队列中，行李车上放着几只很大的行李箱。

赵怀远跟在队列旁边，帮赵苹果掖了掖围巾，"纽约的纬度相当于北京，比咱们深都冷多了，要注意加衣服。"

"知道啦，大叔！"

"再就是加强英语学习，语言不过关，在外面是没法立足的。"

"知道啦！"

"再就是······"

"再就是要听姑姑、姑父的话，不能像以前那样胡作非为！"赵苹果模仿着赵怀远的腔调，不耐烦地说。

"知道就好！"

"哥，你就放心好了。倒是你一个人，苹果这一走，跟前连个说话的人都没有了。"苹果姑姑眼圈红了。

"你别担心我呀，你们好就是我好，我一个人反倒自由自在。"

这时朱凤群气喘吁吁地从远处跑了过来，边跑边喊："苹果，苹果！"走到赵苹果面前，手上拿着一件高级皮草。

赵苹果道："怎么是你？你来干什么？"

"来给你送行呀······这衣服是阿姨给你的，纽约很冷的。"朱凤群微笑着递过皮草。

赵苹果看了看赵怀远，"你们是不是计划好的？眼巴巴地盼着我走······"

"赵苹果！"赵怀远严厉地叫了一声。

赵苹果推开皮草道："我不要，我是动物保护主义者！"

朱凤群尴尬得不知道说什么，苹果姑姑接过皮草，对朱凤群笑道："苹果不要我要，多漂亮的皮子呀，您不要介意，小孩子不识货。"

苹果哼了一声，眼睛仍四处张望。这时，她看见了跑进候机厅的王小迅，"小迅阿姨，小迅阿姨，我在这儿！"苹果冲了过去。

王小迅也看到了苹果，喊着苹果的名字跑了过来，两人抱在一起，都哭了起来。

"小迅阿姨，我就知道你会来的。"

"对不起，我来晚了，差点就不能送苹果了。"

"小迅阿姨，我好想你啊。我、我不想走了。"苹果越说越伤心。两人又抱在一起，抹着眼泪。

朱凤群也一边抹着泪，一边小声问赵怀远："这位是……"

"哦，我们公司的一位制片人，平时和苹果的关系不错，就像亲姐妹。"

候机大厅外，马丰正和交警交涉，在他摩托车的旁边停着交警的巡逻车，交警手里正拿着马丰的证照在查看。

"你的哈雷巡航真够剽悍的哈，为了追你，我开这破车可是累惨了。"交警一边查看马丰的驾照一边说。

"兄弟，对不起，实在对不起啊！领导出国谈一个大项目，竟然把护照给落下了，勒令我们半小时以内送过来，说是国际航班不候人的，造成一个亿的损失你负责啊！现在当官的没几个讲道理的……"

"这我可不管，我只管执法范围内的事。"

"明天我们还要录节目，只要您不拘我，该罚该打随您的意，您也给我一个戴罪立功的机会嘛！"

"搞电视的就更应该检点，造成了影响多不好！"交警拍打着马丰的驾照。

"那是那是……"马丰嘻皮笑脸地在应对。

08

沈鱼水万万没有想到，居然会在电视里看到肖真真参加"非爱不可"相亲节目。这让他心里毫无道理地泛起了波澜。

沈鱼水通过"非爱不可"的网站找到肖真真的联系方式，如愿把她约到咖啡馆。两人坐下，沈鱼水感慨地说："简直像做梦一样，怎么会是你呀？吓我一跳。当时你说有缘自会相见，真真，看来咱们的确有缘，缘分不浅呀。"

"你怎么样？从敦煌回来，你女朋友是不是又感动了一把？"

"别提了，这么多年下来，都是咱热脸贴人冷屁股，她是事业型的，心里只有自己的事业，哪顾得上咱呀。"

"你怎么这么说？这男的追女的也是天经地义的，而且这是一种浪漫。"

"咱俩可是龟兔赛跑，这兔子在头里跑得快，忙工作都不带打盹的，乌龟我已经是身心俱疲……我的事不说也罢，还是说说你吧。"

"我可没什么好说的，一如既往，走遍四方。"

"真真，我就欣赏你的这种豪气，你的这种风格，欣赏你的一切。你可真不是一个普通的女孩，有情有义，世上少有……"沈鱼水不无真诚地说道。

"过了吧？再说下去我都快成'呕像'了。"

"没错呀，你就是我心目中的偶像、极品，说女神也不为过……"

"呃，呃，我是说呕吐的对象。"肖真真做出呕吐状。

两人哈哈笑起来，笑罢，沈鱼水正色道："不开玩笑，真真，我得为你介绍一个顶级的，绝对配你，那相亲节目上能有什么选择？也就是娱乐大众……"

肖真真没说话。

沈鱼水继续说道："这事儿你一定得听我的，也给我一个报答你救命之恩的机会不是……这人是我的一个哥们儿，知根知底，我沈鱼水能让你上当吗？"

"我……"

"你听我把话说完。既然是给你介绍，我肯定得如实相告，丑话放前面说，这哥们儿离过一次婚，有一个四岁大的儿子，判给了前妻，除此之外哥们儿简直堪称完美，尤其是价值观，跟你那就是一个模子脱出来的！"

"沈哥，我们第一次见面的时候我就说过，我有一件事情未了，在此之前是不会考虑婚姻的，也不会谈恋爱，你还记得吗？"

"你蒙我呢，真真，你肯定是嫌我哥们儿离过婚。"

"离过婚有什么？只要有真感情，心心相印，只要他不在婚姻中，小三这玩意儿我是不会干的……"

沈鱼水一拍桌子，"这不就结了。"

"我说过，我有一件事未了。"

"事情未了那你赶紧了呀，干吗跑'非爱不可'上去当女嘉宾，那不就是要找对象吗？"

肖真真沉思片刻，说道："还是告诉你吧。我有一个姐姐，比我大两岁，现在还没有结婚，我发过毒誓，姐姐不嫁人我是不会考虑个人问题的……"

"真真，你太伟大了……但我还是要说你两句，这都什么时代了，就算是古代社会长幼有序，那也不至于呀。"

"她不是一般的姐姐，比妈妈还、还要……"说到这里，肖真真哽咽了，"沈哥，我不能再说了，我真的没对人说过这么多，那也是因为你、你的诚恳……"

沈鱼水赶忙递上纸巾，肖真真接过纸巾擦了擦眼泪。

"我理解，我理解，咱不说了，我也不问了……真真，莫非你上'非爱不可'是为你姐姐，为她找对象来着？"

肖真真点头。

"那你姐姐为什么不亲自来呀？"

"她为人太老实，又没什么文化，不会习惯录节目这种场面的。"

"哦，我明白了，你这叫曲线救国。只有你姐姐的问题解决了，你的问题才能解决，上节目既是帮你姐姐，也是帮你自己呀。"

"我倒没什么，我能到处跑，看得多，姐姐她太可怜了……"

"嗨，你怎么不早说呀，放心放心，你姐俩的事情都包在沈鱼水身上了，不就是找俩好男人吗？那还不容易，到时候姐俩的婚礼一块儿办，咱找一对亲兄弟，亲上加亲，也算是一段佳话，必将广为流传。"

肖真真噗嗤一声笑出了声，"沈哥，你真逗，拿我们开心呢。"

09

朱凤群带着几名工人，扛着几个包装纸箱来到赵怀远家。朱凤群用钥匙打开房门，身后工人跟着把纸箱搬进屋。朱凤群巡视了一下客厅，琢磨了一番，指挥工人挪动家具，腾出一块地方，让工人把酒柜安装在她指定的地方。

工人打开包装箱，取出酒柜散件开始安装。朱凤群推开各个房间的门，走进去察看。书房里，朱凤群浏览着书架，上面整齐地排列着一些精装中西名著。书桌上的小相框里则是赵怀远、赵苹果和苹果妈妈的合影，照片摄于七八年前，赵苹果只有七八岁的样子。朱凤群拿起相框打量了一会儿，放回原处。

酒柜安装完毕，赵怀远才回到家，装好的酒柜很是气派、扎眼。

"老赵，酒柜已经给你装上了，就差放上我们公司的菲娜了。"朱凤群一脸笑容地对赵怀远说。

"凤群，太感谢你了！你说我这忙的，一直走不开……"

"我这也是举手之劳，难得你这么信任我……这喝红酒家里没个酒柜可太不正宗了。"朱凤群满意地看着酒柜。

"哦对了，这酒柜的钱……"

"不要钱，送你的。"

"这怎么行！"

"怎么不行啊，酒柜里放上我们公司的酒，你这儿高朋满座的，没准来个大客户，给我带来一大订单，这也是为我的酒宣传呀。"

"哈哈哈，生意做家里来了，没问题没问题，我很乐意做朱总的推销员。"

朱凤群笑着掏出钥匙，要还给赵怀远，赵怀远拉开酒柜的门，装作欣赏的样子，漫不经心地说："钥匙就先放你那儿吧。"

"这……对了，我还得给你送些酒过来。这样吧，完了我把钥匙放在你楼下的信箱里。"

"行行，怎么都行。"

看完了酒柜，两人面对面在客厅沙发上坐下，中间的茶几上放着一瓶菲娜酒、两只高脚杯和一只冰桶，两人对饮着。

朱凤群品了一口红酒，"以后你就改喝红的吧，我足量供应。这红酒中所含的丹宁能抑制细菌繁殖，有帮助消化的功能，而且红酒富含维他命 C、维他命 E 以及胡萝卜素，这些物质都有很好的抗氧化功效，可以预防衰老……嗨，我说这些干吗，你又不懂，反正喝红酒比喝白酒要好。"

"我这酒瘾都说是生意场上弄出来的，其实不然，五六年前我不说滴酒不沾，但也不好酒，都是苹果这个小鬼，唉！……自从她妈妈去世以后，我又当爹又当妈的，小家伙也不适应呀，成天地跟我要妈妈，我心里烦啊，加上工作忙责任大，这不就渐渐地学会借酒浇愁了。"赵怀远有些伤感地说。

朱凤群小心翼翼地问："姐姐是怎么去世的？"

"汶川大地震，她是军区深都总医院的外科主任、业务骨干，率队前往灾区……她这人，越是危险就越是冲在前面，没想到不幸遇难了。"

朱凤群的眼圈红了，"姐姐太伟大了。"

"临出发那天，她交待我，不管你有多忙，我不在的日子里你一定要照顾好苹果。没想到一语成谶，她不在的日子就只剩下我和苹果了……"

朱凤群的眼泪已经流了出来，"不知道苹果在美国还好吗？"

"挺好挺好，有我妹妹在我也就放心了。她毕竟是个女人，有个完整的家，我不行呀，无论我怎么努力，这苹果就是不听话，学习成绩一落千丈不说，还处处和我作对……我真是愧对她妈妈。"

"你也别太自责了，女孩儿都有一个叛逆期的，过了就好。苹果有这么好的妈妈，将来也不会差的，你会为她感到特骄傲的。"朱凤群劝慰道。

　　"那是那是，但愿吧。"赵怀远叹了口气。

第九章　苗　头

01

这天晚上，马丰已经躺下睡了，被沈鱼水的电话吵醒，说要找他谈谈，人已经在楼下了。马丰无奈，只好出门。下楼一看，沈鱼水已经站在车旁，两侧的车门也打开着。

马丰边系衣服扣子边坐上车，"都几点啦，你又有什么不可告人的事要谈？"沈鱼水吆喝着把马丰推上车，驾车驶出小区。

"我们这是要去哪？"马丰打着哈欠问。

"哪儿都不去，兜兜风，我心情好啊……"

"沈总，你有点不正常，你知不知道？"

"哥们儿，我刚刚送走了一位贵客，你坐的座位上还留着她的体温……贵客，你懂不懂啊！关系到你下半生作为一个男人的幸福，真正是可遇不可求呀……"

"什么乱七八糟的，你是不是喝酒了？"

"没有，绝对没有，我比任何时候都还要清醒！"沈鱼水说着，把车子停在一处僻静的树林旁。

"那个李嫣你还没有教训啊？差点没出事，幸亏罗书是个老实人，被你一忽悠……"

"这回可不一样，绝对有教养，没那么不靠谱……她叫肖真真，你应该知道吧？"

马丰有点儿哭笑不得，"哥们儿，算我求你了，就算你要为我找媳妇儿，也别在女嘉宾里踅摸，你媳妇儿是制片人，我是主持人，你弄的这叫什么事儿呀！"

"真真可不能算是女嘉宾，在当女嘉宾以前我们就认识了，是我的女哥们儿……"

"那还不是一样。"

"当然不一样，不管她当不当女嘉宾，只要让我撞见，肯定都得引荐给你呀，这样的姑娘太难得了，比外星人还要稀罕……你放心，我绝对不会提你的名字，这事儿没有十成的把握，我是不会让你现身的，送人送到底……"

"你就别自作聪明了，我再说一遍，我不需要！也想奉劝你一句，不要玩火自焚！"

"哥们儿，你急什么呀，就算你乐意，人还不一定瞧上你呢，就算真真瞧上了你，目前她也有障碍，还得我沈鱼水帮你们解决，但凡好事儿哪有这么容易的！"

"你不听劝是不是？那我走了，就算你没有找过我。"马丰说着要下车，被沈鱼水一把拉住。

"别急着走呀哥们儿。事成了你受用，有问题我一人担，谁让咱们是兄弟呀……"

马丰挣开沈鱼水，开门下去，呼地一声关上了车门。

"嘿，哥们儿，有话慢慢说呀，怎么说变脸就变脸……"沈鱼水喊道。

马丰拦了一辆出租车，钻进去，出租车疾驶而去。沈鱼水驾车紧追不舍，一面按着喇叭。

出租车司机看了一眼沈鱼水的车，嘟囔道："嘿，这哥们儿，有毛病啊？"

"病得还不轻呢，别让他超车，咱别死他！"

沈鱼水终于技不如人，被出租车别死在路边。出租车扬长而去。

02

罗书租住的房子位于深都老城的一个小院，这是一排破旧的平房，屋前的空地上放着五六盆君子兰，罗书正在浇水，罗书养的那条叫大可的黑背犬被一根链子拴在树上。这时卓乐走进小院，大可摇着尾巴吠叫了两声。

卓乐问罗书："黄争光在不在？"

"去拍嘉宾的 VCR 了。"

"肯定又是拍哪个女嘉宾的 VCR。我说呢，打他电话也不接，这个花痴！"

罗书没搭腔。

"这花好漂亮呵，你从哪儿弄的？"有点儿失落的卓乐没话找话地问罗书。

"淘宝买的。"

"能不能送我一盆呀？"

"百花虽好不用问，惟有君子压群芳。这不是你在哪里都能看见的普通花草，是君子兰，不是什么人都能配得上的。"这两句话罗书听刘子清说过，这会儿用上了。

"切，小气鬼！那你准备送谁啊？"

"不关你事。"说完，罗书也不搭理卓乐，牵着大可就往院外走。

罗书、大可一路小跑，进了公园大门。卓乐跟在后面，气喘吁吁地追了过来。

"你别跟着我。"罗书扭头对卓乐说。

"让我牵一会儿大可嘛，我最喜欢小动物了。"

"它不是小动物，比你还重呢！"罗书解下狗链，大可兴奋地向远处窜去。

"大可，大可……"卓乐追了两步，但大可已跑得无影无踪。卓乐只好无聊地坐在一旁的长椅上看罗书锻炼。

罗书脱了上衣，露出发达的肌肉，他在玩一个硕大的石锁，舞得上下翻飞，风起云涌。

卓乐吃惊地看着罗书，"哇，这玩意儿多重啊？罗书哥，你天天都来锻炼？"

"每天溜大可，顺便玩一会儿。"

卓乐指指石锁说："这玩意儿是你的？放在这儿不怕人偷吗？"

"谁偷得动！"罗书继续舞着石锁。

"罗书哥，你一点都不像黄争光，他、他太没份量了！以后，我每天来和你一起锻炼好不好？"

罗书自顾自地运动着，没搭卓乐的话。

"罗书哥，你说嘛，我陪你玩好不好吗？"

"我有大可，不需要你陪。"

"切！是我长得不行，还是你自卑啊？要不你已经有女人了？争光说你喜欢何珺，你是不是御姐控啊？"卓乐站起身来，绕着罗书讥讽道。

罗书停下动作，石锁扑通一声落地，"再废话我就把你扔出去！"

卓乐下意识地后退一步，"你来啊，来啊，来扔啊！"

"你以为我不敢！"罗书瓮声瓮气地说。

"我看你就是一个 gay！自恋狂！难怪要练一身腱子肉呢，臭美啥呀！还养花……"卓乐边说边快步离开了。

03

每到"非爱不可"录制期间，光灿大厦一楼大厅里便会更加热闹，大厅四周咖啡店、书店、蛋糕店里熙来攘往的人流里，有不少是前来录制节目的男女嘉宾。这时候，男嘉宾庄利民坐在大厅的一张休息长椅上，脚旁放着一只硬纸箱，正四处打量着。

黄争光从外面进来，看见庄利民，便招呼道："还不赶紧去吃点东西垫着，节目要一直录到晚上呢。"说着，黄争光便匆匆上楼了。

庄利民自言自语道："录节目，也不管个盒饭。"说着，从脚旁的纸箱子里拿出一个人形的水果，在裤子上擦擦，递到嘴边，咔嚓一声咬下"脑袋"，嘎吱嘎吱地开始咀嚼。

肖真真和方菲正好从咖啡馆里出来，看见庄利民正在吃"小人"。

"哎呀，姐姐你看，那个人在吃什么呀？"方菲吓得躲到肖真真身后。

肖真真看了一眼庄利民，"他好像也是男嘉宾。"

"像个小人儿似的，恶心死了！"

两人走近庄利民，其他几个女嘉宾也围了上来，看庄利民吃人形的水果。

"这是水果，叫人参果，跟苹果、梨子一样是水果。"庄利民说着，从纸箱里拿出几个人参果，递给大家，"不信你们尝尝，挺好吃的。"

方菲连连摆手，"不要不要，我才不吃呢。"

另一个女嘉宾说道："就是水果我也不敢吃，太像个人了，我信佛，阿弥陀佛！"

众人笑起来。肖真真从庄利民手中接过人参果，咬了一口，"菲菲，味道真的不错，有点像新疆的哈密瓜，你也尝尝。"肖真真笑着把人参果塞向方菲的嘴巴，方菲赶紧躲开。

方菲挽着肖真真的胳膊一起上了电梯。方菲打量了几眼肖真真，"你这身衣服和妆容不搭，而且也试暗了，镜头里根本看不见你，我有经验。"

"我知道不搭，也没什么啦，不就是站个台吗？再说服装间的大姐挺难伺候，我懒得和她多啰嗦。"

"又是那个老女人，脸拉得跟长白山似的？"

"长白山？"

"是啊，姐妹们都这么叫她，白粉搽多了，长那可是天生的。"

肖真真笑起来。方菲拉住肖真真，"不行，走，妹妹帮你做主，咱们换身衣服去！"

肖真真连说算了算了，方菲眉毛一挑，"算什么算啊，就算是天女下凡也不能罩一身大麻袋呀，那不憋屈死了……你听我的没错。"

两人来到后台的服装间，那个被方菲称作长白山的服装管理员拦住她们，问怎么又来了。

"怎么就不能来啦，一人只给五分钟选衣服，这是谁规定的？你不就是为咱们嘉宾服务的吗？不是为了录这节目，谁穿这破玩意儿啊！上面不定有多少细菌病毒呢！你年纪大了，无所谓，我们可没你那免疫力，还想多活几年呢！"

方菲噼里啪啦地说了一通，把服装管理员说愣了，"小姑娘怎么说话呢！""长白山"不知道该说什么了。

"小姑娘怎么了？不是我们这节目有人看吗？观众又不是冲大妈来的，要不咱俩换换，你上台我来管衣服？"

"长白山"被方菲噎得说不出话来。方菲拉着肖真真进了服装间，"姐，咱不急，离走台还有半小时呢，你慢慢挑，一件件地试！"

04

光灿大厦演播厅里，新一期"非爱不可"正在录制。庄利民来到台上，他的脚旁放着打开的硬纸箱，手上拿着一个人参果。

"这是我们农庄培育的新型水果，我带了一箱过来，请马哥、刘老师和各位女嘉宾品尝。"

马丰好奇地看了看，"这玩意儿是荤的还是素的？"

"素的素的，叫人参果。"庄利民说着，将人参果分发给马丰、刘子清和台上的女嘉宾，引来一片惊异喧哗声。一个女嘉宾夸张地用手捂着眼睛，从指缝里往外看。庄利民回到马丰身边站下。

"还真有人参果呀。我想请问男嘉宾，你这人参果和《西游记》里的人参果有啥不同呀？"马丰调侃道。

"也差不多吧。"

"那就不能算新型水果了，唐朝就有了，到现在也有一千多年啦。"

刘子清道："要真是人参果那可了不得，镇元大仙在五庄观种的人参果闻一闻就能活三百六十岁，吃一个就能活四万七千岁，咱们今天是又吃又闻，那得活上多少岁啊！"

"四万七千三百六十岁，咱们都成老不死的了。"马丰接过话茬。台上台下一片哄笑。

马丰道："我倒有个想法，四万七千年后，咱们'非爱不可'办一期特别回顾节目，今天到场的各位都得来，子孙后代组成亲友团。我估计每个女嘉宾的亲友团都得上亿人，可能还不止呢！"嘉宾和观众们笑成一团。

"好了，好了，咱们还是来看看男嘉宾的短片。"马丰转入正题。

大屏幕上放映庄利民的 VCR 短片，他行走在林间地头，或者在干农活、驾驶拖拉机，或者在嫁接果树，等等。配音则是庄利民的画外音："我是从农村出来的，现在又回到农村创业，离开了都市的喧嚣，内心变得平静充实起来……"

05

这天晚上，朱凤群再次来到赵怀远家，两人坐在沙发上聊着天，桌上放着两只酒杯，杯里已经倒上了红酒。

朱凤群想起一件事，"怀远，装酒柜那天我进过你的书房，平时你看的书可真高深啊。"

"嗨，什么呀！你来，你来。"

赵怀远招呼朱凤群起身走进书房，从书架上抽出一本《西方哲学史》，递给朱凤群，"打开看看。"

朱凤群打开书，里面竟然是一本日本漫画书《水果篮子》，《西方哲学史》的封皮只是伪装。赵怀远又抽出一本《物种起源》，递给朱凤群，里面却是一本《少女成长的迷宫》。

"这是咋回事呀？"朱凤群疑惑地看着赵怀远。

赵怀远笑道："没啥秘密，我就是做给苹果看的，顺便我也了解一下孩子的世界和青少年的教育问题。"

"我还是不明白。"朱凤群还是一脸疑惑。

"不明白是吧，咱们不妨演示一下，你就明白了。"赵怀远将朱凤群摁到椅子上。

"你现在就是苹果！"

"我，我是苹果，哦哦哦，好吧！"朱凤群坐到桌旁，桌上摊着赵苹果的作业本，旁边放着赵苹果的书包。朱凤群拿着一支笔，模仿赵苹果做作业。赵怀远则站着，手捧大部头的著作来回走动。从朱凤群的角度就只能看见封皮"西方哲学史"的字样。

"年纪轻轻的不抓紧学习，爸爸这么大了，工作这么忙，还要用功，看这么深奥的书！"赵怀远一边对"赵苹果"唠叨着，一边晃了晃手里的书。

朱凤群也俏皮地模仿赵苹果，"人家就不想学嘛，你陪我玩一会儿嘛！"

"少壮不努力，老大徒悲伤！"赵怀远终于忍不住，哈哈大笑起来。

朱凤群也忍不住笑起来，深切地看着赵怀远，"怀远呀，你真是太有心了，够用心良苦的！"

两人回到了客厅。赵怀远和朱凤群碰杯、喝酒。放下杯子，朱凤群抹了抹眼角，找出一块纸巾擦着。"我这人泪点低，笑点也低，容易动感情，苹果有你这样的父亲真是太幸福了……我从小也是单身家庭，是跟着我妈长大的……"

赵怀远也有些动容，凝视着朱凤群。突然，赵怀远的手机响起短信铃声，赵怀远打开一看，是苹果的短信："老赵你在干吗？没和那个姓朱的在鬼混吧？我想你了！不准你把对女儿的爱分给别人，苹果警告你！"

看到这里，赵怀远脸色大变。

"怀远，你没事吧？"朱凤群看出了赵怀远的异样，关切地问道。

"没事，是苹果的短信。"

"女儿大了，知道关心爸爸了……她怎么样？"

赵怀远看了看墙上的挂钟，"朱总，我看时间也不早了，明天都还有工作，我们还是改天再聊。"

朱凤群愣了一下。

赵怀远继续道："这酒柜的钱还有这些红酒，你给算一下，回头我让人给你送过去。"

"不不不，这些都是我个人送你的。"

"那也不行，朱总您教我喝红酒，赵某已是感激不尽。"

"哦……那，那不好意思了，我打搅您休息了。"朱凤群说着，起身准备离开。

"是我不好意思，真的很不好意思。"赵怀远诚恳地说着，起身送朱凤群下楼。

06

参加完"非爱不可"的录制，肖真真回到家里。这套两居室房子虽然不大，但肖真真收拾得井井有条，从客厅墙壁上挂着的一幅幅风景图片里，可以看出肖真真去过许多人迹罕至的地方。累了大半天，肖真真不想再做饭，这会儿正在厨房里下面条，一边打着电话。

"……姐，这回我帮你相中了一个好的……不是不是，今天我才认识的……今天是录节目，要过两期电视上才会放……那可不行，你不嫁人我怎么嫁人呀？我是不会走在你前面的……"

肖真真端着下好的面条来到客厅，放到餐桌上，"他种的人参果说是吃了长生不老，人越活越年轻……谁说你老啦！你比我就大两岁，你老了我不也老了？姐姐你是不是觉得我老了？……嘿嘿嘿，我本来就是小孩嘛……知道啦……"

肖真真边打电话边看着窗外，夜色中万家灯火，一片苍茫。桌子上的面条已经胀了起来，她却忘记吃了。

07

　　冯大吉是深都财阀冯氏集团老板的独生儿子，几年前和何珺的高调恋爱在深都被传诵得沸沸扬扬，所以，何珺是冯氏集团未过门儿媳妇的传闻，在圈内早已不是秘密。这两年，这位冯大公子不断变化着新的爱好，常常一出门就没了影子，连何珺也不知其所踪。

　　这天，冯大吉心血来潮，非要去骑马，说那是贵族的运动。冯大吉骑上一匹高头大马，策马扬鞭地在马场上奔跑起来。几个女孩儿打着阳伞、戴着墨镜在场地边观看。冯大吉经过女孩儿时，她们就发出喝彩声，冯大吉打出 V 的手势向她们示意。

　　一个女孩嗲声嗲气地撒娇："大吉哥你太帅了！大吉哥，带人家一起骑嘛！"

　　"等会儿，你们都有份，我这儿先预热一下，马还不服贴……"冯大吉说着，一挥马鞭，胯下那匹马往远处奔去，突然，只见冯大吉在马背上一个起伏，在一根倾斜着的电线杆旁重重地摔了下来。

　　一女孩花容失色，惊叫道："不好，冯哥触电了！"服务生听到叫喊，提着一根木棒就奔了过去。

　　冯大吉伏在地上不动，那匹马已经独自跑开了。服务生用木棒抵了抵冯大吉的身体，冯大吉没有反应。服务生举起木棒向冯大吉伸向电线杆的那条腿砸去，冯大吉惨叫一声，身体支了起来。

　　"操，你他妈干什么？"

　　"先生，您……你触电了。"

　　"触你妈逼啊！你个傻逼也不看看，这，这哪儿有电线！哎哟，哎哟，哎哟哟……操你妈！"

服务生低下头去打量，的确没有电线。他又抬头看电线杆，上面也光秃秃的，原来这是一根废弃的电线杆。

冯大吉抱着腿，痛得哇哇直叫。马场的人赶紧将他送往医院。

腿上打了石膏，冯大吉只好在家躺着，出不了门了。冯大吉住的是一幢独立的四合院，院外只能看到院子里的几排平房，和普通的民宅没什么不同，只有进到房间里，才能看见里面奢华的装饰。困在床上的冯大吉百无聊赖，忽然想起何珺，便打她电话。

何珺正在上班，接到冯大吉的电话，何珺有些激动，忙问："你在什么地方？"

"我能在什么地方，在老屋啊。"冯大吉懒洋洋地说。

"可我去老屋找过你十几次，你都不在，人家的电话也不接……"

"废话那么多干吗？赶紧过来，过来再说。"

"大吉，我在上班，下了班就去你那儿……"

"是你上班重要，还是我重要？这样吧，我给你一小时，一小时之内你必须赶到，到不了的话你就别过来了。"

冯大吉挂掉电话，继续把玩着 iPhone 6，一条腿则打着石膏悬吊着。保姆小张背对冯大吉，正在擦地板。冯大吉抬头看了看，只见随着拖布的前后拖动，小张圆润上翘的屁股也在起伏。冯大吉愣神看了一会儿，一下来了精神，"哎，你过来。"小张没听到，仍在擦地板，冯大吉又叫了一遍，小张才回头问："大吉哥，你叫我？"

"这屋里除了我和你，还有别人吗？"

"你刚才不是在和美眉打电话吗？"

"现在不打了。你过来，帮我捶捶腿。"冯大吉指指自己没伤的那条腿。

小张走过去，坐在床沿上开始帮冯大吉捶那条没有受伤的腿。

"闷死我了，这日子真不是人过的！"冯大吉嘟囔道，抓住小张的一只手，在手心里摩挲着。

"大吉哥，有我陪着你呢，我给你唱一首我们家乡的山歌好不好？"不等冯大吉回答，小张就扯开嗓子唱起一支山歌。

何珺开车来到老屋，在院门口停下，不停按喇叭，很长时间后，小张才将大门上的小门打开，探出身。

何珺没好气地说："怎么这么长时间？"

小张一撇嘴："没听见。"

何珺下车，把钥匙递给小张："你帮我把车开进去，停外面会被贴罚单的。"

小张愣愣地看着何珺，何珺反应过来，"哦，你不会开车，算了算了，我自己来，你把大门打开。"

何珺坐进车内。小张拉开门栓，却没有敞开院门，而是转身走回了屋里。何珺坐在车上按喇叭，连按几下不见动静。

"死丫头，不会开车，还听不懂人话了！"何珺气哼哼地下车，自己推开院门。

进到屋里，何珺看到小张哼着山歌，坐在床沿上帮冯大吉捶着一条腿，冯大吉的另一条腿打着石膏吊着。何珺吃了一惊，"哎呀大吉，你这是怎么啦？受伤了？严不严重啊？"

"大吉哥是从马上摔下来的。"小张说。

冯大吉一指挂钟，斜眼看着何珺，"你迟到了两分钟，想玩我是不？”

“我没迟到，绝对准时，路上还闯了一个红灯呢，都是这丫头，死也不开门，开了门也不把门给敞开，还得我下车……”何珺说着，上前察看冯大吉受伤的腿。

“别，别动！”冯大吉连忙摆手。

“她能碰你的腿，我怎么就不能了？”

“那是好腿，这条腿折了你没看见？”

何珺看了一眼小张，“你去吧，我来帮大吉捶腿。”

小张看了看冯大吉说：“不嘛，大吉哥，我已经捶了老半天了。”

“还是我来，你去给我倒杯水。”

“我哪有工夫倒水啊，要喝水你自己去倒。”

何珺怒了，“丫头片子，你以为你是谁啊！”

小张不吭气，何珺在床沿上坐下，两人各抓冯大吉好腿的一段捶起来，互相争抢着。

“哎哟，你们别抢啦，再抢我这条好腿也得折了，那我就彻底地废了！”

何珺瞪着小张，“你知趣一点好不好，自己什么身份不懂吗？”

小张噘嘴，“你和大吉哥又没有结婚。”

“你！……”何珺气得语塞。

冯大吉抓住何珺的手，“宝贝儿，这小张也不是外人，你就别跟她计较了，咱们该干吗干吗……来，亲一个。”

冯大吉凑过上半身要亲何珺，何珺闪身避开了。

冯大吉嗅了几下，“什么味儿？你用的什么香水，熏死我了！”

"CK 呀，前年你去美国的时候给我买的，要是你不喜欢这味道，我就送给小张。"

小张站起身来，"我才不要呢，大吉哥不喜欢的东西我也不喜欢！"

"你还蹬鼻子上脸了……"

08

自从肖真真上了"非爱不可"相亲节目，每期"非爱不可"播出时，沈鱼水都会早早地候在电视机前。这会儿，沈鱼水就坐在沙发上，手里拿着一罐啤酒边喝边看节目。

电视画面上，庄利民站在马丰身边。

马丰道："二号男嘉宾，现在只有一位女嘉宾给你留了灯，如果你愿意，你上去领她走，不愿意的话就感谢以后自己走。"

"我……我……"庄利民支吾着。

为庄利民留灯的是肖真真，她举手请求发言。

"和男嘉宾一样，我也是在农村长大的，所以我非常欣赏男嘉宾，坚决支持他，但我觉得自己配不上男嘉宾，留灯到最后只是想和对方做个朋友，哥们儿那样的朋友……"肖真真说着。

"那可不成，这是明显违反规则的。"马丰打断肖真真的话。

马丰还没说完，庄利民开言了："可以，可以，是我配不上女嘉宾，她的确太优秀了……我要找的是能在农村和我一起经营打理的人，一起过日子的，女嘉宾有她自己的事业……"

"你俩这谦虚来谦虚去的，是不是怕对方拒绝自己，面子上下不去，以退为进啊？"马丰说道。

"马哥，还真不是，我真心实意地想和男嘉宾交个朋友。（对庄利民）庄兄，能留个电话号码吗？"

"好啊好啊，这是我的名片，利民农庄。"庄利民说着，掏出一张名片，走向女嘉宾席，交给肖真真。马丰无奈地摇头，"好啊，咱这相亲节目变交友了，'非爱不可'得加上四个字：友谊万岁！"观众席发出一阵笑声。

沈鱼水站起来，指着电视，"庄、庄利民！"沈鱼水决定去一趟利民农庄。

"非爱不可"是提前录制的，播出的时间则要滞后两周。节目录制后不久，肖真真就到利民农庄去了一趟，既了解了利民农庄的经营状况，也对庄利民有了更全面的认识。

从农庄出来时，庄利民把肖真真送出农庄，热情地说："下次再来啊，多带几个朋友来，我这儿吃喝都方便，还能钓鱼。"

"我肯定会再来的，说好咱们做朋友的嘛……什么时候，我把我姐也带来玩。"

"都来都来，反正地方大，装得下，不像城里面，空气也新鲜。"

和庄利民道别后，肖真真驾车离开。行至半途，接到沈鱼水的电话。

肖真真有些惊喜，"哎呀，沈哥，你还好吗？"

"真真，我们又有多长时间没见了？这我不见你还没什么，每星期都能在电视上瞅一眼，你不见我难道不想得慌吗？"

"这一阵我有点事儿……"

"是不是你姐姐那事儿呀？不是说好的吗，你看中了什么人，我帮你去说！"

"不必了，我能搞定……我也想见沈哥呀，等事情有个大体眉目，我第一个向沈哥报喜。"

沈鱼水看了一眼副驾上的杂志说："哦对了真真，最近我把你在杂志上写的那些文章都找来读了，写得太好了，太有范儿了！我深受教育啊，这不琢磨着你得出本书，将零散的文章结集，鱼水书业就是为您这样的作家而存在的呀，咱们得找个机会聊聊。"

"沈哥，为我的事你别太操心……"

"你这说的什么话，我不为你操心，为谁操心？你可是我的救命恩人呀……行行行，我不说了，今天晚上还有新的一期'非爱不可'，咱们就在电视上见哈，哈哈哈。"

结束通话，肖真真继续开车赶回市区。

沈鱼水在网上查到利民农庄的地址，在车载导航仪上设定好路线，便开车前往，很快就找到利民农庄。沈鱼水把车停在了农庄门口，自己走进农庄。

庄利民正在柜台后用计算器算账。他抬头看见沈鱼水，赶忙招呼："先生，您是要吃饭，还是要钓鱼？"

"喝杯茶。"

'有有有，咱这儿什么都有，吃饭喝茶，还能野营烧烤。"庄利民说着，拿起菜单走过去。

沈鱼水装腔作势地看了看菜单，像是突然发现了什么似的说："哎，我好像在哪儿见过你，对了对了，你不是'非爱不可'上的那个男嘉宾吗？种人参果的？"

"是我是我，我叫庄利民。"

"你怎么会在这儿打工呀？"

"不是打工，这里就是我经营的。"

"哦，是饭馆老板。"

"不止饭馆，整个农庄都是我的。"庄利民指了指门窗外，但见丘陵起伏，树木成荫，一望无际。

"哦，大老板！"

"也不大啦，真的不大，也就四百来亩的山林，果树我种了十几种，将近两万株，还有六十亩的水培大棚和一百来亩的鱼塘。"

"这还不大？哥们儿，我看你就一现代版的地主啊！"

"哪里，哪里，大哥您取笑了。"

庄利民领着沈鱼水在农庄里跨沟过坎地转悠，一面指点解说着。

"庄兄，我看电视，那个十二号女嘉宾真的和你在台下做朋友了？"沈鱼水装作无意地问道。

"是啊，她来我这两三回了，我们谈得来，根子都是农村的。"

"不瞒你说，我根子也是农村的，从我老爹那辈算，祖宗八代都是农民！"沈鱼水指着自己说道。

庄利民打量了一下沈鱼水，"不像……哦不，我是说，这、这太巧了。"

"还有更巧的事呢，那个十二号肖真真，和我是哥们儿，女哥们儿。"

"啊？太好了，太好了，咱们可是越说越近了。"庄利民一脸惊喜。

"庄兄，真真没说她姐姐的事？"

"什么事？她没说呀。"

"没说要把她姐姐介绍给你？"

"没说呀，真真只是说要带她姐姐来农庄玩……"

"哦，女孩子不好意思开口……今儿我给你透个底吧，真真的姐姐比真真大两岁，模样比真真还要漂亮！"

"是吧，那我可高攀不起，模样又不能当饭吃，我要找的是那种能吃苦的、安安稳稳过日子的。"

"哦……也可能我说错了，模样不及真真，你说呀，毕竟大了两岁，这女人天生就不如男人耐老嘛，哈哈哈。"

09

正值中午下班时间，大街上车流如潮，挤得满满当当，何珺的车在车流中开开停停，跟随车流缓缓移动。何珺边开车边讲电话，"有点塞车，你让他们再等几分钟……行行行，我尽快……"

此时，冯大吉躺在床上，床头柜上放着盐水瓶、一次性输液管、碘酒、药棉等，两个护士正在做输液前的准备工作。小张坐在床沿上，冯大吉脸色惊恐地拉着她，小张伸手在他的背上轻轻地拍打着，"别怕，别怕，咱们不怕。"

何珺从门外冲了进来。看见两人的亲密状，何珺快步上前一把拉开小张。

"你谁啊你，一边去！"何珺说着，在刚才小张坐的地方坐下，把冯大吉的脑袋揽进怀里，"大吉不怕，扎针根本不疼的，就像给蚊子叮一下，一小下。"小张给何珺拉开，一脸怒气地站在不远处，两眼愤怒地紧盯着何珺。

冯大吉哭丧着脸说："我，我晕血。"

何珺将冯大吉的脑袋按在自己怀里，抚摸着他的头发。一名护士走过来给冯大吉扎针，刚用酒精棉球擦拭，冯大吉便哎哟哎哟地叫唤起来。扎针的是个年轻的护士，被冯大吉叫得心慌意乱，连续扎了两次都没刺进血管。

何珺生气地说："你怎么回事？会不会扎针啊？"

年轻护士有些窘，年长护士忙道："她是实习护士，没有经验，听说是给董事长的家属输液就更紧张了。"

"你们搞没搞错？当我们家大吉是小白鼠呀！"何珺对年长护士道，"你来你来。"

年长护士替换下年轻护士，拉过冯大吉的手，在上面轻轻拍了几下，一下扎进血管，冯大吉哇地一声哭喊开了。何珺忙拍着他的后背安慰："没事了没事了，马上就好，扎针是为了消炎，消了炎咱大吉就能好得快，好得快就能跟着姐姐玩了。"

"他又不是你的小孩。"小张不屑地嘟囔了一声。

过了一会儿，两名护士已离开，冯大吉躺在床上睡着了，何珺轻轻地拍打着他。小张走过来，也坐在床沿上，伸手拍打冯大吉。

何珺一瞪眼，"把你的爪子拿开……过来，我有话跟你说。"

"我和你没什么好说的！"

何珺竖起手指放在嘴边，示意小张小声，自己转身去了另一个房间。她对小张做了个手指回勾的姿势，小张站起来跟了过去。

何珺直勾勾地盯着小张道："我们是没有什么好说的，我只是要警告你，别痴心妄想！"

"爱大吉哥是我的权利，你管不着！每个人都有爱的权利，你能爱大吉哥我也能爱！"小张反驳道。

何珺噗嗤笑了，"也不撒泡尿照照！爱冯大吉，你配吗？知道他是什么人吗？我看你是不想干了，不想干了就赶紧给我走人！"

"我走不走轮不到你说，是大吉妈雇我照顾大吉哥的！"小张说着，气呼呼地走出屋子。

"行啊你，嘴硬哈，那咱们就走着瞧！"何珺冷笑了一下。

10

"玉娇龙"美体馆的双人包间里，何珺、朱凤群分别躺在按摩床上，床边各有一名服务小姐坐在高高的凳子上，正在给她们做面部按摩。

何珺抱怨着："这把我给累的，公司、大吉那两头跑，偏偏还杀出这么一个小保姆。你是没看见，整个就一小妖精，还唱什么山歌！要多难听有多难听。"

"凡事你得往好处想呀，那冯大吉要是不受伤，你能抓得住他吗？这是老天爷给你的机会，机会你懂不懂啊？你和冯大吉的事就看这一回了。"

"唉，姐说得是。我也是的，最近特别不淡定，都是那乡下妹子给闹的，都快和她一般见识了，量她也翻不出多大的浪花。"

"这又过了，现在的女孩儿都不是省油的灯，越是苦出身就越能折腾。要是你面对的是一公主我还真不替你担心，可那小张才不会跟你讲规矩呢，到时候你哭都来不及！"

"姐你吓我。"

"不是我吓你，咱女人就是这个命，过了三十哪怕你再优秀，在男人眼里都得打个七八折，你比冯大吉还要大几岁。"

"那、那你说我该怎么办呀？"

"笨死了，不看电视剧啊，赶紧把小张给换了，去劳务市场找个大婶来。"

"那大吉还不恨死我呀？"

"是恨死你好啊还是气死你好？也不想想！"

何珺想着，嘴里自言自语："恨死我？气死我？……"

过了一会儿，何珺突然想起什么，"哎姐，你和咱赵总怎么样了？苹果那小丫片子头一走，你俩那还不顺理成章了呀。"

"唉，我这辈子怕是没有指望了。看来咱姐俩只能有一个好，你和冯大吉刚有了机会，我这头立马就没戏了。"

"怎么会？难不成那个小破孩儿还能隔着太平洋监控她爸？这赵怀远也忒没出息了，还算个男人吗？在公司横成那样，一到家咋这么怂啊！"

"别这样说，老赵也有他的难处……"

何珺手撑着按摩床，挺身坐了起来，"不行，姐你可不能服输！你答应给我的广告还没兑现呢，不就一个黄毛丫头吗？我还就不信了！"

"你还是管好自己的事吧。"朱凤群淡然说着，闭上眼睛，不再搭理何珺。

第十章　误　会

01

傍晚时分，沈鱼水家客厅的桌上摆了一桌菜，王小迅趴在桌子一角睡着了。她面前放着打开的笔记本电脑，电脑旁边放着一叠打印的稿纸。沈鱼水开门进来，看到睡着的王小迅，愣了一下，轻手轻脚地关上门，等他回过身来，王小迅已被吵醒。

"哎呀小迅，我还以为走错门了呢，哪来的田螺姑娘……"

"有什么大惊小怪的？我又不是没给你做过饭。"王小迅抬了抬胳膊，收拾起笔记本、打印稿。

"做过做过，那是去年的事了吧？难怪我这么不习惯呢，当真意外……"

"你可真是贵人多忘事，这才多长时间的事，你就忘了？"

沈鱼水一拍脑门儿，"哦哦，想起来了！瞧我这忙得，昏了头了，居然把这么大的事儿忘了。"

"少来。最近我也是工作太忙了，慢待您了！"

沈鱼水连忙摆手，"不不不，小迅，你就得这样，保持高贵的矜持，冷不丁给我一点点关怀，那我还不得感激涕零永世不忘啊？"

"嘴贱……赶紧去洗手，菜都凉了。"

王小迅、沈鱼水对坐在饭桌两边。王小迅往沈鱼水碗里夹菜，沈鱼水忙不迭地递过碗去接着，立马也给王小迅夹菜。

"最近节目组的确事情多，开始是忙上马，节目播出后收视又不理想，忙着调整改版，现在我们的女嘉宾从二十个增加到三十个，工作量自然也增加了……不过节目总算是有所起色，基本上了轨道，但还是不敢松懈。"

沈鱼水连声说："理解，理解。"

"那你是怎么回事？整天忙什么呢？电话也少了，也不来公司接我了。"

沈鱼水身子微微一颤，"我，我这不是时刻准备着听从王总的召唤吗？……唉，最近我也的确忙，马上就有两个书市，李总他们公司的那本《辉煌的破冰之路》也得赶在他们十周年大庆前出来，说是等着献什么礼。"

王小迅忽然想到什么，"哎，鱼水，最近'非爱不可'上新来的一个女嘉宾，我看着面熟，是不是你在敦煌遇见的那个女哥们儿啊？"

"啊？我最近都没看电视，应该没那么巧吧？"沈鱼水故作镇定地说。

"她也是个专业驴友，在旅游杂志上开专栏的。"

"给杂志开专栏的多了去了。"

"最近我们的节目你没看？"

"没看没看，那么无聊的节目我怎么会看啊。"

"你出的书才无聊呢！什么《辉煌的破冰之路》，不就是给暴发户树碑立传？"王小迅把筷子一放。

"嗨，我是说，沈鱼水现在是已婚人士，看那些个相亲节目，不是无聊是什么呀？"

"那好歹是我弄的节目呀。对了，你手机里不是有那女哥们儿的照片吗？找出来一看不就知道了？"王小迅伸手向沈鱼水要手机。

"没，没有了……"

"我明明看见过，两人还勾肩搭背，亲热成那样。"

"我早就删了。"

"你心里没鬼，删那照片干什么？不行，你让我看看。"王小迅说着，一把拿过沈鱼水的手机，翻看手机里的照片，果然没有沈鱼水和肖真真的合影了。

王小迅将手机交给沈鱼水，"对了，我电脑里有。"说着，王小迅起身打开笔记本电脑，找到里面的文件夹，搜出嘉宾资料，将肖真真的照片打开、放大，"过来，你看一下，是不是你的女哥们儿？"

沈鱼水走到电脑前，看了看肖真真的照片，眼珠转了转，随即一拍大腿，"哎呀！就是她，肖真真！真没想到，她来上你们节目了！"

"没想到吧，最近一个月她都在深都，你要不要去见见啊？"王小迅侧脸看着沈鱼水。

"不了不了，我见她干吗呀。"沈鱼水无所谓地说着。

"人家对你可是有救命之恩，你真不想去见？表示一下感谢……要不我代表你去见得了。"

"别别别，嗨，你俩肯定是见过了，一个是制片人，一个是女嘉宾，只不过互相不知道……这人生在世，恩也罢怨也罢，过去就过去了，一切都不必过于勉强，况且我也谢过她了。"沈鱼水转身收拾餐具。

王小迅狐疑地看着沈鱼水，"沈鱼水，我怎么觉得你有点不对劲呢？"

沈鱼水没搭腔，端着碗筷盘子进了厨房。

02

这天，沈鱼水再次来到利民农庄，将车停在不远处隐蔽的角落，两眼盯着农庄大门。

过了一会儿，肖真真驾车赶到了农庄，泊好车后便走了进去。沈鱼水发动汽车，慢慢把车开到肖真真的车旁停下，轻手轻脚地开门下车，又轻轻关上车门，对着倒车镜，正了正衣服，昂首挺胸地走向农庄。

农庄的饭馆里，庄利民和肖真真坐在桌前交谈着，女服务员端来茶水，给肖真真泡茶。这时，外面响起沈鱼水的叫声："利民兄弟，在不在啊？"沈鱼水健步走进门内，肖真真惊讶地站了起来。

沈鱼水故作惊喜，"哎呀，真真也在呀？巧了！巧了！"

庄利民憨笑，"你俩一前一后，当真是巧了，别是一块儿来的吧？"

沈鱼水指着庄利民，对肖真真道："这哥们儿可是我的老朋友，我经常来他这儿喝茶散心。真真，你也经常来吗？我看'非爱不可'上，你是要和他做朋友的，是为了那件事吧？"沈鱼水说着，挤了挤眼，"怎么不早跟我说啊。"

沈鱼水又转向庄利民："庄兄，真真可是我的女哥们儿，咱们患难与共过，今天这儿可是没有外人。"

庄利民道："是啊是啊，我们都是从农村来的，根子都在农村。"

"你说错了，咱们不仅是农村来的，现在就在农村呀，难不成你这农庄是城市？马路在哪里？楼房在哪里？二层楼的豪华厕所在哪里？"

说了一会儿话，三人有说有笑地进入农庄。农庄有一片山林，满山的果树葱茏翠绿，啾啾的鸟叫声充盈在山林间，偶尔可见一两只小鸟在树林间飞进飞出，林下有一群鸡正在悠闲地觅食，农庄显得分外宁静。庄利民领着沈鱼水、肖真真在农庄的果树林里转悠，三人走近一片果树林，果树的树枝上挂着一些模具套。

庄利民介绍说："这些树就是结人参果的。"

"这些个套子是干啥用的？"沈鱼水问。

"那是模具，果子套在里面就长成小人儿的模样了。"

"哦，原来是这样呀，下次我给你一些人民币的模具，你也给咱弄点钞票花花。"

庄利民、肖真真被沈鱼水逗乐了。沈鱼水扒开一个模具，看里面的果子，"真真你快来看，这人参果还分男女呢！"

肖真真过去打量，只见那人参果果然有男娃娃、女娃娃形状之分，也啧啧称奇。

沈鱼水道："庄兄，我琢磨着这人参果应该换个名字，叫爱情果，对推销肯定有帮助。"

"成，就按沈哥说的办，这农庄上我说了算。"庄利民爽快地答应着。

说话间，已到了午饭时间，庄利民招待沈鱼水、肖真真吃饭，三个人坐在桌子前，服务员不断地上菜。几条狗摇着尾巴，在桌子下面嗅来嗅去地转着，除一条西施犬，其他几条狗都是草狗。西施浑身脏兮兮的，原本白色的皮毛已经分辨不出颜色来了，它不断地竖起身子，向桌上的人"作揖"。沈鱼水往桌下丢了一块骨头，几条狗开始争抢，西施也毫不示弱。

沈鱼水奇道："这西施够凶的呀。"

庄利民笑了："你不知道，刚来的时候可穷讲究了，进个门还得人帮它把脚擦干净。"

"它是个什么来历？"沈鱼水问。

"嗨，我一个朋友买了送他女朋友的，后来那女的搭上了一个海归，就把狗给送回来了。我朋友看见它就会想起以前的女朋友，实在养不下去，这不就送我这儿来了。"庄利民介绍道。

肖真真叹道："可怜的还是动物。"

庄利民继续说："一起送来的还有狗绳、狗衣服、狗梳子、电吹风一大套，朋友嘱咐我善待娇娇，说不然就对不起他的女朋友。我一听气就不打一处来，朋友一走就把那些玩意儿给通通扔了，狗名字也让我改了，现在它叫旺财。"

"好好好，这个名字好，难怪你的农庄这么兴旺呢，可是要托旺财的福啊！"沈鱼水赞道。

"哈哈哈……"庄利民笑了几声，叹了口气说，"这狗把我的朋友弄得人不人鬼不鬼，后来竟然看破红尘出家当了和尚。"

"话虽这么说，但狗是无辜的。"肖真真说。

"也是……庄大哥，我想求你一件事，你把这旺财送我得了，我想带回去养，也沾点财气呀。"沈鱼水说。

"你迟了一步，真真上次来已经领养了。你俩可真都是好人。"

沈鱼水和肖真真对视了一眼，目光随即分开。

"哪里哪里……"沈鱼水打起呵呵。

吃好午饭，肖真真从随身携带的大包里取出电吹风、浴巾、香波一套东西。沈鱼水奇怪地问肖真真要干什么。

"我今天来是专门给旺财洗澡的。"

"你不把旺财带回去吗？"

"先放农庄上。我已经跟庄大哥说好了，等我姐姐来再把它带走，我这东跑西颠的，一出门家里就没有人了。"

二人说着，开始给旺财洗澡。沈鱼水将旺财按在洗菜的水池里，肖真真放水给狗洗澡。旺财一边挣扎，一边惊恐地叫着。

"真真，养旺财算我一份吧，狗粮供应归我了。"沈鱼水一边按着旺财，一边说。

"沈哥，看不出来，你这人还挺有爱心的。"

"什么话，我这爱心大了去了，不会亚于你肖真真。"

"唉，他们谈恋爱、闹分手，旺财有什么错呀，落到这个地步！"

"是啊是啊，旺财被爱情所伤，也要为爱而获得幸福，这是必须的……我看它就是一条爱情狗。"

"爱情狗？单身狗，哈哈哈……"肖真真笑了起来。

沈鱼水突然"哎呀"叫了一声，原来，挣扎中的旺财突然在沈鱼水的手上咬了一口。沈鱼水痛得一下子放开旺财。旺财趁机跳出水池，一身泡沫地向外窜去。

"旺财！旺财！"肖真真追了出去，庄利民和服务员都闻声而来，一伙人前后左右地堵截旺财，一时间厨房里乱成一团。

03

何珺去了趟"城南家政服务中心"。按她的要求，要找一个老实能干、手脚勤快的保姆，除了饭菜烧得好，最重要的一条，年龄要在五十岁以上，六十岁的更好。恰巧，此时正有一个完全符合要求的保姆在应聘，简单交谈了一下，何珺觉得很满意，便领着她去了冯大吉住的老屋。

小张一开院门，何珺就把她拉到一间空屋里，一阵哄吓之后又多给了她两千块钱，把小张笑嘻嘻地打发走了。然后领着新来的保姆张妈进了屋。

这时，冯大吉在床上睡着了，房间里的灯已经熄灭。面对床头的电视机正在播放一部恐怖片，电视遥控器放在冯大吉的枕边。恐怖片中的主角发出凄厉刺耳的惊叫声，冯大吉被惊醒。

"小张！小张……"冯大吉惊恐地叫了起来。

张妈走近床前，"先生，您有什么事？"

电视机射出的昏暗光线下，张妈的一张老脸如同鬼魅，冯大吉吓得大叫起来："啊！啊！鬼，鬼啊！救命啊！"

何珺把房间里所有的灯全部打开，坐在床边搂着冯大吉，抚着他的后背。冯大吉双手紧紧搂着何珺的腰，脑袋深埋在何珺的怀里。

冯大吉稍稍平静，慢慢松开双手，探出头来，"小、小张呢？"

"我已经辞了，以后就让张妈照顾你，张妈做的菜可好吃了，她家祖上几代都是御厨。你从小挑食，以后算是有口福了。"何珺哄着冯大吉。

"什么御厨，什么玩意儿！你给我把小张叫回来，把她叫回来啊！"

"张妈，你先出去一下，我跟他说几句话。"

张妈走出房间，冯大吉继续嚷嚷："我不管，我不管！反正你得把小张给我叫回来，否则我跟你没完，没完！你死定了！"

何珺笑眯眯地看着冯大吉。冯大吉说："小张是我妈雇的，你没有解雇她的权力！"

"换保姆正是阿姨同意的，是她让我坚决换掉的。"

"你胡说，不可能！"

"大吉，咱别闹了好不好？这都是为你好，你要是再闹，我就把你的那些声色犬马不务正业的烂事儿告诉你爸妈，看他们不打断你的腿！"何珺语带威胁地说。

"我、我，我的腿已经断啦！"

"那就把那条好腿也打断，省得你成天地这么不安分！"说着，何珺站了起来，拍了拍大吉的头说，"好了，我要去上班了，有什么事就叫张妈，我下班再来看你啊！"

04

王小迅家的厨房里，洗碗槽里堆满了碗筷盘碟，沈鱼水一面洗着水池里的碗，一面哼着小调。

王小迅走到厨房门前，倚在门边说："鱼水，这一阵子咱俩都很忙，你就别过来给我做饭了。"

"这不礼尚往来吗？你去我那做了一顿，甭提我有多感动了，我这人就这样，滴水之恩涌泉相报。"

"你就别贫了，我说正经的，不能耽误了你的事儿。"

"嗨，我那事儿归根结底两个字，无聊，还是王总的事情重要。"

"沈鱼水，你记仇是不是？我告你，再无聊的事总比不做事要好。你说以后咱俩在一起，什么事情都不做，成天大眼瞪小眼的，无不无聊啊！"

沈鱼水抖了抖手上的水，"王总说得太对了，人生在世就得这样，把无聊的事干到底，干出不无聊的感觉来，然后就可以含笑九泉了。"

"切，过分！"王小迅离开厨房门，回到客厅里。

沈鱼水在厨房里对外嚷嚷着："哎对了，小迅，明天我要去见李总他们，晚上有一个饭局，就不去你们公司接你了。"

"你有多长时间没来接我了？也没见你打过招呼，今天是怎么了？"

"这不那天你问我了吗？其实我心里一直惦记着接你的事，我可是这天底下第一车夫！"

"好了好了，你心里也不要有什么负担，以后不接我是常态，有时间来接我事先给个电话。"

"那可不行，这第一车夫虽说不比第一丈夫……"

"你就别废话了，就这么定了。"

05

沈鱼水开着奔驰，把肖真真带到"天香苑"餐馆。沈鱼水清楚地记得，第一次请李嫣吃饭也是在这家餐厅。他和肖真真坐在桌子前，肖真真展开菜单。一名服务员拿着无线点菜终端站在一旁，另一名服务员则忙着给他们泡茶。沈鱼水静静地看着肖真真点菜，手指在桌面上轻快地敲击着。

翻看了一会儿，肖真真喃喃地说："怎么这么贵啊！"

"真真你尽管点，拣自己爱吃的点，千万别为我省钱，他们这儿的环境、服务也值这个价。"

肖真真"啪"的一声合上菜单，对沈鱼水说："走，咱们换个地方，这也贵得太离谱了！"

"坐都坐下了，多大的事呀，今天可是我请你。"沈鱼水大剌剌地说着。

"那就更不可以了。"肖真真站了起来。

"人家茶水都倒上了，餐具也都拆了……"

"那就付他们茶水钱！"肖真真拿上挎包准备离开，沈鱼水也只好跟着站起来。

两人上了沈鱼水的车，按着肖真真的指点，沈鱼水开着车来到街边的大排档，找了一张桌子坐下。

"沈哥，美食在民间，你有没有听说过？"肖真真边用手纸擦桌子，边问沈鱼水。

"哎呀，这话怎么像我说的！"沈鱼水想起上次请李嫣吃大排档时的情景。

"你说的？这又不是什么名人名言，又没有专利。"

"不是名言胜似名言，简直，简直就是真理啊！"

"夸张……不瞒你说沈哥，我最烦大饭店了，无论走到哪里，我最爱逛的就是路边摊，最爱吃的就是当地的小吃。"

大排档的伙计走过来，肖真真点了豆腐串、牛肉串、小鱼串、山药串等，最后道："先这样吧，两个人的食量，不要太多了。"

肖真真点菜的时候，沈鱼水兴奋不已，双手互搓，脸上抑制不住地露出笑容，自言自语着："默契，默契，真是默契，知己呀……"

"你念叨什么呢？"

"没什么没什么，我是说，你点的都是我爱吃的。"沈鱼水一脸兴奋。

"这就好，那咱们可得吃完，不能浪费了。"

两人边吃边聊，沈鱼水用餐巾纸擦了一下嘴，从包里拿出一个文件夹，放在桌上。肖真真问是什么，沈鱼水说是你的新书策划案。

肖真真奇怪地看着沈鱼水。沈鱼水把文件夹递给肖真真，说道："上次不是跟你说了吗，你的那些旅游随笔得结集出版。如今旅游可是大热，驴友行者是一种生活方式，加上你女性的视角和才华，出了一定大卖！"

"我，我还真没想过……"

"不用你想，不用你动一根指头，文章我都帮你收集齐了，已经让下面的编辑在录入了，你只要点个头，就等着拿版税好了。"沈鱼水敲了敲桌沿。

"沈哥，你干吗对我这么好啊？"

"你救过我的命，是沈某的大恩人，这点小事……"

"别说了，什么恩人不恩人的，咱们这样交朋友有意思吗？一点都不平等！"肖真真微笑着说。

"好好好，咱不提这茬，但你劳动的成果总得最大化，否则不就吃亏了？就算是帮我一个忙吧。"

"不帮！"肖真真假装绷着脸说。

"唉，真真，我是真心实意地想为你做点什么，这出书的事又被你否决了。"沈鱼水有点失落。

"谁让你高高在上的？再说了，我那些文字大多是一些约稿，以见闻为主，根本就不值得出书！"

"嗨，这年头，是人是鬼都出书，都是作家……"

"我可不是作家。"

沈鱼水知道比喻失当了，慌忙说："那是那是，哦，不是不是……"

肖真真笑出声来："这样吧，本姑娘看你可怜，就让你帮个忙吧，但说好了，是作为哥们儿。"

"那是那是，我保证，你说。"沈鱼水连连点头。

"我这不是为《国家地理》撰稿吗，涉及一些专业问题，有关的书籍太难找了，上网去搜也都是一些简单的资讯……"

"我知道了，你是让我去找书！那敢情好啊，别的不敢说，书这玩意儿我太不缺了，沈鱼水就是做书的嘛，要多少有多少，明天就让人给你送过去！"

"沈哥你别急呀，我要找的可是具有参考价值的书。"

"甭管什么书，我那都有，都能找到。真真你现在就开一个单子。"沈鱼水转身招呼大排档的伙计，"小伙子，拿张纸来！"

06

这天一早，肖真真换上运动服，拿上钥匙，准备出门跑步。在门口换好运动鞋后，往外推门，门却只被推开一条缝，再推就推不动了。肖真真站起身，用身体靠在门上，用力向外挤，只听"哗啦啦"几声大响，门终于被推开了。

肖真真伸头一看，门外的走廊上散落着一地的书，大概有两百本，小山似的。门前靠墙的地方竖放着一大束鲜花，花上插着一张卡片。肖真真捡起卡片，上面写着："真真：一时我也搞不到你要的专业书，这些书都是鱼水书业出的，关于吃喝玩乐消遣怡性的……愿你在写作之余也能加强放松，来日方长！鱼水敬上。"

肖真真嘴角咧了一下，"这个沈鱼水。"再把门口的书挪开，腾出地方把门打开，然后一趟趟地往屋里搬运，找地方码放好，累得她气喘吁吁。

刚搬完书，肖真真的手机短信铃音响了，果然是沈鱼水的，"书收到了吗？不够我这还有。"

肖真真回复短信："正准备出门跑步，现在不跑了，改搬书了。不过也达到了锻炼的目的，谢谢啦！"结尾，肖真真还附上了一个调皮的笑脸符号。

休息了一会儿，肖真真走到窗边打电话，窗外的阳光照射进来，肖真真一只手在眼前遮挡着，楼下车水马龙，一派喧嚣繁华。

"姐，你到底什么时候来呀？……哎呀，你的那些事是永远也忙不完的……人家忙活半天，你总得见一面啊……你不结婚那我怎么办？我是不会在你前面嫁人的！……姐，我求你了！"

07

沈鱼水正在自己的办公室工作，马丰推门进来了。沈鱼水赶紧起身和马丰坐到沙发上，把电咖啡壶搬到茶几上，磨好咖啡，加上水，沈鱼水拿着一把长柄不锈钢调羹在咖啡壶里慢慢搅动，这才问马丰有什么事要来办公室找他。

"我真没事，纯粹路过，这么长时间没你消息了，有点反常。"马丰轻松地说。

"你肯定有事儿。"

"真没事，没你消息有点不放心呀，哥们儿，你可不是个安分的人。"马丰仰靠在沙发上说道。

"瞧你说的，我刚准备感动一把，原来你是怕我害你啊。"

"有点儿……上次你说的那事怎么样了？"

"什么事？"

"你就别揣着明白装糊涂了，就是约会女嘉宾的事。"

"哦哦哦……"沈鱼水一拍脑袋，"你是说肖真真啊，哥们儿，我真没想到，你，你竟然还惦记着。"

"我可没惦记，你忘了最好，算我没说。"马丰喝了一口咖啡，起身准备告辞。

"哥们儿，你别急呀，此事正在有条不紊地进行，一切都在我掌控之中，你放心，目前只剩一关了，所谓黎明前的黑暗，此关一过我保你一马平川……"沈鱼水拉着马丰的手，一脸兴奋地说着。

"狗改不了吃屎！我说你不是个省事的主儿吧，但我还是要警告你，最后的警告，赶紧悬崖勒马！"

"我要不勒这马呢？"沈鱼水诡笑着看着马丰。

"出了事你可别怪我没提醒过你！"

"能出什么事呀？除非是喜事儿……"

"小迅要是知道了，我这儿可担待不起！"

"嘿，这是你找媳妇儿，关小迅什么事呀？你是不是要摽着我媳妇儿，一辈子不找你自个儿的媳妇？"

"妈的，你这说的还是人话吗？"

"哈哈哈，你一大主持靠嘴吃饭的，居然说不过我，沈鱼水的虚荣心得到了极大的满足！哈哈哈哈。"沈鱼水放肆地笑起来。

"你就笑吧，哭死的日子在后面呢！"马丰起身出了门。

08

冯大吉半躺在床上，怒目圆睁，地上是打翻的托盘和午餐，闹着非要把小张找回来，否则就绝食，张妈拿着扫帚正在收拾。何珺哄了他一会儿，见他还在没完没了地胡闹，就没再跟他啰嗦，嘱咐张妈推进来一部轮椅。

"大吉，你看我给你买什么来了。"

看见轮椅，冯大吉眼睛一亮。何珺让冯大吉坐上去试试，冯大吉赌气，死活不肯坐。何珺劝道："坐上来试试嘛，以后我可以推着你到处走走，咱们夫唱妇随，显得多恩爱多般配呀。"

"恩爱？般配？我看你是脑残吧？还，还不如我这腿残呢！"

何珺一拍轮椅，"你骂我是不是？我告你冯大吉，我还不是看你在床上憋得难受，怕你憋出毛病来？那行，我马上就把这轮椅给退了，看不把你这瘸子给憋死！"说完推起轮椅要走。

冯大吉急了，下意识地直起身体，"哎哎哎，珺，珺啊，咱们有话好好说嘛！哎哟……"

"知道就好。"何珺背上自己的挎包，走出屋子去开车，冯大吉操控着轮椅从屋里出来，对着车屁股来了个飞吻，"Bye-bye，宝贝儿！"

何珺的汽车开出院门。冯大吉驾驶着轮椅，异常兴奋地在院子转圈，自言自语地说着："这玩意儿还行啊。"转了一圈又一圈。

09

肖真真的姐姐肖翠翠来了，刚休息了一会儿，就手脚麻利、忙前忙后地收拾洗涮，弄得肖真真都插不上手。肖翠翠看上去比肖真真苍老许多，看起来好像不是同一辈人。无事可干的肖真真坐在沙发上，一边和沈鱼水通着电话，一边和姐姐不时地交换着眼神。

电话里，沈鱼水急切地说："真真啊，这几天我都在琢磨你姐姐和庄利民的事，咱们得让姐姐人过来呀，让他俩处处，有些事是不能代劳的，光说不练相当于纸上谈兵。"

肖真真看了眼姐姐，笑道："我都不急，你急什么呀？……对了，你和你女朋友最近怎么样了？也不见你提。"

"我的事不说也罢，有名无实，实在也没啥可说的……你赶紧催一下你姐姐，你俩可不能再彼此耽误了……"

"实话告诉你吧，我姐已经来了，正在我这儿帮我收拾呢，她这人闲不住。"

"什么，你姐已经来了？你怎么不早说呀，也不早点通知我！没说的，晚上我请客，请你姐，为她洗尘接风！咱可说好了，不吃路边大排档，得上正儿八经的饭店……好不好吃不重要，那、那是对姐姐的尊重！"

肖真真捂着电话和肖翠翠商量了下，又对沈鱼水道："我姐说了，在饭店里吃钱都让饭店给赚去了，咱干吗不自己赚，还是在家里做，既便宜又干净。"

"这哪儿行呀，不行不行……"沈鱼水不同意。

"我姐做的菜可好吃了，我也有很长时间没吃姐做的菜了。要不这样得了，我姐做饭，买菜的钱你出。"

"嗨，买菜能花多少钱啊。"

"我们挑贵的买，保管让你心疼，这总行了吧？"

沈鱼水只好答应下来："那，那好吧。对了，庄利民我去约，怎么地我也得把他给架过来，咱们在他那儿也吃了多少顿了。"

"那行，不过我姐来的事要不要提？"

"我见机行事，你就把这个权力下放给我，保证不会误事。"

午饭过后，肖真真带姐姐去商场买衣服，刚下楼就遇到提前赶来的沈鱼水，肖真真只好把钥匙交给沈鱼水，让他在家等着，姐俩继续出门买衣服。

沈鱼水有些拘谨地在沙发上坐了会儿，然后站起身四处游逛，东摸西看。房子各处都被收拾得一尘不染，阳台上晾着洗好的床单、衣物，做好的菜肴整齐地排列在灶台上。

坐了半天，沈鱼水靠在沙发上快睡着了。这时门口钥匙声响，肖真真、肖翠翠开门进来了。沈鱼水站起来打招呼，肖真真却没应答，阴沉着脸快步冲进卧室。

沈鱼水还没来得及问清情况，就听见卧室里传出肖真真的痛哭声，凄厉异常，就像是野兽的哀嗥。

沈鱼水惊异地看着肖翠翠，问怎么回事。肖翠翠叹了一口气，让他去问肖真真。

沈鱼水走进卧室，见肖真真趴在床上，仍在号啕大哭。

沈鱼水轻轻拍了拍肖真真的肩膀，"真真，到底出了什么事？你告诉我，我、我被吓着了……"

肖真真边哭边喊："不干你的事，你走吧！"

"谁欺负你们了？有、有我沈鱼水在，天塌不下来……"

"你出去！出去！你出去啊！"肖真真声嘶力竭地叫着。

沈鱼水劝了半天，肖真真的情绪慢慢复归平静。沈鱼水开着车，把肖真真带到湖边，在一处僻静的堤岸停下。两人并排坐到后排座位上，沈鱼水轻抚着肖真真的后背。

看着黑暗的河水，肖真真开始讲述自己的往事。

"我妈死得早，我们姐妹是我爸一手带大的。小时候我们家很穷，但我们姐妹很争气，学习成绩从来都是班上的第一第二。我姐她为了我，自动留了两级，和我在一个班上……和那些欺负我的男生干架，姐姐不知道受过多少伤啊……唉，这些都不去说它了。高考那年，姐和我都考上了，被同一所学校录取，还是同一个专业，本想着又能和姐姐在一起，住同一间宿舍，在同一间教室里上课，可是……"说着说着，肖真真已是泪眼婆娑。

"出什么事了吗？"沈鱼水轻声问道。

"在人家那是喜事儿，可在我们家那就是一场灾难呀！都是因为家里穷，没钱供我们一起读书。翻尽了家底，东挪西凑，能借的亲友都借遍了，这才凑够了一个人的学费，我爸成天地愁啊，他的病根就是那时候落下的……"

"后来呢？"

肖真真啜泣着："后来，后来我姐就谁也没告诉，就，就去外地打工了！"

"你是说，你姐把上大学的机会让给了你……她，她真是太伟大了！"

肖真真平静了一些，说道："我读大学期间，我爸就去世了，这个家就靠姐姐一个人撑着了，又要还债，还要供我往上读，我姐什么样的苦没吃过呀？你看看她的那双手，那，那还是一双女人的手吗"说到这里，肖真真已经泣不成声，大颗的泪滴，扑簌簌落下。

肖真真又讲述了下干的遭遇。

姐妹俩来到商场后，肖翠翠拿着一件衣服在镜子前面比画，肖真真觉得这件衣服太老气，要去别处看看。一旁的营业员随口说道："老气嘛呀，这色儿你妈穿正合适。"

肖真真听愣了，问营业员说什么，营业员就又重复了一遍："我说你妈穿这色儿好看啊。"

肖真真的心像被钢针猛扎了一下，歇斯底里地大叫："她不是我妈。"说完便拉着肖翠翠的手跑出商场。

"今天是有人戳到了我的痛处，我、我太对不起我姐姐了！"肖真真再次哭出声来。

沈鱼水赶忙拍着她的后背，"不哭不哭，姐姐不是都没当回事儿吗？"

肖真真边哭边说："她才比我大两岁呀，怎么就老成那样了啊！怎么就成了我妈了呢！这，这都是为了我啊！"

沈鱼水伸出胳膊从背后搂住肖真真，"别难过，别难过，以前的事情真的已经过去了，以后你，不，是咱们，咱们好好报答你姐姐就是了，大家都得往前看呀……"

11

天色已经暗下来，二人似乎都有些忘我了。

肖真真突然推开沈鱼水，停止了哭泣，静静地看着他。过了一会儿，肖真真拉起沈鱼水的手，黑暗中，眼睛里闪着光。

"鱼水，我知道你喜欢我，我也喜欢你，但我发过毒誓，一定要让姐姐先结婚，她不结婚我也不结，一辈子不结，也不和任何人谈恋爱！"

"这你说过的……"

肖真真仍看着沈鱼水，"你，你能等得起吗？"

沈鱼水有些颤抖地将手从肖真真的手里抽出，"这这……

真真你听我说，既然你把心里话都告诉了我，我再也不能隐瞒了，其实也不是故意隐瞒啦，从一开始这里面就有误会了。"

"误会？"

沈鱼水低着头，嗫嚅着："真真，我是结过婚的人，领了证。"

"你说什么？"肖真真猛地坐直了身子。

"真真你听我说，我的确是想把一个好朋友介绍给你的，我最好的哥们儿，他真的比我优秀，优秀十倍还不止……"

肖真真大声地说道："我不听！你，你这个骗子！"说着，打开车门准备下车，沈鱼水侧过身去又把车门关上了。

肖真真用力推着车门，"你让我下去！"

"我，我不让。"沈鱼水紧抓着把手。

"让我下去！"肖真真使劲地推车门，车门反复地拉开、关上……肖真真终于停下了，瞪着沈鱼水。

沈鱼水满面愁容地解释："真真，你得听我把话说完啊，开始的时候，我的确是为了那哥们儿，但后来我发现自己，自己喜欢上你了……"

肖真真平静地问道："什么时候的事儿？"

"其实我一直喜欢你，只是不知道，明确地听见自个儿的心声，应该、应该就是刚才吧。"

"晚了。再说知道了也没用，你是有婚姻的人，没这个资格！"肖真真突然打开车门，跳下车去，疯了似的向远处跑去。

沈鱼水连声喊着肖真真，急忙下车，可是肖真真已经跑远了，黑暗中看不见她的身影。

旷野漆黑一片，任凭沈鱼水如何呼喊，却无人应答。沈鱼水回到驾驶座上，打开了车灯。他转动着车头，让车灯扫射前方，只看到黝黑闪光的湖面和湖边丛生的灌木，并没有肖真真。沈鱼水边开车兜着圈子，边将脑袋探出车窗外，大喊着："真真！真真！你在哪里啊？你到底在哪里啊？我爱你！我爱你！肖真真，你太值得我爱啦！"

旷野上回荡着沈鱼水怪异的呼喊声。

第十一章　风　波

01

郑道然是本期"非爱不可"的男嘉宾。与先前的男嘉宾不同，郑道然不是一个人来参加节目，与他同来的还有一个规模可观的团队。这个团队的唯一任务，就是确保郑道然此次登台能顺利牵手女嘉宾方菲。

郑道然是外市一家企业集团的老板。在商界的多年历练让他行有余力，业务做得顺风顺水，而财富的急剧增加，更令他顾盼自雄，志得意满，美中不足的是他迄今还是单身。作为人们眼中的钻石王老五，想与之结成百年之好的女人比比皆是，身边的各色美女也从未间断过，但这林林总总的美女他一个也没看上。郑道然经常用"还没遇到能够拨动我心弦的女人"来搪塞关心他婚姻的人。他心里明白，自己最想得到的，是和他挽着手参加各种商界活动时，能吸引场内所有目光的女人。直白地说，这个女人要能为他的商业活动加分。

一个多月前，他在收看"非爱不可"节目时，更确切地说，是他看到女嘉宾方菲的一瞬间，猛然意识到，这个美艳如花又有艺术气质的女人能够满足他理想中的所有愿望。现在，他已经可以告诉关心他婚姻的人们，自己那根沉寂多年的"心弦"被"拨动"了。

通晓经营的郑道然要用运营企业的方式来确保他相亲成功。在商场上纵横捭阖，一步步发展壮大，他所依靠的就是这套方式。在他的安排下，公司运营经理负责组建了一个团队，专门策划运营整个相亲事宜。

运营经理自然不敢懈怠，很快通过各种渠道聘请了一批专事宣传策划的人员，从分析研判方菲的心理入手，制定出细致的方案，目的就是要在郑道然来深都参加节目前，让方菲一步步从心理上认可、喜欢、最终接受郑道然。

在他们看来，表演专业出身的方菲必定会有强烈的成名欲，因此，满足方菲的成名欲被他们认定为全部操作的重点方向。基于这种认识，他们通过各种关系，除了在纸媒上宣传，还通过网络、微博、微信等新媒体，建立专门的账号，全方位地炒作方菲。

没过多久，方菲果然被媒体炒热，网上的粉丝数很快接近百万。运营团队又及时投入重金，雇人组成粉丝团，让粉丝团成员守在光灿大厦周围，每到节目录制期间，场内场外到处都有为方菲呐喊助威的粉丝团成员，场面蔚为壮观。眼看计划一步步落实，运营团队及时和方菲进行了有效的沟通，成功地安排了郑道然和方菲共进晚餐。

在郑道然看来，所有的运营都在有条不紊地接近最终目标，和方菲在节目上牵手更像是一个仪式。和方菲共进晚餐时，他没有告诉方菲自己要上节目与之牵手，他知道小女生喜欢不期而遇的惊喜，而方菲也就是个涉世未深、乳臭未干的小丫头，同样需要这样的惊喜；另一方面，他也愿意通过"非爱不可"这个窗口，把自己的订婚仪式做成一个万人景仰的童话，同时也成为他在商圈中可以长期热议的佳话。

眼看节目录制的日子将近，郑道然来到深都，入住早已订好的深都大厦总统套房。让郑道然没想到的是，拍摄节目用的VCR并不完全由他自己决定，还得听从节目组的安排，而节目组为他安排的一条VCR，竟然要在方菲父亲的墓地拍摄。虽然郑道然很不乐意，但想着要感动方菲，他也就勉强同意了节目组的安排，开着自己的豪车去了墓地。

来到方菲父亲的墓地前，郑道然摘下墨镜，把一束鲜花放在墓碑前。只见墓碑上的相片是一个微笑的中年男子，墓碑上刻着"父亲大人方强之墓，女儿方菲敬立"的字样。

罗书扛着摄像机，站在墓碑一侧，对着郑道然拍摄。郑道然对着墓地三鞠躬。

罗书一边摄像，一边对郑道然说："跪下，跪下，磕三个头，这样才更显出你的诚意！"

郑道然看了看罗书，有些惶然地说："这……这也太……太夸张了点儿吧？"

罗书也不吱声，走过来抓住郑道然衣领，把他往下一摁，"让你磕你就磕，废什么话，保准你管用！"

郑道然被摁得无法动弹，只好跪着磕了三个头。

拍摄VCR的过程让郑道然觉得有些屈辱，但他毕竟是在商战中打拼出来的，为了成功而忍受胯下之辱的经历他多次承受过，成功高于一切的商战信条已经融入他的灵魂。回到宾馆，郑道然洗了个澡，然后穿上浴袍，给自己倒了杯红酒，慢慢走到窗前。深都大酒店是五星级豪华酒店，从郑道然入住的顶层总统套间的窗口向外看去，深都的夜晚灯火辉煌。想着即将到来的成功，郑道然刚才还有的屈辱感荡然无存，甚至已经有些飘飘然了。他轻轻地抿了一口红酒，拿起手机拨通方菲的电话。

"菲菲，人都说一日不见如隔三秋，以前道然没感觉，可自打和你见过一面之后，道然算是领教那个滋味了！"

"郑总又说笑了，你身边又不缺漂亮女孩儿，怎么会想我啊！"电话里能听出方菲在笑。

"非也非也，道然只对菲菲情有独钟啊！唉，你现在要是在道然身边，那该有多好啊。"

"可惜你在别的城市，否则你可以请我喝茶啊！"

"我现在就可……"郑道然突然意识到差点说漏了嘴，赶紧刹住，"我现在，可想请你喝茶来着，可惜太远了。"

"郑总，真的很谢谢你！我的粉丝数量就快突破一百万了，真不知道该怎么感谢你。"

"菲菲，千万不要说感谢的话，把我看成你的一个忠实粉丝就可以了，粉丝为偶像做点儿什么，那都是心甘情愿的。"

"话是这么说，那些个大腕儿，也不乏一些高级粉丝的支持，可对我一个无名小辈，让郑总那么破费，我心里好过意不去呢！"

"你看你看，又跟我客气了不是，咱不说这个，说点儿别的吧……"

两人聊了良久，直到方菲挂掉电话，郑道然才扬扬得意地放下电话，自言自语道："小样儿，看我明天不把你收了……"

晚上下班，沈鱼水回到家，看见王小迅正准备出门。

"小迅，你怎么来了？来了也不告我一声，早知道我就早点儿回来嘛！"

"我怎么不能来？咱们虽然是隐婚，但我也是正儿八经的沈太，帮你收拾，也是在收拾我自个儿的家呀。"王小迅边说边收拾着自己的小挎包。

"小迅，你都承认这是自个儿的家了，就搬过来呗？"

"那不成！"

沈鱼水没好气地说："爱搬不搬，反正我对你已经不抱指望了，以后你就是想搬过来，说不定鱼水还不同意了呢！"

王小迅放下小包，盯着沈鱼水，"沈鱼水你什么意思？"

"没……没什么意思，我……我就是心里憋屈，你说你这……"沈鱼水知道自己说漏了嘴，变得语无伦次。

"沈鱼水，你要是想给房子的女主人改名换姓，我没意见，把你自己搭进去也行，随你的便！哦，差点儿忘了，今晚播出的'非爱不可'，你一定要看，我走了。"王小迅背上挎包，往门口走。

"哎哎小迅，不一块儿吃饭了？"

"不吃了，我忽然想起来，今晚的播出带有个地方需要改动，我得马上去电视台跟他们沟通，必须走了。"王小迅说着换了鞋子，开门离开。

"你刚才说什么？今晚的节目，我一定要看，为……为什么？"沈鱼水追到门口问王小迅。

"你的那个女哥们儿，这一期已经跟人牵手了……"

沈鱼水心头一凉，他已经好些天没有肖真真的消息了，打电话关机，去敲门也无人应答，这让沈鱼水万分焦急。听王小迅这么一说，沈鱼水便匆匆吃好晚饭，提前打开电视机，坐到沙发上，紧张地等待着节目的播出。

肖真真当场牵手了一位男嘉宾，过程简单得让人难以置信。沈鱼水想不明白，肖真真怎么会看上这个年纪很大又毫不起眼的男人。

牵手之后，肖真真和男嘉宾手拉着手，接受后台记者采访。

男嘉宾开心地说："非常感谢女嘉宾给我留灯，我真的没想到，她虽然不是我的心动女生，但比心动女生还要让我心仪，开始没选她是因为我觉得压根儿不可能……"

记者问："这下您梦想成真了，比梦想还要理想？"

男嘉宾笑着回答："那是，那是。"

记者将话筒伸向肖真真，肖真真笑盈盈地说道："我比较实际。虽然男嘉宾年龄比较大，都能做我父亲了，还离过三次婚，有三个孩子，但说明他有这样的经济实力呀。来这个舞台不就是想找人结婚的吗？况且男嘉宾的事业在美国，我的英语也不错……"

肖真真和男嘉宾两人各伸出手臂，摆出一个心形造型，对着镜头摆手。

沈鱼水再也看不下去了，他气急败坏地从沙发上跳了起来，把手里啃剩下的半块苹果狠狠地扔到地上，冲着电视机喊起来："真真，你有没有搞错，那个矬人，他、他怎么配得上你！"

沈鱼水拿出手机，拨打肖真真电话，语音提示已经关机。

沈鱼水回头再看电视，画面上，马丰正在主持节目。沈鱼水边拨打马丰的手机边嘟囔："矬人，凭什么啊，你个矬人。"

马丰已经接通了电话，"鱼水，你骂谁呢？"

"不是骂你，不对，就是骂你的，你个矬人，在哪儿呢？"沈鱼水冲着手机吼道。

"在家呀，怎么回事儿？"

"在家给我等着，我过来找你。"

沈鱼水挂断电话，抓起车钥匙便急匆匆地出了门。

03

马丰穿着便装，站在小区大门口边上，沈鱼水的车从对面快速转弯过来，"嘎"的一声，擦着马丰停下来，吓得马丰趔趄了一下。

马丰叫道："行凶杀人哪你，差点儿轧到我。"

沈鱼水下车，一把揪住马丰的衣领子，"你个矬人，肖真真怎么回事？"

马丰掰开沈鱼水的手，"你给我松开，发什么神经啊你？"

"肖真真和那样一个矬人牵手，你为什么不阻拦？"

"我为什么要阻拦？人家两相情愿，我只有祝福的份儿……我说老沈，你吃的哪门子醋？肖真真是你什么人，是你闺女还是你妹啊？"

"我，我就是气不过。你这个做红娘的，也不能乱牵线呀，那两人根本就不配！再说了，你是知道我想把肖真真介绍给你的，你总得对人负点责吧，就是不想要，也不能这样埋汰人家吧？"

"我明白了，是你想要肖真真，对吧？"马丰审视着沈鱼水。

"胡说，我……我还有小迅呢！"沈鱼水叫着，回避马丰的目光。

"算你清醒，我告诉你沈鱼水，你要是敢做伤害小迅的事……"

"说呀，我要是做了对不起小迅的事，你会对我怎么样？"

"我？我不能把你怎么样，也不关我屁事。不过你也不用那么丧心病狂，肖真真和那个男嘉宾，也并没有牵手。"

"你说什么？电视上明明……"

"台上是牵手了，不过一出演播室，肖真真就提出分手了……"

沈鱼水强压着内心的喜悦，但脸上还是不自觉地露出了一丝笑容。"什么？没牵？到底咋回事儿？"

"这你得去问肖真真呀，别人怎么会知道。"

"那你怎么说她提出分手了？"沈鱼水还是不相信。

"我没听到就不能听别人说了？哎，我说沈鱼水，肖真真没跟人牵手也不至于让你这样吧，你高兴什么呀？"

"我……我才没高兴呢，关、关我屁…什么事儿，我跟她又没什么关系。"

04

第二天一上班，沈鱼水又尝试着联系肖真真，反复拨打电话，但对方始终处在关机状态。一筹莫展的沈鱼水颓然地仰坐在办公室那张宽大的靠椅上，眼前的电脑屏幕上是他和肖真真在戈壁滩的那张合影。看了一会儿，他抓起手机，再次拨打肖真真的电话。"嘟……嘟……"电话居然接通了,沈鱼水欣喜若狂,"谢天谢地!真真你总算接电话了,联系上你可真不容易,你还好吗?"

"就那样儿吧,找我什么事?"此时,肖真真正在一处偏僻的山地景区拍照,她孤身一人,边走边拍。

"没,没什么事,我明后天要到西安出差,想问问你在哪里?如果离得近,我也可以赶过来,给你做个伴儿。"

"不用,我出来是要正儿八经地工作。"

"那你,什么时候回深都?"听着肖真真冷冰冰的语气,沈鱼水有些气短。

"估计得有些日子呢,我后边还要去青海,然后是尼泊尔、巴基斯坦。"肖真真的声音,没有一点儿温度。

"哦,那些地方都够乱的,你可得注意安全。"

电话里一阵沉默。

"真真,你在听吗?"

"乱点好,死了便也清净了。"肖真真眼含泪花。

"真真你可别乱想,我,我是真心……"沈鱼水欲言又止。

"你不用说了,以后也不用联系我了,我还在忙,再见!"

肖真真挂断电话,沈鱼水连声呼喊,可是电话里已经是一串忙音。沈鱼水胳膊肘支在桌上,手托脑门,垂头丧气地想着什么。

这天下午，光灿大厦演播厅里开始新一期节目的录制。台下的观众席里有不少方菲的粉丝，他们头戴心形头箍，手上举着"菲你莫属"的牌子。马丰的身边站着郑道然，郑道然的手中拿着一枝玫瑰。

马丰对郑道然说："看看对面的三十位女嘉宾，谁是你最心仪的？"

"不用看，二十一号。"郑道然成竹在胸地说。

"这哥们儿说漏嘴了！不是告诉你了吗，不能说出来。"

"我是故意的，为大家节约时间。"

女嘉宾席上，方菲一脸惊愕，其他女嘉宾纷纷灭灯。台下的方菲粉丝则群情激昂，高呼着"非你莫属，非你莫属……"

现场播放起郑道然的 VCR——

郑道然的背影跑向远处的一个女孩儿，现场响起郑道然的画外音："方菲，我是专门为你而来的。"

画面切换到一个父亲领着一个小女孩乘坐过山车，小女孩发出开心的尖叫声，配合着郑道然的画外音："你曾经是一个生活多么幸福、无忧无虑的小女孩儿。"

接下来的画面是一起车祸现场，后排座位上父亲用双臂保护住女儿，鲜血染红了女儿的裙子。郑道然的画外音："十四岁那年，你最亲爱的父亲用他的血肉之躯，为你挡住了死神的阴影，车祸发生时他用双臂紧紧地抱着你，父亲的鲜血染红了你洁白的裙子。"

画面继续，一个少女待在黑暗的房间里，无声地哭泣着。郑道然在画面里诉说着："很长一段时间里，你变得沉默寡言，独自承受着巨大的悲痛。"

"没有了爸爸宽大的肩膀，你成了大海里的一叶小舟，一个人经受着人世的风风雨雨。但你没有忘记爸爸临终前对你说的话，要好好活下去。你终于又变得坚强，为了实现自己的梦想，展开了勇敢的翅膀。"配合这段画外音的，是一个姑娘在舞蹈教室里苦练跳舞、汗流浃背的画面。

接着，便是郑道然在墓地磕头的那段视频：仍然是郑道然的背影，他在一个墓前拔草、献花、磕了三个头。"是的，我去了叔叔的墓地，那里已经长满了荒草，方菲，我替你清扫祭奠过了。在叔叔的坟前，我对他说，叔叔，请您放心，我愿意用我男子汉的肩膀为小菲重新撑起一片幸福快乐的蓝天，您就含笑九泉吧！"

"方菲，我来了，为了对叔叔的承诺，为了我们幸福的未来，势在必得！"画面上，郑道然张开双臂，正面走来。

VCR 播放结束，台上台下顿时响起经久不息的掌声。

方菲早已泪流满面，泣不成声。女嘉宾们也纷纷拭泪。观众席上很多人也泪水盈眶，方菲的两个女粉丝放声大哭，随后抱在一起。

刘子清揩了一下眼角，"看了三号男嘉宾的 VCR，我这个老古董居然也莫名地感动。我想对台上台下的孩子们说几句，人这一生，零岁出场，十岁成长，二十彷徨，三十定向，四十打拼，五十回望，六十告老，七十残年，八十卧床，到了九十绝大多数都已经挂墙上了。能牵手的时候请别肩并肩，能拥抱的时候请别手牵手，能相爱的时候请别说分手……"

郑道然从玫瑰的花蕊里掏出一枚戒指，动情地说道："菲菲，我知道你是不一般的女孩，这也不是一般的礼物，它代表着爱情、承诺、幸福和永远，请你一定要笑纳！"

马丰笑道："人家刚刚还哭得稀里哗啦的，转眼怎么笑啊？你得耐心地等一下。"

06

节目录制现场后台的导播间里也一片哗然，主切导播激动起来，对罗书说："连我都快成方菲粉丝了，方菲这一走，这节目我都不想录了。"

罗书反应过来，急忙拿起对讲机。

黄争光凑上来，对两人说道："二位爷，方菲可是咱节目的梧桐树，可不能让她牵手！"

这话，台上的马丰、刘子清通过耳机都听到了。当然，嘉宾和观众是听不到的。

通过对讲耳麦，王小迅也听见了黄争光的话，她按下对讲机通话键，想说什么又很犹豫。

黄争光问王小迅："头儿，你想说什么？"

王小迅举着对讲机说："就是真牵手也只能这样了，我们得祝福他们。"

台上，马丰无动于衷，平静地等着方菲止住泪水。

刘子清似乎也反应过来，抢先说道："我刚才说的，也不全对。我想提醒一下女嘉宾，感动归感动，但感动不等于感情。究竟这感动对你意味着什么，你想拥有一个什么样的未来，你比所有的人都清楚，不要受别人的影响。"

嘉宾席上的方菲显得犹豫不决。本来，她来"非爱不可"

就不是要找如意郎君的，无非是想趁毕业之际炒作一下自己，为进入演艺圈抬抬人气。她从没想过一毕业就嫁作商人妇，更没想到会杀出郑道然这样一匹"种马"。

方菲看了看马丰，又看看刘子清，再看身边的女嘉宾。身边的女嘉宾示意方菲牵手，台下的观众也喊了起来。

"受不了啦，牵手！"

"牵手！牵手！牵手！……"

马丰平静地问道："二十一号女嘉宾，请告诉我们你的选择。"

"我、我能不选择吗？"方菲咬着嘴唇。

"不能，这是规则。"

"那我……那我……"方菲语无伦次。

令所有观众、嘉宾瞠目结舌的是，方菲灭了灯，方菲居然灭了灯。

现场立马安静下来，郑道然愣住了，过了半天才缓过神来。"方菲你、你你……"说着就向方菲走去，被马丰一把拉住。

"哥们儿，别这样哦，我能够理解你的心情，也看得出来你很优秀，对一般老百姓而言，找媳妇儿是道填充题，不是一般二般的困难，可对您这样的精英来说，就简单多了，找媳妇儿是道选择题，随你打勾就是了。但是很显然，你今天的选择题里，已经没有了二十一号……"

"你别拦着我，我得当面问个明白！"郑道然甩开马丰的手。

"这不已经是当面了吗？就是距离远了点，但距离产生美呀。女嘉宾还有什么想跟男嘉宾说的吗？"马丰拦着郑道然说道。

"没、没有了。"方菲紧张地说。

马丰伸手握住郑道然的手，"兄弟，很遗憾，走好。"

郑道然甩开马丰的手，指着方菲说："方菲你给我等着，咱们的事儿没完！"说完，郑道然愤然离场，现场一片哗然。

郑道然怒气冲冲地从光灿大厦里出来，粉丝团长抱着平板电脑迎上去。

"郑总，方菲的粉丝超过一百万了，您快看。"

郑道然抢过电脑，狠狠地摔在地上，"看个屁呀，什么玩意儿！一百万她配吗？又不是钱！是钱她更不配！"

"郑总，你、你怎么给砸了？这可是我的电脑！"粉丝团长一脸困惑。郑道然在电脑上又踩了两脚，拂袖而去。来到路边，郑道然边走边给自己的秘书打电话。一辆辆出租车从他的身边经过，按着喇叭，郑道然摆手，示意它们快走。

"明天你就过来，带上老涂、小马、庄胖子……我不回去了，非得把这事儿查个水落石出不可，里面肯定有猫腻……"

07

节目录制完成后，栏目组人员回到办公室。王小迅正在打电话，看见黄争光领着方菲进来，便挂了电话。看到方菲还没有卸妆，脸上挂着泪痕，王小迅忙问怎么了。

黄争光回道："头儿，她不敢回学校了……"

方菲哭着说："王姐，其实，我有那么多粉丝跟今天出场的三号男嘉宾有关系……"王小迅脸色一变，"我说什么来着，你是不是利用人家了？"正说着，马丰过来了，王小迅看了他一眼。

"我看没什么大事儿，既然他是自愿出资抬你人气的，咱就不理亏。那人知道你住的地方吗？"马丰问道。

这时王小迅桌上的电话响了，王小迅接起来，听了一下，便皱起眉头，"你怎么这么说话呀，我们不怕任何威胁……"

马丰拿过王小迅手里电话，听了一会儿，说道："我是马丰……嗯嗯……我说哥们儿，干吗这么拧巴？抹不开了是不是？我告诉你，抹不开的男嘉宾女嘉宾多的是，不止你一个，我一般不爱搭理他们，我搭理的都不是一般人……您就是不一般的人啊……您是不是觉得特没面子？在朋友、下属那儿没法交待？被人笑话？我说哥们儿，人生在世不就是让旁人笑笑、咱也笑笑别人吗？……这可是你自愿的，赔偿一说从何而来？……成成，没问题，您尽管调查……"

马丰挂了电话，其他三人都看着他。"这小子不回去了，说是非要查个水落石出不可。"

方菲哇地哭了："那可怎么办？我，我哪有钱赔偿他呀，呜——"

"你别哭呀，这不成心添乱吗？"王小迅也不知所措了。

"不会有什么事儿。这小子正在气头上，等他气消了，恢复了理智，说不定也就认了。"马丰安慰方菲。

方菲继续哭着："我、我不会坐牢吧，呜——"

马丰笑了起来，"瞧你说的，你又没讹他什么。我看这样吧，争光你去找罗书，让罗书护送方菲回学校，其他的事咱们改日再议。"

08

这天早晨上班，王小迅晚到了一会儿。一进办公室，王小迅就感觉气氛有些不对，见她进来，栏目组所有的人都停下手上的活儿，抬头看着她。王小迅准备和他们打招呼，大家又都低下头去。

"怎么了，出什么事了？"王小迅问。没人回答。卓乐站起来，小心翼翼地准备离开。

"卓乐，你去哪儿？"

"报告王总，我去一趟洗手间。"

王小迅追问："究竟出了什么事？你说了再去。"

"其实……其实也没有什么大事。"卓乐说着，闪身走开了。

这时，胖女编导和长脸女编导桌上的电脑同时显示着一篇博文，题目是"'非爱不可'女嘉宾方菲玩弄男嘉宾感情"。

"转发一万两千零三十一次了。"胖女编导小声说着，将脑袋凑向何珺，"姐，我要不要也给他转一次？"胖女编导跟着说："对，我备份下来，免得他们把原帖删了。"

"对，我们把它设成主页。"长脸女编导坏笑着。

"你们干脆把它制作成屏保得了，什么人哪！你们不是这个栏目组的呀？"何珺小声地斥责她们。

两人窘迫地低下头。何珺从隔板上方探出脑袋，看了看王小迅的座位，王小迅已经不在了，马丰也不在了，办公区安静得异乎寻常。

这时候，王小迅和马丰已经被赵怀远召过去了。赵怀远的电脑屏幕上也是那篇"'非爱不可'女嘉宾方菲玩弄男嘉宾感情"

的博文。赵怀远在房间里来回踱着步，马丰毫无表情地坐在沙发上，王小迅则垂手站在一旁。

"查清楚了吗？真的跟我们没关系？"赵怀远停下来问道。

"老大，真的跟我们没关系，男嘉宾赞助方菲拉粉丝，都是他自愿的。"王小迅解释着。

马丰接过王小迅的话说："怪我大意了，原以为这小子过几天消了气，也就回去了，谁晓得这哥们儿人还挺倔，非等节目播出了，才爆出和方菲接触的内幕。唉！早知道我就找到那哥们儿，当面说道说道他，也就没这事了。"

听到马丰把责任往自己身上揽，赵怀远盯着他看了看，"你们范总已经打电话给我了，说这两天开个会，总结一下经验，找出问题并尽量规避。关于这件事，虽然与栏目组没什么干系，但影响毕竟不好，一些别有用心的人甚至发帖攻击我们，说是暗箱操作，指名道姓地说某某女嘉宾、某某女嘉宾根本就是托儿。我看你们还是得想办法，最大限度地消除影响才好。"

王小迅点头说道："好的老大，我们商量一下，尽快拿出方案。"

"好，拿不准的，我们一起商量，拿得准的就抓紧落实。所谓的危机公关，就是抢时间，抢在事件进一步恶化之前斩断源头。"赵怀远做了一个斩断的手势。

王小迅答应着，和马丰一起走出赵怀远的办公室。

进了电梯，王小迅还在抱怨郑道然，马丰打断她，"先不说这个，我们得赶在平面媒体动作之前召集深都的记者，抢在他们发稿之前见个面。我看这样，你去忙这事儿，我找于静，让她组织人删帖……"

"那能删多少呀，转发量已经那么多了……"

"那不是问题，这是他们的专业，联络几大门户网站，设置几个关键词，大局应该就能控制住了。"

09

为平息方菲事件的不良影响，王小迅、马丰他们主动邀请了深都各平面媒体的记者见面。在光灿大厦的会议室里，马丰、王小迅、黄争光等坐在一边，另一边是二三十位深都本地媒体记者。

王小迅坦诚地对记者们说："我向大家保证，我们没有任何违规的做法，和嘉宾之间也没有任何私下约定，发帖的男嘉宾起先支持方菲，纯粹是个人行为……"

一名记者问道："苍蝇不叮无缝的蛋，许多帖子说方菲等几个女嘉宾根本就是托儿，否则她为什么赖在台上不走？"

马丰接过话茬："那你得问方菲了。当然了，如果观众看她不顺眼，或者看烦了，我们是可以请她离开的，谁让我们的节目是生活服务类栏目、为大家服务的呢？我们有权力让她离开，但没有权力让她非得留在台上……"

正说着，马丰的电话响了，他看了一眼，是于静的电话。

"对不起，本人前妻的电话，我们儿子最近住院挂水……"马丰举着电话离开会议室。记者们议论纷纷。

"马丰结过婚？"

"还有儿子？他有没有现妻啊？"

"儿子是不是他现在的老婆生的？"

马丰走到走廊上，跟于静通话。耳机里传来于静的声音："原帖删了，可有人备份了，不断发上来。"

"你尽量删，比一比耐力嘛，也锻炼一下业务水平。"

"凭什么呀？我吃饱了撑的，儿子还在医院里躺着呢。"

"我妈不是在吗，还有医生，都是我妈的老同事。关键是你，你现在可是咱们的网络医生，得给'非爱不可'创造一个健康的舆论环境。"

"这关我什么事儿，谁跟你咱们咱们的！我看你跟王小迅才是咱们！"

"嗨！我跟你更是咱们，难不成我不是马超他爸？你不是他妈？我的事业玩完了对咱儿子有啥好处？"

"就是你风光了，我们也不想沾你的光！"于静仍是满腹牢骚。

"我还得去对付记者，你辛苦，辛苦哈！"马丰低声下气地说。

"喂，到底是我们儿子重要，还是王小迅的事儿重要……"

马丰已经挂掉电话，回到了会议室，继续说道："本是同根生，相煎何太急，咱们都是搞媒体的，我们碰到的麻烦事儿，我想各家肯定也都碰到过，希望各位多多理解。违规的事儿我们没干，涉嫌违规也应该避免，我代表深都卫视和'非爱不可'栏目组向大家保证，以后绝不让那些别有用心的人抓住把柄造谣中伤。我们台领导也说了，下星期会有几个大家感兴趣的明星大腕过来，在我们频道宣传他们的新剧，届时我们一定第一时间通知各位，做好平面媒体报道的协调工作……"

有记者问："马丰，你离过婚，现在是否有婚姻？或者有没有同居的女朋友？"

"目前还没有。马丰的私生活十分乏味，连我自己都觉得可怜，不像要过来的那几个明星，那才叫精彩纷呈。"马丰笑容可掬地应对着。记者们笑了起来。

见面会结束后，记者们陆续出去，黄争光挨个递上一个信封。一名年轻记者将信封里的钱取出，开心地数着说："到底是搞电视的，一出手就是个整数。"

旁边一个年纪稍大的记者捅了他一下，"那得看是什么事儿了，真要是来了娱乐圈的大腕，咱求着人家，没钱不也得颠儿颠儿地过来？"

马丰、王小迅再次回到会议室，坐在原来的位置上，半天没说话。

王小迅一脸倦怠地说："唉，总算摆平了，马丰，谢谢你。"

"咱谁跟谁呀……"马丰突然想起什么，站起来说，"我得去医院看超超了。"

王小迅也站了起来，关切地问："超超真病了？严重吗？"

"没事没事，普通感冒，于静非要送儿子去医院挂水，我说过她多少次了！"

"这次也得亏于静，你替我谢谢她。"

"关键时刻还得靠自己人不是？你也早点回去，让鱼水好好安慰安慰你。"

"他又去西安出差了。"王小迅看着马丰的背影，像是回答马丰，又像是在自言自语。

第十二章　停　播

01

沈鱼水只身来到西安，一住进宾馆，就登录搜索网站，搜索"'非爱不可'女嘉宾肖真真"的信息，一张张网页往下翻，根本没有肖真真的信息。他又进入肖真真的微博，电脑页面上出现了"方菲是个好女孩"的文章标题，并配有一张肖真真和方菲的合影。

"啊，更新过了！"沈鱼水抑制不住激动的心情，自言自语着。随即他点开网页上的照片，仔细端详了一会儿，又抓起手机拨打肖真真的电话。电话里传来的只有不断重复的提示音："对不起，您拨打的号码已停机……"

沈鱼水挂上电话，在微博上给肖真真发纸条："真真，我知道自己不会得到你的原谅，但你得给我一个解释的机会，别不理我啊！"

这时，手机铃声响了起来，沈鱼水一把抓起电话，"真真……呵小迅啊，真、真是太巧了，我正准备给你打呢……我没干吗呀，正在上网……"

"你也知道了？亲爱的，你这么关心我……"王小迅的声音有些感动。

"开玩笑，你是谁啊，我不关心谁关心啊？"

沈鱼水一边接电话，一边点开肖真真的文章，拖动鼠标快速地浏览着，"多大事儿呀……网民的反应也不都是一边倒，也有很多挺方菲的，我还帮你搜到一篇文章，是为那个方菲说好话的……挺她，绝对是挺她的……"

"是吗？你快发给我。"王小迅激动地说。

此时的深都夜色已深，于静家里的灯光还亮着。床上，马超盖着被子睡着了。马丰、于静坐在床沿上，马丰又给儿子掖了掖被角，站起身来。

"这两天把你折腾坏了，你也早点休息吧，我走了……"正说着，马丰的手机响起来，他快步走向客厅。于静跟着出来，带上了卧室门。

马丰对着手机说："好事啊，太好了，我马上去看……这帖得大转特转……我就在于静这儿，马上跟她说……对了，你多打印几份，明天会上用……嗨，老同志嘛，不习惯网上阅读，你得用三号字打印，排成机关文件的格式，得具有权威性……"

马丰挂了电话，转过脸开心地对于静说："有一篇挺方菲的文章，是以前的一个女嘉宾写的，赶紧上网……"

"又是王小迅的电话？"于静不冷不热地说。

"是呀，你一定得帮我们这个忙，尽量扩大影响……"

"你刚才还说我这两天已经折腾得够累的了……"于静的脸色，的确有些疲倦。

马丰向于静拱拱手，"救人救到底，这是关键当口，明天我们双方领导就开会，还不知道怎么处理这事呢，所以得尽量造势挽救危局，你就再辛苦一把？"

"切，不办了才好呢，连我都跟着省心。你们俩以工作为借口，还没日没夜地黏在一块儿了。这王小迅也是的，放着好好的日子不过，成天瞎折腾个啥呀？害得我成天地删帖、转帖，我都快成她的保姆了，我们网站又不是为她一个人开的！"

"这哪儿跟哪儿呀，告诉你于静，挺方菲的文章是鱼水发现的，这会儿咱们自己人不都得抱成团吗？"

"要抱你跟他们抱去，我没那闲工夫！"

"瞧你说的，老婆……"

"谁是你老婆！"于静一脸不高兴。

"前、前老婆。好了好了，前老婆大人，咱们现在就开工！"马丰嬉皮笑脸地推搡着于静走进书房，拉开椅子，把于静摁着坐下。"我去给你煮杯咖啡，提提神！"说着，走出书房。

于静一边打开电脑，一边对着马丰的背影嚷了一声："倒杯牛奶就成，喝什么咖啡，你想害我一夜不睡觉哇！"

02

深都卫视总监范士林和其他几名领导一起来到光灿传媒。在光灿传媒的会议室里，范士林和赵怀远坐在主座，由赵怀远主持会议。卫视频道的其他领导和光灿传媒的黄肃之以及"非爱不可"栏目组的主要人员马丰、王小迅、何珺等围坐在他们四周。

王小迅向参会人员分发了肖真真的文章，随后回到座位上汇报说："范总，方菲的事我们已经摆平了，昨天下午召集了深都的平面媒体……"

范士林打断王小迅，冷冷地说："摆平了？未必吧！"

王小迅愣着没再说话。赵怀远一招手，投影屏亮了起来，开始播放一段录像，内容是从以往各期"非爱不可"节目的镜头里剪辑的。

第一组镜头是女嘉宾李嫣"女人享受生活，男人享受女人"的那段话和全场哗然的画面。

第二组镜头仍然是李嫣在说话："刘教授最理解女人了，谁如果能让我享受生活，我就能让他享受最好的女人……"

第三组镜头还是李嫣："如果男人能让我享受生活，我当然就能成为最好的女人了。男人在外挣钱养家，女人是应当以男人为中心，但女人在家里也不是闲着啊。好女人会做各种各样好吃的食物，让她的男人享受美味；会天天穿上漂亮的衣服，精心地打扮自己，让她的男人欣赏到美色；会做瑜伽、做运动，保持身材、保养身体，让她的男人享受曼妙的身躯……"

第四组镜头，则是一段李嫣和男嘉宾的对话。

李嫣说："我宁愿躺在豪宅里孤独地老死，也不愿跟你在那破屋里享受什么天伦之乐！"

男嘉宾辩解道："咱家的老院子，可是明代建筑！"

李嫣灭了灯，说道："本姑娘要的是明天，不是明代！"

接下来的第五组镜头里，李嫣神情倨傲地说着："有钱人的那叫宅，你那叫狗窝；有钱人的孤独那才叫孤独，你那叫压抑；有钱人的旅行才是旅行，你那叫流浪，这还是好听的，应该叫流窜！"

范士林摆了摆手，录像暂停，整个屏幕定格在李嫣贪婪的嘴脸上。

范士林叹了口气，"太不像话了！"

"范总，这可是从以前的节目上剪下来的……"马丰想要解释。

"以前的节目怎么啦？以前的你们就不认账了？就不去深刻检讨问题，就这么蒙过去了？没有以前的把关不严，哪来的今天！价值倾向如此低俗，这样的女嘉宾是怎么混进来的？幸亏出了方菲这件事，否则你们还会一直错下去！这段录像在网上都传疯了，你们居然说什么摆平了！我看再这么下去，节目离停播也就不远了。"

赵怀远诚恳地说道："范总，作为这档节目的总负责人，我也有责任。方菲的事虽然没造成恶劣影响，但李嫣的问题，确实值得我们警惕、深思。下面的嘉宾筛查工作，我们一定要……"

这时范士林的电话响起，他接听电话，脸色越来越难看，"行了行了，我知道了，你们继续关注。"

范士林说完，站了起来，脸色阴郁地说："刚接到最新消息，有人在网上公布了二十五号女嘉宾的一批艳照，热闹，热闹，真热闹呀！这事怎么处理，等我回台里和其他领导商量后再通知你们吧。"说完，甩手离开了会议室。其他几个深都卫视的人，也嘀咕着愤然离开了会议室。

03

范士林突然离开光灿公司，是他在电话里得到"非爱不可"又惹上更大麻烦的消息，如果处理不好，不仅"非爱不可"难以为继，深都卫视和他本人也将面临危机。

原来，就在范士林来光灿传媒开会不久，"非爱不可"一名女嘉宾的数十张艳照，突然被人发布到网上，并以惊人的速度在各主要网络上几何级地传播开来。范士林接听的电话是深都广电集团领导打来的，让他赶紧回台里研究处理方案。

这名女嘉宾本来是一个不入流的影视小演员，来"非爱不可"节目做嘉宾让她大开眼界，看到方菲被众多粉丝追捧的盛大场面，她开始想入非非，觉得只要坚持在"非爱不可"上待下去，也一定能大火特火，吸引各路导演的注意，甚至一举成为大明星。

之前，小演员有个男朋友，一直紧盯着她。上了"非爱不可"之后，小演员觉得自己的明星梦指日可待，便翻脸把男友踹了，任凭男友如何痛不欲生地哀求也不为所动，最后干脆把手机卡换了，彻底断绝了联系。绝望了的男友一怒之下，把两人在一起时拍下的艳照发布到网上。男友原本只是想通过发布艳照让小演员丢脸，发泄一下心中的怒气，也没想到会引发如此之大的震动。

此时，录完节目还待在宾馆里的小演员已经知道自己的艳照上了网，正趴在床上号啕大哭，扑打着被子。同住一屋的女嘉宾也不搭理她，专心致志地用笔记本在上网。

"这个人渣，你说我当初，我当初怎么就没一口把那个人渣给废了啊，呜呜呜，我不想活了……"小演员撕心裂肺地哭喊着，骂着前男友。

"可惜没你口活的照片儿，我说姐，你的身材可真好呀！"同住的女嘉宾一边欣赏网上的艳照，一边答着话。

"呜呜呜……"小演员扑在被子上四肢乱蹬。

"这张姿势好赞啊，还别说，你那渣男前男友拍照还有两下子嘛！"

"呜呜呜……我不想活了。"

"皮肤白得能照见人影，平时还真看不出来……"

小演员突然坐了起来，"你再看我就死给你看！"

"姐你还别说，这张看上去你就跟死了一样。"

小演员又趴回床上痛哭起来。

"好啦好啦，姐，不跟你闹了，咱们赶紧去火车站吧。"女嘉宾"啪"地关上笔记本。

"我，我这样子怎么见人啊！"小演员坐起来，抹着眼泪。

"找条围巾包着头不就得了，再说了，没人在意你的脸，人家认得的是你的屁股。"

小演员抓起枕头，拼命地砸向女伴……

04

已是夜深人静的时刻，"非爱不可"办公区空空荡荡，只有何珺和她的两个同伴还在。何珺的电脑屏幕上是打开的"爱你好商量"策划案，她正在一边思考一边修改。

胖女编导问何珺："姐，你这策划案不是已经被否了吗？"

何珺没搭理她，继续修改着。

长脸女编导说："姐，都什么时候了，您就别尽搁这儿怀旧了。"

何珺淡定自若地反问："什么时候了？"

"出了那么大事，我们都得吃不了兜着走！"

"就是，我听说'非爱不可'很可能被叫停……"

何珺往椅背上一靠，"那不就结了，这样一来，我这个'爱你好商量'才有机会了呀！"

胖女编导恍然大悟，"我说呢，姐真有远见……李嫣的那段视频是你整的？"

何珺白了对方一眼，"胡说八道！我有那么贱吗？趁人之危那是迫不得已，但落井下石的事儿还是少干为好。"

"何姐您太善了。"长脸女编导奉承地说。

胖女编导笑着说："这叫好人自会有好报。"

三人肆无忌惮地大笑起来。

05

此时，王小迅家的客厅里已经乱作一团，王小迅一个人在搬动家具，沙发、电视柜已经掉转了方向，电冰箱也被移出原来的位置。王小迅正挪动着冰箱，箱体摩擦着地面发出很大的声音。突然有人敲门，王小迅站起身想去开门，手机又响了起来。王小迅气喘吁吁地抓起手机接听。

电话是马丰打来的，"干吗呢？健身呢？喘成这样。"

"没、没有，我、我搬家具，重新布置一、一下房间。"

"嗨，又来了，小时候的习惯改不了，一遇上事儿就瞎使劲。"

"你、你管得着吗！"王小迅喘着粗气。

敲门声又响了起来，声音比刚才更大。王小迅拿开电话，对着门问是谁。原来是楼下的邻居嫌吵，找上门来了。

马丰听到王小迅和邻居的对话，对王小迅说："你就不能等鱼水回来再搬吗？这深更半夜的，邻居找上门来了吧？"

王小迅故意大声道："这楼里一年到头搞装修，烦死人了，我偶尔折腾一下他们又怎么啦！"说着挂断电话，门外的敲门声也停止了。

王小迅继续用力推冰箱，马丰又打了过来，她没有接。终于，冰箱被推得倾斜过来，王小迅把持不住，冰箱轰然倒地，发出一声巨响。

门外的邻居不知道屋里发生了什么事，敲门又不开，只好报警求助。

很快，社区民警到了，警车停在楼下，车顶的警灯闪烁着。楼上的住户纷纷开了窗户向下张望。这时，马丰也骑着摩托车赶了过来，下了摩托车快速奔进楼内。

警察上楼叫开王小迅家的门，门口聚集了一堆人，王小迅正挡着门和众人争吵："胡说什么呢，谁要自杀了？他们这是谎报警情！"

一个男邻居说："不想死弄这么大动静干吗？敲门死活也不开……"

"你才想死呢，你才要跳楼呢！"王小迅叉着腰，像个耍赖的泼妇。

女邻居气哼哼地说："好心没好报，什么素质啊！"说完拉了一下男人的衣襟，"走，老公，咱们回家睡觉去。"

一旁的警察问王小迅："里面还有没有人？"

"没有，就我一个。"

"我们要进去看看。"

"搜查证在哪里？请你们出示。"

马丰从电梯里冲出来，拦住警察说："里面的确没有人，户主出差去外地了。"

警察看了马丰一眼，"你是谁？"

"我是他们家的老朋友，有什么情况你们可以问我。"

警察认出了马丰，"你、你不是马丰吗？'非爱不可'……"

"没错儿，我就是马丰，马丰就是我，反正也没出什么事儿，有劳二位白跑一趟啦。"

"白跑好啊，我们就希望白跑，要是真出了什么事儿对谁都不好。"

"是是是，这位兄弟说得是，人民警察可就是希望天下太平、一身好功夫没有用武之地嘛！"

女邻居白了一眼王小迅，嘀咕着："自家男人前脚走，后脚就有人来填空了。"

王小迅大喊一声："你说什么？你再说一遍！"

06

马丰推着王小迅回到屋里，整个客厅里乱得一团糟，冰箱倒在地上，水流了一地。马丰坐到沙发上，王小迅自己走到冰箱旁，想把冰箱竖起来。"过来帮个忙。"王小迅使劲抬着冰箱。

马丰走过去，拉开王小迅，把冰箱扶了起来，"我说小迅，干吗要和自己过不去呢？"

"不把这家里倒腾一遍，我这口气就出不来！"

"那你等我走了再搬行不行？咱们坐下来说会儿话。"

"那你今天就别走了，我们说到天亮。"

"这……"

"你不答应就赶紧走人，我要搬冰箱了。"

"别别别，还不如说到天亮。"

马丰坐回沙发上，王小迅走过来，在马丰对面坐下，"那就说说节目的事。"

"小迅，这处理结果不还没下来吗，咱没必要自个儿先乱了阵脚呀……"

两人就这么聊着，也不知道聊了多久，直到王小迅撑不住了，冲了个澡，去卧室睡了。马丰也已经疲惫不堪，和衣往客厅沙发上一躺，很快睡着了。

第二天一早，沈鱼水开门进来，只见房子里的家具、电器四处散放着，凌乱不堪，沈鱼水放下旅行箱，皱了皱眉。走到沙发前，看见马丰和衣蜷缩在客厅沙发上，发出阵阵鼾声，不禁大惊失色，用力推醒马丰，"哎哎哎！醒醒醒醒，这，这怎么回事？"

马丰睁开眼睛，看见沈鱼水，慢悠悠地坐了起来，又是揉眼又是打哈欠，"哎呀你让我再睡会儿嘛！"

"我靠，你搞没搞错？这是哪儿，你睁大狗眼看清楚了，这是你睡觉的地儿吗？"

王小迅听到外面的声音，打开卧室门，睡眼蒙胧地出来了，"鱼水，你怎么过来了？"

"我这不担心你出事，就连夜赶回来了，你们倒好啊！"

马丰一拍脑袋，醒过神来，"弄颠倒了……鱼水，这我得说明一下……"

"有什么好说明的，多余！"王小迅打着呵欠。

"看来你也知道我们的栏目出事了，昨天我和小迅一直聊到天亮。"

"是吧，就光聊天？"沈鱼水狐疑地瞪着马丰。

"你也看见了，她老毛病又犯了，半夜三更地挪家具，楼下邻居报警了，警车都来了，我怕她再搬……"

"我说姓马的，有没有一种可能，你看见我上楼，知道自己走不脱了，就从里面跑出来躺在这儿装睡？"

"你……"马丰气得说不出话来。

王小迅杏眼圆睁，怒不可遏地指着沈鱼水，"沈鱼水，你再恶心我！"

沈鱼水不敢看王小迅，对着马丰哈哈笑了起来，"别急眼呀，心虚啦？我开个玩笑，量你小子也不敢！哈哈哈。"

两人一起收拾客厅，折腾了好一会儿，总算收拾干净了，冰箱复了位，地面也清扫得干干净净。

王小迅梳洗一番，化了淡妆，看见餐桌上已经放上了烤面包、牛奶，马丰正坐在餐桌边耷拉着脑袋打瞌睡。王小迅坐到马丰旁边，沈鱼水扎着围裙从厨房出来，端着刚刚煎好的鸡蛋，三人开始吃早餐。

"你跟我的女人厮守大半夜，还是我叫你们起床，还为你们做早餐，你说我这哥们儿做得，太够意思了……"沈鱼水对马丰说道。

王小迅白了沈鱼水一眼，"你又来了，我警告你沈鱼水……"

"我话还没有说完呢，这哥们儿也不赖，我不在的时候为我老婆排忧解难、嘘寒问暖……"

"沈鱼水！"王小迅一声断喝。

沈鱼水一哆嗦，连忙摆手，"好好好，我不说了，来来来，祝我们的友谊万古长青！"说着举起手中的牛奶杯，马丰、王小迅迟疑了一下，也举起杯子，三人碰杯。

正吃着，赵怀远给王小迅打来电话。王小迅接完电话，焦急地起身换鞋，并催促马丰一起出门。沈鱼水嚷嚷道："不就老总来个电话嘛！看把你急得，要不要我开车送你去单位？"

"不用了，我坐马丰的车走，你再帮我把家里收拾收拾。"王小迅边说边往外走，马丰也回头对沈鱼水打了声招呼，和王小迅急匆匆下楼。

看着二人的背影，沈鱼水连连摇头，"嘿！搞得我成了住家保姆，这到底谁跟谁两口子啊！"

07

路上，王小迅告诉马丰，赵怀远说深都卫视高层已经决定，"非爱不可"必须停播整顿。

"是福不是祸，是祸躲不过，小迅你千万稳住，别太着急。待会儿我把你放你们单位楼下，就回趟电视台，打听清楚领导的想法，我想还不至于让栏目下马。"马丰安慰着王小迅。

说话间，二人来到光灿大厦楼下，王小迅匆匆下车，一路小跑着上了楼。马丰掉转车头开往深都卫视。

王小迅来到赵怀远办公室，满脸沮丧地坐在沙发上。赵怀远从办公桌后面走出来，对王小迅道："这不是一码事。"说着拍了下手里的通知，"卫视那边只说是整改，没说下马，这说明他们对我们的节目总体还是看好的。"

　　"赵总，我还是太缺乏经验，一个人对付这么一个大型节目……"

　　"你不是还有马丰吗？'马王堆，鬼还魂'可是形容你们两位这个组合的，这话说得难听了点，但意思还是不错的，我相信你们一定能够起死回生，从哪里跌倒再从哪里爬起来！"

　　赵怀远在王小迅对面坐下，把一份最新的收视统计表递给她说："这个，就是你要支撑下去最有力的证明。当然了，接下来你还会面临很多从未碰到过的情况，但绝对不能失去信心，我相信我不会看错你王小迅！"

　　"老大你别说了，我明白……"王小迅看了看收视率统计表，情绪平复了一些。

　　离开赵怀远办公室，王小迅回到"非爱不可"的办公区，编导们都在各自的位置上忙碌着。"大家都歇会儿，我有事要说。"王小迅叫停大家。

　　"好事儿坏事儿？"黄争光紧张地问。

　　"一件好事儿，一件坏事儿，你们想先听什么？"

　　"当然是好事啦，我小时候过生日总是先吃蛋糕上的奶油……"黄争光答道。

　　"那行，据索福瑞最新数据统计，'非爱不可'的收视率挤进了同时段全国前三，卫视同类节目收视第一。"

　　卓乐接着问："那坏事情呢？"

"卫视那边已经正式下达通知，咱们的节目得停播整改两周到一个月的时间，具体要看我们的整改方案。"

王小迅把收视率报告和深都卫视的通知给大家看，编导们纷纷议论起来。

"这是谁的主意，这不是拆自家墙脚吗？"

"深都卫视还不都是靠了咱们的栏目，刚刚有点起色，停了他们喝西北风去啊？"

正在七嘴八舌地议论着，马丰气喘吁吁地走进办公区，大家停了下来，围着他。

"本想凭着三寸不烂之舌，找几个领导好好说道说道，尽量只整改不停播来着，没曾想，还没到单位，就得到了停播整改的通知已经发到这边来的消息！"马丰有些自责地说。

"早知道这样，你昨晚就该行动起来，白白一晚上，什么事儿也没干成！"王小迅道。

"……啊，那正好啊，从今天开始咱们就不用那么玩命了，该干吗干吗去，没对象的找对象，有对象的赶紧结婚，婚姻不幸福的赶紧离，反正有十几天到一个月的大假……"马丰信口开河地胡扯起来，试图缓解大家失落的情绪。

何珺接过话茬："是啊是啊，我正好可以利用这段时间，跟我们家大吉好好商量商量结婚的事儿！不定就这段时间，把婚礼办了，到时请大家吃喜酒。"

王小迅白了马丰、何珺一眼，"谁说整改是放假了，我现在就宣布赵总的决定，平时大家忙节目，上下班没个正点，栏目组也不作要求。但接下来必须准时准点地上下班，全力以赴进行整改和后续工作的准备。"

马丰赶紧变调："我刚才就是开个玩笑，大敌当前，大伙儿疏忽不得,整改肯定不是走过场,所谓的大假,谁也别抱幻想。"

"切……"何珺不满地撇了撇嘴。

08

所谓"世态常为盛时熟,人情多在败中凉"。没过几天,眼见节目停播整顿,有几个编导或者暗里活动去了别的部门,或者干脆离开光灿另寻出路了。

王小迅完全没有料想到会出现这种情况,又气又急,不知道如何处置才好。正在黯然神伤地思考着下一步怎么办,听到黄争光小声在问罗书:"壮骡,何珺很可能借机单挑,你会不会也跟她走啊?"

罗书想了想,回道:"何姐要单干,我肯定跟她过去。"

王小迅有些气急败坏了,"都走吧都走吧!我就是只剩下一光杆司令,也要闯过这一关。"

听到王小迅歇斯底里的叫喊,马丰走过来安慰大家:"诸位兄弟姐妹,大家都少安毋躁。最近大家都受了不少委屈,所以我决定破财,请大家去宵夜、唱卡拉 OK,为你们也为我自己的情绪风暴买回单!过了今天,明天又是全新的一天。"

"明天?我们还有明天吗!说得比唱得还好听!"胖女编导嘲讽道。

长脸女编导也不冷不热地说:"当初我就不该来'非爱不可',被你们死活拉了过来,现在就是想回去也没人要了……"

黄争光"切"了一声,"那你也走啊,何珺不都不愿意加班,一个人溜号了吗?你也可以溜呀!"

马丰制止黄争光，"让人把话说完，一吐为快嘛！"

又一个编导说："还有找托儿的事，当初也不是没有人反对，可你们独断专行，根本听不进去，否则怎么会有今天？唉，'非爱不可'真要成'马王堆'了！"

卓乐也突然嚷道："王总你就是专制、霸道！还骗人。"

"她骗你什么啦？你给我说清楚！"黄争光瞪着卓乐喊道。

"她诱我上台，我才在录制样片的时候给你留灯的，才为你剪了短头发，可是你哪里喜欢过我？你、你们一起欺负我一个无辜的小姑娘，不要脸！"

"你骂谁呢你？"

"骂你怎么啦，告诉你黄争光，你就是王小迅的一条狗！"

黄争光欲向卓乐扑过去，被罗书一把抓住，"不许打女人！"

"她根本就不是女人！"黄争光欲挣脱，挣了几下没挣开。

"你根本就不是男人！"卓乐依然嘴上不饶人。

黄争光站起来，又被罗书摁了回去，如是几番，现场一片混乱。王小迅默默地躲在角落里，低头无语。

何珺没有加班，却也没闲着，此时正和黄肃之坐在"听风小筑"的一个角落里喝茶。黄肃之看完何珺修改后的"爱你好商量"策划案，往桌上一放说："改得不错，更有可行性了。小何啊！这么多年了，我一直喜欢你这股子不服输的劲儿，抓住机遇，知难而进，好好好！"

"主任您就别夸我了，这不还被人踩在脚下吗！昨晚我想了一夜，无论如何得抓住这个机会，打个翻身仗，主任您可得好好帮我出出主意。"何珺脸上露出难以抑制的兴奋。

"这个嘛，毕竟'非爱不可'的收视率挤进了全国前三，卫视同类节目收视第一，老赵那儿能不能通过还是个问题。"

黄肃之眼珠转了转，"可是老赵贪财啊，咱们做企业，办公司，最终还不是为了获得更大的利润吗？抓住这个关键，就有可能说服老赵，你的节目也就有可能……"

"黄主任，我明白您的意思，可是……现在拉一单广告谈何容易啊！这两年我的好多关系都疏远了，唉！"何珺直摇头。

"你不是还有冯氏企业做后盾吗？"

"别提了，他们全年的宣传费用，早就被我掏得差不多了，冯老爷子对我都有意见了。再说了，我不还没过门吗？"

"小何啊，婚姻是大事，无论有没有广告这档子事，你跟大吉的婚事都不能再拖了，赶紧办了！"

"谁说不是呢！"

"再好好想想，还有哪些老关系，都拾掇起来！这个事得快，时不我待，你要是能很快搞定个千八百万，保准能让老赵动心。他要是还不同意，我找袁总也好说了。"

09

辞别了黄肃之，何珺从"听风小筑"出来，一边往车库走，一边给朱凤群打电话。朱凤群正在健身房健身，何珺东扯西拉地跟朱凤群闲聊，朱凤群听出何珺有事求她，让她明说。

何珺嬉皮笑脸地说："还是姐了解我。你们公司能不能给我们投点广告，不是为我，是为赵总，更是为你……"

"那行，我不投给你，让别人来找我谈。"朱凤群一本正经地说。

"姐，你想气死我啊！我现在特需要你的支持，这样我才能翻身当家做主人啊，被人整天踩在脚下的日子，我实在受不了了！还有赵总，明明都是我姐夫了，却偏心眼儿向着别人！"

　　"瞎说什么呢，人什么时候成你姐夫了？"

　　"所以我才求你赶紧地把他给收了嘛！那样我在他面前说话，腰板也挺得直啊姐！"何珺来到车旁，打开车门，坐上驾驶座。

　　"狗嘴里吐不出象牙！广告的事，也不是我说了算的，得总部批准，我帮你问问吧。"

　　"这才像我的好姐姐，温柔大方，善解人意，何愁嫁不出去？不能够啊！"

　　"你少拍马屁，弄不来的话，心里面还不知道怎么埋汰我呢！"

　　"嘻嘻嘻，姐，怎么会！这个你可得快点，我都等不及了。"

　　何珺刚挂断朱凤群的电话，手机铃声又响了起来，是冯大吉打来的，骂骂咧咧地吵闹着，何珺没搭理他，把电话拿开了好一会儿，才装出微笑的样子说："大吉啊，我正要过来看你，很快就到，等我哦，乖……"

　　何珺开着轿车一路飞驰，想要再联络广告客户，便戴上蓝牙耳机给吴总打电话："吴总，这次您无论如何得帮忙，您一直答应给我两百万的广告……您是我命里的贵人啊，在我最需要的时候肯定会伸出援手……嗯嗯……哎呀吴总，瞧您说的，现在九零后的小丫头都上市了，成把地抓，这样的好事儿哪还轮到我这老姑娘呀……一定一定，您放心，当然得当面感谢啦，我也有很长时间没有聆听吴总的教诲了……"

太好了吴总，我明儿就去您那儿……上午不行？那就下午，下午也不行？那就晚上，就是守到半夜，我也得见到您……当然是单独的，就咱俩，别人凭什么来抢我的生意啊，您说是不是吴总？"

何珺一挂电话，嘴里就嘟囔着："老色鬼，王八蛋！"

10

冯大吉大骂何珺，是因为何珺把他的车钥匙、钱包和银行卡统统藏了起来。何珺这么做，无非是想制止他开溜，或者出去花天酒地。这让冯大吉非常愤怒，何珺来了以后，冯大吉又是一顿骂骂咧咧，何珺也不生气，任由他大喊大叫，一直骂到没了力气。

当晚，何珺没有离开，陪了他一夜，第二天早上醒来，何珺把手指插进冯大吉的头发里拨弄了几下。"大吉，你知道吗？这段时间有你在身边，我觉得好好幸福，就像我们已经过了一辈子了！"何珺有些陶醉了，俯下身去，把头搁在冯大吉的胸口上，闭上了眼睛。

冯大吉嘟囔了一句："太可怕了！"

"你说什么？"

"一辈子太可怕了！"

何珺嚯地坐起，用手指戳了戳冯大吉的脑袋，"不知好歹！一点都不懂浪漫！"

何珺离开床，从挎包里拿出化妆包，去盥洗间洗澡了。

冯大吉从床上坐起，掀开被子，试图活动上着石膏的右腿，不禁一阵呲牙咧嘴。这时从卫生间里传来何珺的声音：“大吉，我的体重又减了两斤耶！”

冯大吉大声叫道：“你化了妆再称称，得多出四斤！”

“告诉你，三十岁以前女人化妆是一种美，三十岁以后化妆就是一种美德！”

11

马丰要带王小迅去找一个好玩的地方，说是要给她好好解解压！王小迅心灰意懒，任凭马丰载着她满城乱窜。

两人来到市内一家密室主题游戏室，前台坐着一位时髦的小伙子，正在打游戏。见他们进来，小伙子一边给他们办理游戏手续，一边交代说：“游戏时限一小时，如果解题不成，玩家也必须在密室里待满一小时。”并且告诉他们，按照游戏规则，两人的手机都得扣下。

马丰、王小迅拿出手机，交给小伙子。小伙子取了钥匙，走出服务台，带他们走向密室。王小迅困惑地环顾四周，不知道是怎么回事。

密室是一个套间改造而成的，室内家具一应俱全，但光线幽暗、阴森，装饰也显得恐怖。马丰、王小迅进门后，墙壁移动起来，套间的门瞬间就消失了，眼前只有贴着碎花墙纸的四壁。

王小迅惊恐地叫了起来：“门……门呢？我要出去！”

马丰说：“要出去得我们自己找到机关，而找到机关得首先找到密钥，考验你我智商的时候到了！”

这时，密室里响起恐怖的音乐声，一个男低音开始介绍故事的背景：“二十年前，就在这间房子里，一家四口惨遭灭门，凶手至今逍遥法外。从此，这间房子就变成了鬼屋，深夜里经常传出凄厉的叫声和冤魂的哭泣声……”音效配合着惨叫和哭泣声。

王小迅开始发抖，“不、不行，我、我……”

“别害怕呀，有我在呢。”马丰一边翻找着，一边安慰王小迅。

王小迅紧紧地抓住马丰的手，浑身颤抖起来。马丰见状，将王小迅扶到沙发上坐下，“你不舒服就先坐一会儿，放松、放松，我会尽快找出破解机关的密钥的。”说着，他进入了里屋。

幽暗阴森的灯光下，马丰嘴里含着荧光电筒，翻箱倒柜一阵寻找。整套房子里凄惨的哭叫声不绝于耳，坐在沙发上的王小迅呼吸越来越急促。

马丰将一些碎纸片找出来，摊在一张怪异的小桌上，拼接研究着。“密码应该就在这些字符里，小迅，你快过来看！”马丰见王小迅没有回应，回过头来张望，发现王小迅已经躺倒在沙发上了。他赶紧奔过来，看到王小迅已经休克。

“小迅！小迅！”马丰连声呼喊着，王小迅没有回应。马丰转身去按放弃按钮，却没有回应。马丰不断地按着放弃按钮，始终没有回应……他终于不再按了，跪在地上，解开王小迅领口的一个纽扣，想对王小迅实施胸部按压。手伸到半途，又收了回来。

马丰又准备对王小迅做人工呼吸，捏紧王小迅的鼻子，俯下身去，噘起嘴，快接近王小迅嘴唇时，马丰又别过头去。

马丰直起身，手捂在自己的口鼻处，呼出一口气闻了闻，皱起了眉头。他站起来，用电筒照了一圈，发现一扇门上写着"盥洗间"。马丰快步冲了进去。

盥洗间里有洗脸台、洗手池，梳洗用品一应俱全。马丰找到牙刷、牙膏，飞快地刷起牙来。他一面刷牙一面看着墙上的镜子，那是一面特殊的哈哈镜，里面映出一张形似骷髅的人脸，马丰被吓了一跳，嘴里的牙膏沫差点吞进肚里。他赶紧去取架子上的一只陶瓷杯，准备接水漱口，却无法拿起那只杯子。马丰晃了晃杯子，向左一旋，顿时电闪雷鸣、白光耀眼。电光声响停止，气氛为之一变，恐怖的惨叫声消失了，房间里大放光明。

安详柔和的音乐伴奏下，一个甜美的女声响起："恭喜您和您的朋友，你们已经成功通关！幸福之门从此在您的前面敞开，智者无敌，谢谢光临！"

马丰研究着陶瓷杯，突然想起了什么，他跑出盥洗间。只见客厅里一派日常家居的景象，王小迅还没醒，马丰赶紧跪到地上，捏住王小迅的鼻子，一闭眼，为王小迅做起了人工呼吸。

马丰抬头观察王小迅，还是没醒，准备继续人工呼吸，就在嘴唇即将碰到王小迅的嘴唇时，王小迅忽然睁开了眼睛。马丰吓一大跳，腾地站了起来，不禁面红耳赤。

王小迅坐在地上，抹了一下嘴唇，手背上留下一些牙膏沫。

"总算醒啦，你吓坏我了！"马丰慌乱地说着。

王小迅看了看马丰嘴角上的牙膏沫，"你……你刚才……"

马丰抹了一下嘴，尴尬地点点头，"坏了坏了，我忘漱口了。"

王小迅站起来，看了看周围，只见移动墙已经打开，露出了密室的门。王小迅走进盥洗间，拿杯子接水漱口后，一声不吭地走出密室。

马丰嘴角还残留着牙膏沫，跟着王小迅走出密室，两人都没说话。

在服务台办完手续，两人来到街上，马丰骑在摩托上，王小迅站他身边。

"好点儿了吧？"马丰小声地问。

"好多了！"

"我是问你的幽闭恐惧症好了没有？"

"也好了！"王小迅的声音越来越小。

一辆出租车驶来，王小迅伸手拦车，车刚停稳，王小迅便钻了进去，随手关上车门，出租车轰地一下开走了，把马丰一个人撂在街边。